हिन्द पॉकेट बुक्स

चंबल की चमेली

कृश्न चन्दर हिन्दी और उर्दू के कहानीकार थे। उनका जन्म 23 नवंबर 1914 को वज़ीराबाद, ज़िला गूज़रांवाला (अब पाकिस्तान) में हुआ था। उनका बचपन पुंछ (जम्मू और कश्मीर) में बीता। उन्होंने अनेक कहानियाँ और उपन्यास लिखे हैं। उनके जीवनकाल में उनके बीस उपन्यास और 30 कथा-संग्रह प्रकाशित हो चुके थे। उन्होंने रेडियो नाटक और फिल्मी पटकथाएँ भी लिखीं। 1973 की प्रसिद्ध फिल्म मनचली के संवाद उन्हीं के लिखे हुए थे। उनकी भाषा पर डोगरी और पहाड़ी का प्रभाव दिखता है। उनकी कहानी पर धरती के लाल (1946) और शराफत (1970) जैसी फिल्में बनीं। 1969 में उन्हें पद्मभूषण से सम्मानित किया गया था। उनका निधन 8 मार्च 1977 को मुंबई में हुआ था।

चंबल की चमेली

कृश्न चन्दर

हिन्द पॉकेट बुक्स
पेंगुइन रैंडम हाउस इम्प्रिंट

हिन्द पॉकेट बुक्स

यूएसए। कनाडा। यूके। आयरलैंड। ऑस्ट्रेलिया। सिंगापुर
न्यू ज़ीलैंड। भारत। दक्षिण अफ्रीका। चीन

हिन्द पॉकेट बुक्स, पेंगुइन रैंडम हाउस ग्रुप ऑफ़ कम्पनीज़ का हिस्सा है,
जिसका पता global.penguinrandomhouse.com पर मिलेगा

पेंगुइन रैंडम हाउस इंडिया प्रा. लि.,
चौथी मंजिल, कैपिटल टावर -1, एम जी रोड,
गुड़गांव 122 002, हरियाणा, भारत

पेंगुइन
रैंडम हाउस
इंडिया

प्रथम संस्करण हिन्द पॉकेट बुक्स द्वारा 1991 में प्रकाशित
यह संस्करण हिन्द पॉकेट बुक्स में पेंगुइन रैंडम हाउस द्वारा 2022 में प्रकाशित

10 9 8 7 6 5 4 3 2

ISBN 9789353496197

मुद्रकः रेप्रो इंडिया लिमिटेड

www.penguin.co.in

FSC www.fsc.org
MIX
Paper from responsible sources
FSC® C047271

This is a legitimate digitally printed version of the book and therefore might not
have certain extra finishing on the cover.

पहला अध्याय

पुतली सांवली छरहरी अट्ठारह वर्ष की अपने जवान शरीर के भीतर बड़ी आकर्षक अदाएं रखती थी। उसके शरीर में लोच था, चाल में लोच था, गले में लोच था। गले का स्वर नाच की संगत यों करता था कि पता न चलता था कि गले में घुंघरू बंधे हैं या टखनों से संगीत की लय फूट रही है। मां ने आठ वर्ष की आयु से रियाज कराया था, अब दस साल के बाद सांवली का जोबन पिघलते लावे की तरह बिखर रहा था। पुतली की आखें बड़ी निडर और असभ्य थीं। जिस पर नज़र डालती, मोम हो जाता। मुरैना में इन दिनों उसकी जवानी, संगीत और नृत्य के चर्चे थे। मुजरे पर मुजरे के निमंत्रण आते। मां दोनों हाथों से रुपया लूट रही थी। कई सालों की गरीबी के बाद कोठे पर खुशी की लहर आई थी। मुरैना से बाहर भी दूर-दूर तक कस्बों और गांवों में सेठ लोग उसे मुजरे पर बुलाते थे।

सूर्य अस्त होने को था। पुतली की डोली को चार कहार अपने कंधों

पर उठाए मुरैना से निकलकर चंबल के बीहड़ में दाखिल हुए। बीहड़ में पहुंचकर कहारों का दम सूख जाता था और गले से बहता हुआ संगीत रुक जाता था, और वे बीहड़ से तोर्जा पुल का फासला बड़ी खामोशी से पूरा करते थे। चारों और ऊंचे-ऊंचे टीले थे, जिन पर कत्थे की धनी झाड़ियां उगी थीं। बीच में एक पतली-सी पगडंडी पर कहार डोली लिए खामोशी मगर तेज कदमों से चले जा रहे थे।

एकाएक घनी झाड़ियों की ओट से एक घोड़ा हिनहिनाया और एक घुड़सवार छितरी-सी दाड़ी, नुकीली मूंछ और हंसमुख रोबदार चेहरा लिए कंधे पर राइफल लटकाए आगे आया। कड़ककर बोला, "डोली नीचे रख दो।" कहारों ने एक नजर घुड़सवार पर डाली, उसके तांबे के रंग वाले हंसमुख रोबदार चेहरे पर।

"अरे, यह तो कल्ला है।"

"कल्ला डाकू?"

"हां-हां वही।"

दूसरे ही क्षण कहारों ने डोली जमीन पर रख दी और वापस मुरैना की ओर भागते नजर आए। कल्ला ने हंसकर राइफल उठाकर भागते हुए कहारों के सिर के ऊपर फायर किया। भागते हुए कहारों की चाल और भी तेज हो गई। कुछ क्षणों में वे मोड़ पर से गायब हो गए। कल्ला घोड़े से नीचे उतरा। पुतली डोली से बाहर निकल आई। दोनों हाथ कूल्हों पर रखकर खड़ी हो गई। निडर-बेबाक। बोली, "तू कौन है मेरी डोली रोकनेवाला?"

कल्ला हंसकर बोला, "मेरा नाम नहीं सुना?"

"नहीं।"

वह मूंछों पर ताव देते हुए बोला, "मैं कल्याणसिह डाकू हूं। सारे इलाके में मेरे नाम की दहशत है और तू मेरे नाम से नहीं डरती!"

पुतली ने बिना सोचे-समझे तुरन्त कहा, "डरे वह जो खुद डाकू न हो।"

"क्या तू भी डाकू है?" कल्ला ने आश्चर्य से पूछा।

"हां।" पुतली बोली, "फर्क सिर्फ इतना है कि तू माल लूटता है, मैं

दिल लूटती हूं। वरना तुझमें और मुझमें कोई फर्क नहीं।"

फिर पुतली ने आगे बढ़कर कल्ला के घोड़े की लगाम एक ही झटके में उसके हाप से छीनकर अपने हाथ में ले ली और उसे झिड़ककर बोली, "परे हट! मुझे मुजरे में देर हो रही है। कहारों को तूने डराकर भगा दिया। अब में तेरे घोड़े पर सवार होकर मुजरे को जाऊंगी।"

कल्ला पुतलीबाई की निर्भयता से बिलकुल आश्चर्य में रह गया। पर पुतलीबाई ने लगाम उसके हाथ से खींच ली, उस समय उसने कोई विरोध न किया। जब दूसरे क्षण वह घोड़े पर सवार होकर घोड़े को एड़ मारने लगी, उस समय भी वह आश्चर्य से उसे देखता रहा। हां, जब घोड़े ने दुलकी ली, तो उसने चिल्लाकर पूछा, "घोड़ा ले जा रही है, पर इतना तो बताती जा कि तेरा नाम क्या है?"

"पुतलीबाई मुरैनाबाली।" पुतली ने घोड़े को भगाते हुए ऊंची आवाज़ में जवाब दिया और मोड़ पर गायब हो गई।

कुछ क्षणों में यह सब कैसे हो गया? पुतलीबाई को उसने कैस बे-खटके के जाने दिया? स्वयं कल्ला की समझ में जब कुछ न आया, तो वह सिर झुकाए अपनी राइफल पर हाथ फेरने लगा। उसकी निगाहों में पुतली का कटाक्ष लिए मुस्कराता हुआ चेहरा और चमकती हुई निडर-बेबाक आंखें घूमने लगीं। निस्संदेह जीवन में पहली बार उसका सामना किसी साहसी स्त्री से हुआ था।

उधर घोड़ा भगाती हुई पुतली दिल ही दिल में भगवान् को धन्यवाद दे रही थी कि इस अवसर पर बेबाकी और वीरता, बल्कि वीरता की ऐक्टिंग काम आई और वह कल्ला के चंगुल से बच निकली। वह दिल ही दिल में कल्ला की प्रशंसा योग्य निगाहों की टोह ले रही थी। सर्वनाशी कैसे मुंह खोले, आंखें फाड़े उसकी ओर देख रहा था। इस अवसर पर अगर वह राइफल चला देता, तो वह क्या करती? मगर कैसे चला देता! मेरी नजरों के बाण जो चल चुके थे।

पुतली धीरे से मुस्कराई। फिर एड़ मारकर घोड़े को तेज़ किया। शाम होते-होते उसे पास के गांव बावनगढ़ पहुंच जाना चाहिए। सेठ गोवर्धनदास ने पांच सौ रुपये मुजरे के लिए एड़वांस दिये थे और हजार

रूपया मुजरे के बाद देने का वायदा किया था। एक रात के मुजरे के पन्द्रह सौ रूपये कम नहीं हुए। मुरैना में इतनी बड़ी रकम आज तक किसी ने किसी वेश्या के लिए नहीं दी थी, मगर पुतली जानती थी कि सेठ गोवर्धनदास बुरी तरह से उसपर लट्टू है। दुधारू गाय है, बहुत दिनों तक दूध देगी। मां ने सेठों को निचोड़ना सिखा दिया था, इस तरह कि अंग भी मैला न हो और अंतिम बूंद भी निचोड़ दिया जाए। पुतलीबाई धीरे-धीरे आज रात के लिए एक ठुमरी के बोल गुनगुनाने लगी। घोड़ा तेज चला जा रहा था। सामने बावनगढ़ गांव के झोंपड़े और कच्चे मकान और उनसे परे गोवर्धनदास की हवेली के द्वार और दीवारें उभरने लगीं।

"पुतलीबाई आ गई! पुतलीबाई आ गई!"

सेठ गोवर्धनदास के दो-चार नौकर यह शुभ समाचार लेकर सेठ के कमरे की ओर दौड़े। मगर सेठ अपने कमरे में मौजूद न था। वह अपने बुड्डे बाप के कमरे में से निकल रहा था। उसका बाप अस्सी बरस का बुड्डा अपने कमरे में बन्द होकर रह गया था, क्योंकि उसकी दोनों टांगें फालिज से सूख चुकी थीं और अब वह अपने बेटे के किसी काम में दखल न दे सकता था, सारा काम गोवर्धनदास ने संभाल लिया था। सवेरे-शाम दो बार अलबत्ता सेठ गोवर्धनदास अपने पिता के चरण छूने जाता था और दिन-भर के किए-धरे की सूचना देता, झूठ-सच मिलाकर। सेठ मुसद्दीमल की खामोश निगाहों से भी मालूम होता था कि उसे मालूम है कि उसका बेटा गोलमाल कर रहा है, मगर वह लाचार था। कुछ आयु ने, कुछ फालिज ने, कुछ उसकी बीवी की मौत ने उसे बिलकुल लाचार कर दिया था। उसे हर समय यह डर रहता था कि कहीं उसका बेटा उसे जहर न दे दे। इसीलिए वह खामोशी से तके जाता था और अपने बेटे की किसी बात में न बोलता था। इस बात से गोवर्धदास को भी संतोष था कि अगर उसका बाप किसी बात में दखल नहीं देता तो उसे जहर देने की आवश्यकता क्या है? अब उसका बाप अच्छा, स्वस्थ और तगड़ा था और काम-काज पर जाता था और बही-खाता देखता था, तो गोवर्धनदास को जहर के घूंट पीने पड़ते थे। अब जहर के घूंट पीने की बारी बाप की

थी। बाप देखता था कि कुछ दिनों से गोवर्धनदास चालाकी, मेहनत और धोखेबाजी से पुरखों की कमाई एक रंडी पर गंवा रहा है, मगर वह खामोश था। खामोश, रह जाने पर मजबूर था। गोवर्धनदास को उसकी मजबूरी देखकर एक विचित्र प्रकार की खुशी होती थी। बाप के चरण छूकर जब वह हवेली की ऊपर की मंजिल से नीचे आ रहा था, तो निचले बरामदे में उसे अपने नौकर उसी की ओर खुशी से दौड़ते हुए आते नजर आए। यह उनके खिले हुए चेहरे देखकर ताड़ गया कि पुतलीबाई आ गई है

"कहां है?" उसने गिरधारी से पूछा, जो उसका विशेष नौकर था।

"हवेली के आंगन में, जहां शामियाना लगा है।"

"और लोग भी मौजूद है?"

"सरकार, सारा आंगन गांव बालों से भर गया है, बल्कि मेरा विचार है कि दूसरे गांवों और कस्बों से भी लोग आए हैं। यह सुनकर कि पुतलीबाई का मुजरा है, भीड़ लग गई है। चलकर देखिए, सरकार!"

"तुम चलो मैं आता हूं।"

दूसरे नौकर चले गए। गिंरधारी को उसने रोक लिया। बरामदे से नीचे की मंजिला की ओर जाते हुए गोवर्धन गिरधारी से कुछ खुसर-फुसर करने लगा। गिरधारी ने सिर हिलाकर कहा, "इतनी जल्दी नहीं, सर-कार, चिड़िया फुर्र से उड़ जाएगी। जरा धीरज रखिए।" गोवर्धन के माथे पर बल पड़ गए। गिरधारी में हाथ जोड़कर कहा, "क्या सरकार को मुझ पर भरोसा नहीं?"

गोवर्धन नें पीड़ित स्वर में कहा, "अच्छा, जैसा तुम कहते हो, वैसा ही होगा, मगर अब मैं ज्यादा दिन इन्तजार नहीं कर सकता।"

गिरधारी दोनों तरफ से कमीशन खा रहा था। सेठ से भी और पुतलीबाई से भी। इसलिए उसका लाभ इसी में था कि मामला जितनी देर तक बीच में लटका रहे, ठीक है। सीढ़ियां उतरकर पर वे सबसे निचला बरामदा घूमकर आंगन की ओर जाने लगे, तो मोड़ पर उन्हें एक स्वस्थ, चौड़े-चकले चेहरे वाला क्लीन-शेव नौजवान हाथ में रायफल लिए रास्ता रोके नजर आया। सेठ गोवर्धनदास की धिग्धी बंध गई। मगर

गिरधारी ने तुरन्त पहचानकर हाथ जोड़ दिए और सेठ की ओर देखकर बोला, "हजूर, यह सुल्तानसिंह है।"

गोवर्धन के थरथरी छूट गई। सुलताना डाकू! उसने एक उचटती-सी दृष्टि सुलतानसिंह पर डाली, मगर उसकी तीखी दृष्टि को वह सहन न कर सका और आंखे झुका लीं।

सुलताना ने मुस्कराकर कहा, "मैं तुम्हें लूटने नहीं आया हूं।"

"फिर क्यों आए हो?" गोवर्धन ने मरी हुई आवाज़ में पूछा।

"मैं पुतलीबाई का नाच देखने आया हूं और उसका गाना सुनने।"

"तो बाहर आंगन में जाकर सुन लो। अभी थोड़ी ही देर में मुजरा शुरू होगा।"

"नहीं", सुलताना ने गरजकर कहा, "बाहर जाने में खतरा है। तुम इतने भोले न बनो। देहातियों के भेस में पुलिस भी हो सकती है। मैं इतना मूर्ख नहीं हूं।"

"फिर?" गोवर्धन ने पूछा।

हाथ के एक झटके से सुलताना ने गोवर्धन को अपने सामने से हटा दिया। हटा देने पर एक दरवाजा नजर आया।

सुलताना राइफल का कुंदा उस दरवाजे पर मारकर बोला, "तुम यह दरवाजा खुलवा दो। मैं इस कमरे में बैठूंगा। इस कमरे का एक दरवाजा पीछे की तरफ भी खुलता है, एक पच्छिमी बरामदे में। तमाशा देखकर में किसी वक्त भी फरार हो सकता हूं। यहां से आंगन भी दिखाई देता है। यहां बैठकर पुतली का नाच देखूंगा। नाच देखकर चुपचाप चला जाऊंगा, लेकिन अगर तुमने कोई गड़बड़ की तो।" सुलताना ने क्रुध्द दृष्टि से गोवर्धन को ताका।

गोवर्धन का हलक सूख गया। जबान तालू से जा लगी। कुछ बोल न सका। गिरधारी ने हाथ जोड़के कहा, "आप बेफिक्र रहें। हमारी तरफ से कोई गलत हरकत न होगी। मैं कमरे का दरवाज़ा खोले देता हूं। आप आराम से और इत्मीनान से बैठकर जी चाहे तो सारी रात मुजरा देखिए। शर्बत-पानी का भी प्रबन्ध हो जाएगा।"

"अकलमन्द मालूम होते हो।"सुलताना मुस्कराया, "मेरे लिए कड़वे

शर्बत का इन्तजाम कर दो।"

"सब हो जाएगा।" गिरधारी ने सिर झुकाकर कहा।

"कभी-कभी बेल भी दूंगा।" सुलताना बोला, "मुफ्त नाच देखने नहीं आया हूं। अगर पुतलीबाई इधर आएगी तो..."

"तो सरकार, बाहर आंगन में लोगों को सन्देह हो जाएगा कि इधर कमरे में कौन बैठा है और..." इतना कहकर गिरधारी चुप हो गया।

धीरे से मुस्कराते हुए सिर हिलाकर सुलताना बोला, "बहुत अकल-मन्द मालूम होते हो। मौका देखकर बात करते हो! ठीक कहते हो। जाओ, उसको इधर मत भेजना।"

पुतली ने सबको मूर्च्छित कर दिया। इतना अच्छा नाच देहातियों ने इससे पहले कब देखा था! दिल लूट लेने वाले भाव, उस पर सुरीला गला, उस पर लचकीले शरीर के हजार आकार, नृत्य के भाव और देखने वालों के दिल में घाव, कसक और पीड़ा और उस जवान शरीर में आलिंगन की इच्छा से पैदा हुई गर्मी। गोवर्धन को तो वह खातिर में न लाती थी। गोवर्धन तो बुरी तरह उस पर मर मिटा था। वह बेचारा कहां जा सकता था! जैसे मकड़ी के जाले में कोई भुनगा तड़पता है, उसी तरह शामियाने के नीचे बैठा बह तड़प-तड़प जाता था। देहाती और कस्बे के लोग भी बेचारे किस गिनती में थे! मगर एक जवान और खूबरसूरत औरत का शरीर कैसे सैकड़ों लोगों पर नशे जैसा प्रभाव डाल सकता है, हमेशा पुतली को आश्चर्य होता था। अभी कुछ वर्ष ही बीते है, जब वह छोटी-सी लड़की थी। कोई उसकी ओर नजर उठाकर नहीं देखता था। वह गली के नुक्कड़ पर खड़ी कभी गुब्बारे खरीदती, कभी बेर, कभी रेवड़ियां, कभी चने और कोई मुड़कर भी उसकी ओर नहीं देखता था। कुछ वर्षों में ही क्या हो गया! इस समय वह सबकी नजरों का केन्द्र बनी नाच रही थी।

मगर नाचते-नाचते उसने भीड़ में एक चेहरा देखा। इस चेहरे को इससे पहले भी वह देख चुकी थी। बड़ी-बड़ी कुछ खोजती हुई आंखें, चौड़ा माथा, बाल ऊपर को घूमे हुए और किसी कदर सुनहरे-से। गोरी रंगत

और तीखे होंठों का खतरनाक कटाव। ऐसे होंठ जो अगर कभी उसके होंठों पर झुक जाएं, तो उसकी सिट्टी-पिट्टी गुम हो जाए और वह खुद सारी पिघल जाएं। वह चेहरा कुछ कहता न था, बस उसकी ओर देखता था। वे आंखें बड़ी बड़ी और गहरी कजरारी-सी उसके नाच की अदा का पीछा करती थीं।बड़ी गहरी आंखें थीं। जाने क्या कहती थीं! कुछ क्षणों के बाद पुतली उन निगाहों से पीछा छुड़ा लेती मौर अपना ध्यान दूसरों की ओर केन्द्रित कर देती, फिर भी वह चेहरा उसे ताकता रहता और नाच और संगीत की हर लय में कहीं अन्तःकरण में उसे वह चेहरा तैरता हुआ नज़र आता रहता। उस नौजवान को वह प्राय: अपने बाहर के दर्शकों में देखती थी। भिन्न-भिन्न गांवों में, करीब के कस्बों में उसने बार-बार इस चेहरे को देखा था, लेकिन अपने कोठे पर कभी नहीं देखा था। कौन उस नौजवान को खबर करता है कि आज रात पुतली-बाई का मुजरा कहां होने वाला है? कौन पतंगे को खबर करता है कि दीया जाग गया है। एक विचित्र झिझक थी उस चेहरे पर। एक विचित्र प्रकार का निरोध और निश्चलता। एक विचित्र-सी लज्जा और रुकावट जो अगर किसी लड़की के चेहरे पर होती तो वह उसे समझ सकती। लेकिन उस नौजवान के चेहरे पर? क्यों? 'यह चेहरा बड़ा रहस्यमय है। बार-बार मेरा दिल उसकी ओर क्यों खिचता है···उंह! होगा कोई।'

पुतलीबाई ने सिर को एक झटका दिया। दोनों हाथ उठाकर कानों तक ऊंचे लिए और निचला होंठ दबाकर एक आंख भींचकर गाने लगी: "जुलमी बलमवा···"

आंगन में नाचते-नाचते तमाशाइयों से दाद और रुपये वसूल करते-करते एक बार वह आंगन के पच्छिमी भाग ते गुजरी, तो एकाएक चौंक पड़ी। उसकी दृष्टि स्तम्भों वाले बरामदे से गुजरकर परे एक अंधेरे दर-वाजे के अन्दर गई, जहां उसे अंधेरे में एक जलता हुआ सिगरेट नजर आया और दो तेज-तेज चमकती हुई आंखें,जैसे बीहड़ की गहरी खाइयों में से पानी झांके।

यह अंधेरे में बैठकर उसका नाच देखने वाला कोन है! वह अंधेरे में

सबकी नजरों से छिपकर कौन बैठा है? उसके सारे शरीर में एक झुर-झुरी-सी आई और उसे उस अंधेरे में बैठे हुए आदमी से डर लगने लगा, फिर वह नाचते-नाचते बहुत जल्द उस पच्छिमी भाग से लौट आई और अपने मुजरे के बीच उधर कभी न गई।

दो

चार बजे के करीब मुजरा समाप्त हुआ। पांच बजे के बाद दम लेकर चाय पी और अगले महीने फिर मुजरा करने का वायदा करके पुतली सेठ गोवर्धनदास के यहां से विदा हुई। अब वह कल्ला के घोड़े पर न थी। सेठ गोवर्धन ने उसे वापस जाने के लिए अपने कहार और डोली और साथ ही रक्षा के लिए दो पहरेदार दे दिए। हौले-हौले पौ फटने लगी। नीम, पलाश और अमलतास के पेड़ों से अंधेरा सरकने लगा और बेंरियों की ओस में लिपटी झाड़ियों में चिड़ियां फुदकने लगीं। हवा के ताजे और ठंडे झोंकों से रात-भर की जगी पुतली को नींद आने लगी। उसने डोली का एक पर्दा सरकाकर ऊपर कर दिया और तकियों पर सिर टेककर आंखें बन्द कर लीं । रात-भर नाचते-नाचते पोर-पोर दुख रहा था। ऐसे में हवा के ताजे झोंके के साथ उसे नींद की एक झपकी आ जाती, फिर एकाएक किसी अनजाने डर से झुरझुरी लेकर वह जाग जाती। कहारों के मंजे हुए कदम, उनके गीत की हलकी उदास-सी लय और उनके कंधों के उतार-चढ़ाव में उसे फिर पेंग का-सा आनन्द आने लगा और वह फिर नींद की वादियों में खो जाने लगी। एकाएक करीब से कोई धीरे से उसकी मशहूर ठुमरी की लय में गुनगुनाया, "जुलमी बलमवा…" और वह चौंककर जाग गई। अच्छी तरह से आंखें खोल-कर उसने डोली से बाहर देखा, तो उसे वही कुछ खोजती हुई निगाहों से घूरने वाला चेहरा नजर आया, जैसा वह अपने बाहर के मुजरों में प्रायः देखा करती थी। वही चौड़ा माथा, जिसके तल पर भोर का पहला प्रकाश था। उसके नीचे बड़ी-बड़ी गहरी आंखें जिनकी श्याम रंग की पुतलियों में उसका जी डूब जाने को चाहता था।

इस समय उस नौजवान के चेहरे पर एक हलकी-सी मुस्कराहट थी। एक शर्मीली-सी मुस्कान, जो अपने कच्चेपन के बावजूद पुतली को बहुत अच्छी लगी। ''क्षमा करना, मैंने तुम्हें जगा दिया। शायद तुम बहुत थक गई हो?"

पुतली बोली, "लोग समझते हैं, नाचने वाली शायद हराम का पैसा लेती है। नहीं जानते, रात-भर खड़े-खड़े नाचने और गाने में कितनी मेहनत लगती है!"

"बेशक, बेशक।" नौजवान सहानुभूति से सिर हिलाकर बोला, "मैं तुम्हें न जगाता, मगर मैं तुम्हारा घोड़ा ले आया हूं, जो तुम सेठ गोवर्धन-दास के यहां छोड़ आई थीं और जिस पर सवार होकर तुम मुजरे के लिए आयी थीं।"

"धन्यवाद!"

"इसमें धन्यवाद की क्या बात है?" नौजवान ने रुककर कहा, "मैं इधर मुरैना की तरफ आ रहा था। मैंने सेठ से कह दिया, मैं यह घोड़ा तुम्हारे घर तक पहुंचा दूंगा।"

"क्या तुम मुरैना में रहते हो?"

"नहीं, मुरैना में तो नहीं, लेकिन मुरैना से चार कोस परे सरागी में हमारा एक छोटा-सा फार्म है। वैसे मुरैना में एक घर है। आना-जाना तो रहता ही है मुरैना में।" वह रुक गया। रुककर एकाएक बोल उठा, "मेरा नाम मनमोहन सिंह है।"

"अच्छा।" पुतली धीरे से बोली और फिर चुप हो गई।

फिर बहुत देर तक खामोश रही। एकाएक पुतली को ख्याल आया कि उसके बाल असमतल हैं, चोली मसक गई है, टखनों से ऊपर तक टांगें नंगी हैं। उसने सिर पर ओढ़नी ले ली, चोली ठीक की और घाघरे को टखनों के नीचे फैला दिया।

जब बहुत देर नौजवान न बोला, तो पुतली ने उसकी लज्जा को समझकर वार्तालाप के लिए कहा, "तुम्हारे पिता जी क्या करते हैं?"

"वह? उनका तो देहान्त हो चुका है।"

"ओह?" पुतली चौंककर चुप हो गई।

नौजवान ने कहा, "वह पुलिस में इंस्पेक्टर जनरल थे, ठाकुर हनवंत-सिंह।"

पुतली बोली, "मैं तुम्हारे माथे, चेहरे और गर्दन को देखकर समझ गई थी कि तुम ठाकुर होंगे।"

वह नौजवान फिर शरमा गया। चेहरा कानों तक लाल हो गया। अपनी निर्लज्जता के मुकाबले में पुतली को उसकी लज्जा पसन्द आने लगी और उसका कच्चापन भी। दूसरी आंखें निगाहों को निगाहों में खा जाती हैं, ये निगाहें जैसे पूजा कर रही हो, जैसे उनके शरीर के स्पर्श से भी डरती हों। कितनी पवित्रता है इन निगाहों में! मगर कितना व्यर्थ प्रयोग है इसका, भोला, बेचारा! पुतली ने फिर उसकी खामोशी देखकर बातचीत शुरू करनी चाही, "मैं तुमको अक्सर अपने मुजरों में देखती हूं।"

नौजवान एकदम लाल हो गया, अंगारा, सुर्ख।

"लेकिन तुम मेरे कोठे पर कभी नहीं आते।"

"वहां नहीं।" वह धीरे से बोला, "हां, जब तुम देहात के किसी आंगन में नाचती हो, तो मुझे कुछ और ही दिखाई देती हो।"

"क्या दिखाई देती हूं?"

"एक अप्सरा।" पुतली जोर से हंसी। "तुम मुझपर हंस रही हो?" नौजवान के भड़कने में थोड़ी-सी उदासी थी।

"नहीं, मैं तुम पर नहीं, अपने-आप पर हंस रही हूं। तुम जानते हो, मैं अप्सरा नहीं हूं। मुरैना की⋯"

फौरन एक हाथ डोली की ओर सरका। उस नौजवान ने बड़ी बेताबी से कहा, "नहीं-नहीं, आगे जो तुम कहना चाहती हो, वह तुम नहीं हो। मेरा दिल नहीं मानता।"

"तुम्हारा दिल क्यों नहीं मानता?" पुतली ने पूछा, मगर उसका हाथ अपने हाथ से नहीं हटाया।

"नहीं जानता।" नोजवान धीरे से बोला और उसके दिल से एक आह निकली। डोली चलती रही। और डोली के साथ-साथ मनमोहन सिंह घोड़े पर सवार चलता रहा और हाथ से हाथ लगा रहा और वे दोनों

चुप रहे, क्योंकि जब हाथ कुछ कहते हैं, तो जबान खामोश हो जाती है।

फिर पुतली ने हाथ हटा लिया। सामने तोर्जा नदी का पुल था, जिसपर दो सिपाही गश्त कर रहे थे। सिपाही पुतलीबाई को पहचानते थे, क्योंकि वह प्रायः इसी पुल से गुजरकर देहातों और कस्बों में मुजरे के लिए जाती थी। पुतलीबाई ने मुस्कराकर उनकी ओर देखा। सिपाहियों ने सलाम कहा और डोली आगे बढ़ गई।

पुल से गुजरकर जब बीहड़ आ गया, तो एक मोड़ पर कत्थे के पेड़ों की बड़ी-बड़ी घनी झाड़ियों के टीलों के पास पुतली ने अपनी डोली रुकवा दी। बोली, “यहां से पैदल चलूंगी।”

“क्यों?”

“चन्द कदम पर तो मुरैना है।”

“अभी आधा मील दूर है।”

“नहीं, ज्यादा दूर नहीं है। तुम घोड़े से उतरोगे?”

“हां, मैं भी तुम्हारे संग पैदल चलूंगा।”

“घोड़ा छोड़ दो।”

मनमोहन सिंह कुछ समझा नहीं, “क्यों?” यह बोला।

“छोड़ दो न।” पुतली इतराकर बोली।

मनमोहन सिंह ने घोड़ा छोड़ दिया। छोड़ते ही घोड़ा टीलों पर उछलता हुआ सरपट भागा और कुछ ही क्षणों में दक्षिण की ओर लोप हो गया।

“तुम्हारा घोड़ा···” मनमोहन चिल्लाया।

“मेरा घोड़ा नहीं था।” पुतली पूर्ण सन्तोष से बोली।

“फिर किसका था?”

“जिसका था उसको मिल जाएगा।”

मनमोहन के चेहरे पर छाया-सी गुजरी। उसकी आंखें नीची हो गईं। होंठ कांपने लगे। पुतली को उसकी अवस्था देखकर बड़ा आनंद आया। प्यार भी आया। जी चाहा, उसके चेहरे को अपनी छाती पर रखके उसकी बलाएं ले ले।

“अरे बुद्धू, वह एक डाकू का घोड़ा था ,“पुतली खिलखिलाकर हंस पड़ी, “मेरे किसी आशना का नहीं।” फिर पुतली ने उसे सारी बात

बताई। आश्चर्य से आंखें खोले वह उसकी ओर तके जा रहा था।

"तुम...तुम...इतनी बहादुर हो!" वह रुक-रुककर बोला।

"बहादुर नहीं, निर्लज्ज हूं। हमें निर्लज्ज और बेबाक होना ही पड़ता है, क्योंकि हर रोज बीहड़ से गुजरना पड़ता है। इस पर अगर डाकुओं से डरें, तो जीने का सहारा कैसे मिले!"

"मैं इसीलिए हर समय अपने साथ एक पिस्तोल रखता हूं।" मनमोहनसिंह ने जेब से पिस्तौल निकालकर दिखाया।

वे दोनों साथ-साथ चलते रहे। आकाश पर दो पंछी साथ-साथ उड़ रहे थे। पुतली का दिल चाहने लगा, काश, वह भी इसी तरह जिन्दगी से उड़कर आकाश में किसीके साथ जा सकती! पेड़ों की डालियों पर पंछियों का शोर बहुत बढ़ गया था। पतली पगडंड़ी फैलने लगी थी। बीहड़ खत्म हो रहा था। पूरब की ओर एक लम्बी पगडंडी बड़ी पगडंडी से कटकर जा रही थी। एकाएक बीहड़ पीछे रह गया। मुरैना के चिह्न दिखाई देने लगे। मनमोहन चलते-चलते रुक गया। "मेरा रास्ता..." उसने दूसरी पगडंडी की ओर इशारा करके कहा, "उधर से जाऊंगा।" पुतली को धक्का-सा लगा। इतने थोड़े समय में वह अपने-आप को उस नौजवान के इतने समीप समझने लगी थी। उसे अपने आप पर बड़ा अचरज हुआ। कुछ क्षणों में उसने अपने-आप को संभाल लिया।

"अन्त में सभी रास्ते अलग-अलग हो जाते हैं।" पुतली ने उसकी आंखों में डूबकर कहा।

"मनमोहन!" पुतली ने उसे आवाज दी, क्योंकि वह चुप था।

मनमोहन धीरे से बोला, "मगर कभी-कभी दो अलग-अलग जाने वाले रास्ते कहीं आगे जाकर एक भी हो जाते हैं।"

"अच्छा तो जाओ।" पुतली मुंह फेरकर बोली।

मनमोहन खड़ा रहा। पुतली ने तमककर कहा, "जाते क्यों नहीं?"

"यह बताओ, अगला मुजरा कहां है?"

"मैं क्या जानूं?" जाने क्यों पुतली के स्वर में कठोरता आ गई।

जाने क्यों मनमोहन की आंखों में आंसू झलकने लगे।

उन आंसुओं को देखकर एकाएक पुतली को अपना दिल पिघलता-

सा लगने लगा। उसने आगे बढ़कर मनमोहन के हाथ पकड़ लिए। बोली, "अगले तीन दिन तक कोई मुजरा नहीं है।"

"कोई मुजरा नहीं?" मनमोहन की आवाज में निराशा थी।

"लेकिन तीन दिन के बाद इतवार को रूड़ा गांव के कर्नल जामवर सिंह के यहां मुजरा है। यहां से सात मील दूर।"

मनमोहन का चेहरा खिल उठा। "लो, अब जाओ।" पुतली ने उसका हाथ छोड़कर कहा, "अब तो जाओ।"

"पहले तुम जाओ।" वह मीठे स्वर में बोला।

पुतली लचकती हुई चली। बार-बार मुड़कर देख लेती थी। मन-मोहन वहीं खड़ा था। जब वह शहर के बिलकुल करीब आ गई, तो उसने मुड़कर देखा। मनमोहन वहीं खड़ा था।

उस दिन के बाद मनमोहन का यह नियम हो गया कि जहां पुतली मुजरा करने जाती, वह भी वहां मौजूद रहता। मुजरे के बाद पुतली कहारों के संग डोली में रवाना होती और मनमोहन अपने घोडे पर सवार होकर बाद में उसे रास्ते में मिल जाता। कहारों के कंधों पर प्रेमिका और घोड़े की पीठ पर प्रेमी, दोनों साथ-साथ बातें करते हुए चलते। कभी वह अपना हाथ डोली में बढ़ा देता, कभी वह अपना हाथ डोली से बाहर निकाल देती और इस तरह वापसी में बीहड़ पार करके उस जगह पर अलग हो जाते, जहां से एक रास्ता मनमोहन के फार्म को जाता था।

पुतली के मन में विचित्र उथल-पुथल मची हुई थी। एक विचित्र चिंता से उसका हृदय हर समय कोंचता रहता। मुरैना से बाहर के मुजरे वह स्वीकार तो कर लेती थी, मगर बेदिली और खिन्नता से। कम्बख्त पैसे तो देते हैं, मगर रात-भर नचवाकर खून निचोड़ लेते हैं। अब जब से मनमोहन उसकी जिन्दगी में आया था, वह दिन-रात बाहर के मुजरों के सपने देखती। प्रायः आप ही हंस देती। कभी स्वयं ही उदास हो जाती। उन दिनों वह अपनी छोटी बहन तारा को, जो तेरह-चौदह बरस की थी, नाच की तालीम दे रही थी और जब उसे समय मिलता, अपने सामने उसका रियाज कराती और गाने का अभ्यास भी। तारा का गला इतना

सुरीला नहीं था, 'मगर नृत्य में यह एक दिन मुझे मात करेगी।' ऐसा पुतली अपने दिल में सोचती थी और अपनी मां से भी कहती थी। मां अपने मुंह पर उंगली रखकर पुतली से कहती, 'इस कम्बख्त से कहीं मत कह देना, वरना घमण्डी हो जाएगी और काम में ध्यान नहीं देगी।

पुतली सांवली थी, तो तारा एकदम गोरी, मगर गोरी होने के बावजूद उसकी चाल-ढाल में एक विचित्र रूखापन था। वह लोच नहीं था, जो सांवली होने के बावजूद पुतली में था। कमनीयता की दृष्टि से पुतली अत्यन्त आकर्षक थी। मगर पुतली की मां का अनुमान था कि जब पुतली ढलने लगेगी, उस समय तक तारा अपनी जवानी की ऊची चोटी पर पहुंचकर पुतली से भी ज्यादा हसीन निकलेगी। 'अभी तो लड़की है वह—पत्तियों-भरी डाली, जिसपर फूल नहीं आए हैं। फूल आने दो, फिर देखना। उंह!' सांवली पुतली दोनों हाथ ऊपर करके एड़ी उठाकर नृत्य के भाव में घूम जाती और उसके शरीर का हर आकार कमान की भांति खिंच जाता।

पुतली का भाई पांचवीं कक्षा में पड़ता था। राजू उसका नाम था। राजू बहुत अबोध था। जब पुतली की ख्याति बढ़ने लगी, तो उसकी मां ने सोचा, "अपने बेटे को स्कूल से हटाकर कोठे पर रख लें, तबला सीखेगा, सारंगी सीखेगा, उस्ताद बन जाएगा। बहन के साथ-साथ उसकी रोजी-रोटी का भी ठिकाना हो जाएगा। आजकल पढ़ाई में क्या रखा है। बी० ए०, एम० ए० पास मारे-मारे फिरते हैं और सौ रुपये की नौकरी के लिए झख मारते हैं। कुछ तो ऐसे निर्लज्ज होते है कि अपनी तरक्की या नौकरी के लिए अपनी सुन्दर पत्नी को एक रात के लिए किसी बड़े अफसर के सुपुर्द कर आते हैं, फिर उस पेशे और इस पेशे में क्या अन्तर है? यहां कोठे पर रहेगा, तो एक रात में इतना कमा लेगा, जितना शरीफ लोग एक महीने में नहीं कमा सकते और आजकल शरीफ और नीच में क्या अन्तर रह गया है? कोई घूसखोर है, कोई बेटी-बेच। कोई स्वार्थी है, तो कोई स्मगलर। बड़े-बड़े जनरलों के बेटे स्मगलिंग करते फिरते हैं। लड़कियां रिसेप्शनिस्ट और एयर होस्टेस बनकर वही धंधा करती हैं। यहां कौन है, जिसकी नथ नहीं उतरी है। कहने को सभी कुंवारियां हैं।"

"मां!" पुतली क्रोध से चिल्ला उठी, "अब बस करो। जो काम

बुरा है, सो बुरा है। हम बुरा काम करते हैं, तो इसका यह मतलब नहीं कि सारी दुनिया बुरी हो गई है। मैं बाजार में बैठी हूं, तो क्या तू इसलिए शरीफों की बहू-बेटियों को गाली देगी? बस, मैं तेरी एक न सुनूंगी। मेरा भाई स्कूल जाएगा। कालेज जाएगा। भले वह क्लर्क ही बन जाए, मगर मैं उसे इस जिन्दगी में न आने दूंगी। यह मेरा फैसला है।" मां चुप हो गई, क्योंकि पुतली कमाती थी, घर चलाती थी। जब तक पुतली जवान हुई थी, घर में मां का हुक्म चलता था। अब पुतली घर में शासन करती थी, मगर पुतली बहुत समझदार थी। घर के कारोबार में कम से कम दखल देती थी। गाहकों से सौदा करना भी मां ही खूब जानती थी, इसलिए कितना एडवांस लेना है, किसके मुजरे में जाना है, इसका निर्णय उसने मां पर छोड़ दिया था।

एक सवेरे जब वे चितला गांव के जमींदार के यहां से लौट रहे थे तो आध रास्ते के बीच पुतली ने डोली रुकवा दी और डोली से उतरकर पैदल चलने की इच्छा प्रकट की "क्यों?" मनमोहन ने पूछा।

"देखते नहीं हो, यह रास्ता कितना खूबसूरत है!"

मनमोहन भी घोड़े से उतर गया। दोनों हाथ में हाथ लेकर चलने लगे। भीगी-भीगी भोर थी। थोड़ा पहाड़ी इलाका था और छितरा जंगल। कहीं पर ऊंची-ऊंची घास, कहीं पर झड़बेरियां, कहीं पर पेड़ों के कुंज, कहीं कोई पंछी चहचहाकर सुनहरी भोर में रंग भर देता। पेड़ों के तने और पत्ते भोर की ओस से भीगे हुए थे। जैसे रात की आंखों का पानी रिस-रिसकर बह रहा हो। एकाएक हवा में महुआ की सुगन्ध लहराने लगी और वे दोनों धड़कते दिलों से एक साथ एक-दूसरे से लगकर पेड़ों के एक कुंज में खड़े हो गए। महुआ के गुलाबी फूल एक-एक, दो-दो करके उनपर टहनियों से टूटकर गिर रहे थे। अब सुगन्ध सहन की सीमा से बाहर हो गई थी। एकाएक मनमोहन ने पुतली को बांहों में भरकर भींच लिया और ठोडी से उसका मुंह ऊपर करके उसके होंठ चूम लिए। होंठ चूमते समय पुतली की नाक में पड़ी हीरे की नथ मनमोहन के गाल का स्पर्श पाकर कांपने लगी, फिर कांपकर सूर्य की पहली किरण में जगमगा

उठी। पुतली की पूर्ण आत्मा खिंचकर उस एक चुम्बन में आ गई थी। उसकी आंखें बन्द थीं और जब दूसरे क्षण में मनमोहन ने उसे छोड़ दिया, तो वह शराबी की तरह लड़खड़ा गई। मनमोहन ने उसकी कमर में हाथ देकर उसे खड़ा किया। पुतली ने माथे पर हाथ रखकर अपनी गर्दन हिलाई, जैसे झटके से किसी सपने को अपनी आंखों से बाहर फेंक रही हो।

"क्या हुआ?"

"कुछ नहीं।" पुतली धीरे से बोली, "तुम्हारा स्पर्श पाकर ऐसा लगा, जैसे मैं गंगा में नहा गई।"

हीरे और सोने की छोटी-सी झमझमाती नथ पुतली की तीखी नाक पर बहुत अच्छी लगती थी। मनमोहन ने उस नथ को छूकर कहा, "आओ, हम दोनों शादी कर लें।"

वे दोनों हाथों में हाथ दिए चलते रहे। पुतली खामोश रही। मनमोहन ने उसका हाथ और जोर से दबाया, जैसे कुछ पूछ रहा हो।

पुतली बोली, "तुम्हारी मां क्या कहेगी?"

"जो मैं चाहूंगा वह होगा।"

"कैसे?"

"मेरी मां इधर की रहने वाली नहीं है। मेरा बाप उसे दक्षिण भारत से ब्याहकर लाया था।"

"उधर के लोग, सुना है, बहुत पुराने विचार के होते हैं।"

"नहीं, मेरी मां ऐसी नहीं हैं। मैं उसका इकलौता हूं। मेरी खुशी में उसकी खुशी है।"

"बड़े खुशकिस्मत हो, मगर मेरी मां ऐसी नहीं है।" पुतली ने एक आह भर कर कहा।

"हम दोनों किसी की परवाह क्यों करें? चलो, यहां से भाग चलें।"

"जब मैं तुम्हारे साथ सुबह के धुंधलके में पेड़ों के साये में चलती हूं, तो यही सोचती हूं, लेकिन जब घर पहुंच जाती हूं, तो दूसरी बातें याद आने लगती हैं। मेरी मां ने गरीबी के दिनों में बड़ी उम्मीदों से मुझे पाला है। एक मेरी छोटी बहन है, उसका क्या होगा? एक मेरा छोटा भाई है,

जो पांचवीं कक्षा में पढ़ता है। एक तरह से घर का 'बाप' मैं हूं। मैं ही वहां से चली जाऊंगी,तो घर कैसे चलेगा?"

"क्या वह जिन्दगी तुम्हें पसन्द है?"

"पसन्द-नापसन्द का क्या सवाल है? जिन्दगी जैसी मिलती है, उसी में रहना पड़ता है। तुम्हारे साथ मैं सुनहरे सपनों में होती हूं। सुबह के धुंधलके में खो जाती हूं, लेकिन हम-तुम दोनों यह कैसे भूल सकते हैं कि इन धुंधलकों के पीछे पथरीले टीले छिपे हुए हैं, जो सूरज के निकलते ही सामने उभरने लगेंगे।"

"तुम नहीं मानोगी, तो मैं तुम्हें भगा ले जाऊंगा, इस हीरे वाली नथ के साथ।"

"यह तुम्हें इतनी पसन्द है, तो उतार लो। इस नथ उतारने की कीमत दस हजार रुपये रखी गई है।"

"दस हजार रुपये मुरैना में कौन देगा?"

"पहले मेरी मां ने इसकी कीमत पांच हजार रुपये रखी थी। जब पांच हजार का ग्राहक आया, तो मेरी मां ने इसकी कीमत बढ़ाकर सात हजार कर दी। जब सात हजार का ग्राहक आया, तो बढ़ाकर दस हजार कर दी। कहती है, पच्चीस हजार तक ले जाऊंगी।"

"पच्चीस हजार!" मनमोहन का दिल बैठ गया, "पच्चीस हजार कौन देगा?"

"इस इलाके में बड़े-बड़े सेठ पड़े हैं, जो हजारों रुपये की रिश्वत डाकुओं को देते हैं, ताकि उनके घर और तिजोरियां सुरक्षित रहें। तुम्हें नहीं मालूम कि मेरी मां महावीरसिंह डाकू को हर महीने पांच सौ रुपये देती है, ताकि उसकी बेटी सुरक्षित इस बीहड़ में से गुजर सके। यह इलाका महावीरसिंह डाकू का है।"

"होगा।" मनमोहन ने अपनी जेब से रिवाल्वर निकालकर कहा, "जो तुझे छुएगा, उसे जान से मार दूंगा।"

"अरे मेरे भोले मोहन! तू किस चक्कर में पड़ा है? चल आज मेरे घर। कोठे पर। अब अपनी आंखों से देख ले, फिर फैसला करना। तू इस नथ पर फूला है। तुझे क्या मालूम, एक वेश्या की और वह भी

सुन्दर वेश्या की नथ कितनी बार उतरती है और फिर पहन ली जाती है! पहली नथ के पच्चीस हजार रूपये। दूसरी नथ के दस हजार रुपये। तीसरी नथ के सात हजार रूपये। चोथी नथ के पांच हजार रुपये। हर नथ उतरने के बाद मैं कुंवारी होती हूं। तुझे क्या मालूम, यह मेरी पहली नथ है या सातवीं?"

"तू जैसी भी है, मुझे स्वीकार है। चल, आज ही शादी कर लें।" पुतली के चेहरे पर एक जख्मी हंसी आई, बोली, "पहले चलकर मेरा घर तो देख लो।"

तीन

एक लिपा-पुता आंगन, एक कोने में जामुन का पेड़, दूसरे कोने में रात-रानी की बेल। एक ओर क्यारियों में चम्पा के फूलों से भरे पौधे। आंगन से आगे एक खुला दालान। दालान के पच्छिम में लकड़ी की सीढ़ी, जिस पर चढ़कर वे दोनों ऊपर कोठे पर पहुंचे। सीढ़ियां चढ़ते-चढ़ते मनमोहन ने पूछा, "वह नीचे दालान के इस तरफ क्या है?"

"किचन है और उस्ताद काले मियां सारंगी वाले बौर तबलिया दोनों नीचे रहते हैं।"

"मैं पहली बार किसी कोठे पर आया हूं।" मनमोहन की आवाज में कंपकंपी थी।

"अच्छा है न, जिन्दगी हर तरह की देखनी चाहिए।" पुतली ने ऊपर चढ़कर दरवाजे को धकिया दिया। दरवाजा आप ही आप खुल गया। यह एक कारीडोर जैसा कमरा था। एक ओर बड़ा-सा आला, जिसमें दीया जल रहा था और अगर-लोबान की सुगन्ध उठ रही थी। पुतली ने आले की ओर देखकर सिर झुकाया। उस कमरे में दो दरवाजे आमने-सामने खुलते थे, एक उत्तर की ओर, दूसरा दक्षिण की ओर। पुतली ने दक्षिणी दरवाजे को धकिया दिया। वह धड़ से खुल गया। पुतली दरवाजे के अन्दर गई, तो पीछे-पीछे मनमोहन भी गया। उस कमरे में एक खिड़की थी, वह भी बन्द थी। इसलिए अंधेरा था। थोड़ी देर के बाद

जब मनमोहन की आंखें अंधेरे में देखने के योग्य हुईं, तो उसने देखा कि पुतली ने आगे बढ़कर खिड़की खोल दी है। खिड़की खोलने से उसकी मां जाग गई, और तारा भी, जो जमीन पर बिछौना डाले लेटी थी। दोनों आश्चर्य से पुतली और मनमोहन की ओर देखने लगीं। यह पुतली किसे उठा लाई?

"मां, यह ठाकुर मनमोहनसिंह हैं। यही मुझे आज सुरक्षित घर तक ले आए हैं। रास्ता बड़ा खतरनाक था।"

"क्या डाकू मिले?"

"नहीं, मगर जंगल में जंगली जानवर बहुत थे।" पुतली ने झूठ बोला।

मां ने ध्यान से मनमोहन की ओर देखा। फौरन समझ गई। बोली, "क्या यह वही लड़का है, जिसके लिए तू घर में बात करते-करते खो जाती थी?"

पुतली ने होंठ काटकर निगाहें नीची कर लीं। मनमोहन का चेहरा लाल हो गया। पुतली बात बदलते हुए बोली, "वैसे यह मेरे सिंगार का कमरा है। इस सिंगार-मेज में दो आईने देख रहे हो? एक मेरे लिए है, दूसरा तारा के लिए। मां इसी कमरे में सोती है, क्योंकि तिजोरी इसी कमरे में है। वह तिजोरी देखते हो?"

"हां।" मनमोहन ने एक लोहे की तिजोरी देखकर कहा।

"मैं और तारा दूसरे कमरे में सोती हैं। मां इस कमरे में सोती है और रात को उठ-उठकर इस तिजोरी को देखती है।"

मां ने गुस्से से कहा, "पुतली!"

पुतली ने सुनकर भी न सुनते हुए कहा, "मां, जरा तिजोरी की चाबी देना।" मां ने चाबियों का गुच्छा पुतली की तरफ फेंक दिया और कमरे से बाहर चली गई। तारा अपनी मां के पीछे-पीछे निकल गई। पुतली ने गुच्छा अपने पांव के करीब फर्श से उठा लिया और तिजोरी खोलने लगी।

मनमोहन ने पूछा, "इस तिजोरी में क्या रखा है?"

पुतली कड़वे स्वर में बोली, "इसमें मेरी जवानी है और समाज की

लालसा।"

मनमोहन मुस्कराकर कहने लगा, "तुम्हारी जवानी तो मेरे सामने है, समाज की लालसा भी दिखा दो।"

पुतली तिजोरी खोलकर एक-एक जेवर अलग-अलग करके मनमोहन को दिखाकर कहने लगी, "यह कंगन सेठ दीपचन्द ने अपनी स्त्री के लिए बनवाए थे। यह कर्णफूल शेख अमजद अली की बेगम पहनती थीं। यह गुलवन्द शामलाल सर्राफ अपनी बेटी को देने वाले थे। इन्हें पहनकर मुझे ऐसा लगता है, जैसे में किसी की बेटी का दहेज पहने हूं, किसी की बहन का सुहाग, किसी की घरवाली की अन्तिम अभिलाषा।"

पुतली ने तिजोरी के पट जोर से धक्का देकर बन्द कर दिये, और मनमोहन की ओर मुड़कर बड़ी व्याकुलता से बोली, "क्या अब भी मुझसे शादी करोगे?"

मनमोहन ने धीरे से सिर हिलाकर बड़ी गम्भीरता से कहा, "हां।"

इतने में पुतली की मां कमरे के अन्दर आई। उसके हाथ में नोटों की एक गड्डी थी। तारा भी उसके पीछे-पीछे आ गई। मां ने नोट पुतली के हाथों में थमाकर कहा, "ये पांच सौ रुपये हैं।"

"काहे के लिए?"

"वे लोग तीन-चार घंटे से महफिल के कमरे में बैठे तुम्हारी राह देख रहे हैं। कहते हैं, मुजरा देखकर जाएंगे।"

"मां, मैं बहुत थक गयी हूं। अभी तो रात-भर नाचकर आयी हूं एक मुजरे से। नींद आ रही है। आंखें बन्द होती जा रही हैं। उन्हें कह दो, कल आ जाएं।"

तारा बोली, "मगर वे बोलते हैं, चाहे एक रात से दूसरी रात हो जाए, हम यहीं बैठे रहेंगे और पुतली का नाच-गाना देख-सुनकर जायेंगे। चलो, जल्दी चलो। वे लोग और भी देंगे। बड़े सेठ मालूम होते हैं।"

पुतली होंठ चबाकर बाहर निकल आयी। नोट और तिजोरी की चाबी उसने मां को दे दी। मां तिजोरी बन्द करने लगी। तारा पुतली के साथ कारीडोर में चली आयी। दोनों बहनों ने आले की ओर जरा-सा झुककर सलाम किया, फिर वे दोनों उत्तरी दरवाजे के अन्दर चली गयीं।

यह नाच वाला कमरा था। पूरे फर्श पर एक साफ-सुथरी पीले रंग की दरी फर्श से चिपकी बिछी थी। एक ओर गावतकिया और चांदनी। एक ओर गलीचे पर पानदान। जरा दूरी पर उगालदान। कमरे में चारों आईने लगे थे, और लकड़ी की मुनक्कश मेहराबें और छत से एक बिल्लौरी फानूस लटक रहा था।

गावतकिये से लगे तीन आदमी बैठे थे। बीच में जो आदमी बैठा था सबकी नजर उसपर जाती थी। वह भारी-भरकम मगर फुर्तीले शरीर का कड़ियल जवान था। सांवला रंग मगर गालों पर लाली दहक रही थी। चेहरा कसरत और स्वास्थ्य से चमकता मालूम होता था। दो उंगलियों में सिगरेट सुलगाए लम्बे-लम्बे कश लेता था और जल्दी-जल्दी राखदान में राख झाड़ देता था। भंवें बड़ी और घनी और आगे को बढ़ी हुई और उनके अन्दर दो छोटी-छोटी आंखें घाटियों में नजर आने वाले पानी की तरह चमकती थीं। उसे देखकर न जाने क्यों पुतली को सेठ गोवर्धनदास के आंगन के दक्षिण भाग का वह अंधेरा कमरा याद आया। ऐसी ही आंखें उसने उस अंधेरे में चमकती हुई देखी थीं। पुतली के बदन में झुरझुरी-सी आई।

उसने झुककर आदाब किया। मां ने आदाब किया। खिलकर पुतली से बोली, "ये सुल्तानगढ़ के राव साहब हैं। तुम्हारा गाना सुनने के बहुत इच्छुक हैं। दूर से आए हैं।"

मनमोहन अन्दर आया और नाच के कमरे पर चारों ओर निगाह डालकर बाहर बालकोनी में चला गया, जहां से वह बाहर बाजार को सोते हुए देख सकता था, वह बाजार, जो दिन को सोता है और रात को जागता है।

पुतली ने कोरनिश बजाकर कहा, "राव साहब, मैं अभी एक मुजरे से आई हूं। बहुत थक गई हूं। इस वक्त माफ फरमाएं।"

"कोई बात नहीं।" राव साहब गहरी आवाज में बोले, "आप आराम करें। हम बैठे हैं···"

पुतली चौंकी, "जी, आपका मतलब?"

"मतलब यह है कि हम बैठे हैं। गाना सुनकर जायेंगे।"

"यह किस तरह की मजबूरी है?" पुतली की आवाज कुछ कड़वी थी।

राव साहब बोले, "आपके दिल की नहीं हमारे दिल की मजबूरी है।

'बड़ी गरजदार, पाटदार, प्रभावशाली आवाज है राव साहब की। दिल दहला देती है!' पुतली ने सोचा। मां बोली, "बेटा, जिद न करो।"

पुतली ने मां की ओर मुड़कर बड़ी वेदना से कहा, "मां, दर्द से सिर फटा जा रहा है।"

राव साहब मुस्कराकर बोले, "हमारे पास एक ऐसी दवा है, जिससे सिर का दर्द एकदम दूर होता है। दिल में नर्मी और आंखों में गर्मी आती है, बुझे हुए चेहरे दहकते हैं और सोए घुंघरू खनकने लगते हैं।" इतना कहकर उस कड़ियल जवान ने अपने अन्दर की जेब से एक भरा हा बटुआ निकाला और उसमें से सौ-सौ के नोट निकालकर फर्श पर बिछाने लगा।

मां की आंखें चमक उठीं। काले मियां ने सारंगी पर गज फेरा। तबले ने थाप दी। पुतली के घुंघरू खनकने लगे। वह गाने लगी : "यह दुनिया है सिक्के वालों की⋯"

मनमोहन देख रहा था कि बाजार में कुछ लोग जाग रहे हैं और आश्चर्य से पुतलीबाई के घर की ओर देख रहे हैं। जहां सवेरे-सवेरे, जब यहां के सब लोग सोते हैं, गाने और नृत्य की आवाज आ रही है। बाजार में टूटे हुए गजरे और मसले हुए हार पड़े थे। नीचे बगल की गली में एक दरवाजा खुला और एक आदमी अपने कपड़े ठीक करके बाहर निकला और पीछे खड़ी औरत का चुम्बन लेकर बोला, "अब अगले हफ्ते आऊंगा।"

राव साहब, जिन्होंने बहुत सारे नोट फर्श पर बिछा दिए थे, गाना और नाच खत्म होने के बाद बोले, "वाह-वाह! मजा आ गया!"

फिर घड़ी देखकर बोले, "अच्छा, अब इजाजत दो, फिर किसी दिन शाम को आएंगे और जी भरकर तुम्हारा गाना सुनेंगे।"

पुतली इठलाकर बोली, "हम किसी से इकरार नहीं करते।"

राव साहब फौरन बोले, "और हम किसी का इनकार नहीं सुनते। जब जी चाहेगा, आ जाएंगे और गाना सुनकर जाएंगे।"

इतना कहकर राव साहब उठ खड़े हुए और अपने साथियों को आंख से इशारा करके बोले, "चलो भाई।"

उनके दोनों साथी जब उठे, उस समय पुतली ने देखा कि उन्होंने दो राइफलें उठा लीं, जो उन्होंने अपने पीछे चांदनी पर लिटा दी थीं और एक राइफल राव साहब को दी। तीनों खट्-खट् करते हुए सीढ़ियों से उतर गए। जिस होशियारी और चौकन्नेपन से वे तीनों नीचे आंगन में से गुजरते जा रहे थे, उसको देखकर पुतली के दिल में फिर एक विचित्र-सा भय पैदा हुआ, मगर उसने अपने भय को दिल-ही-दिल में दबा दिया, "उह! हम कोठेवालियां ठहरीं। हमारे यहां तो भांति-भांति के जानवर आते हैं। हम तो बस यह देखती हैं कि किसकी जेब में कितना माल है।"

जब वे लोग आंगन से बाहर निकल गए और नीचे दरवाजा लच्छू तबलिये ने बन्द कर लिया तो बे-आवाज कदमों से पुतली बालकोनी में खड़े मनमोहन के पास गई। मनमोहन की पीठ उसकी ओर थी और मुंह बाजार की ओर।

पुतली बिलकुल उसके करीब जाकर बोली, "मोहन!"

मोहन ने कोई उत्तर न दिया। वह मुड़ा तक नहीं। वैसे ही पुतली की ओर पीठ किये बाजार की ओर ताकता रहा।

"मोहन!" पुतली ने दूसरी बार पुकारा। मोहन फिर चुप रहा।

"देख ली मेरी जिन्दगी?" पुतली मुरझाए और दुखी भाव से बोली।

जब मोहन ने उसका भी कोई उत्तर न दिया तो पुतली ने तलवार की धार जैसे तीव्र स्वर में कहा, "क्या अब भी मुझसे शादी करोगे?" मोहन ने पलटकर पुतली की तरफ देखा। अपने दोनों हाथ उसके कंधों पर रख दिए। अपनी गहरी आंखें पुतली की आंखों में डालकर बड़ी गम्भीरता और दृढ़ता से कहने लगा, "हां! हां! हां!"

पुतली सन्नाटे में आ गई। कुछ न कहा उसने। केवल पलटकर नाच वाले कमरे में चली गई। अभी उसने दायें पांव के घुंघरू उतारे थे।

इसलिए वापस जाते समय बायें पांव के घुंघरू बजते गए।

फिर दरी पर बैठकर दूसरे पांव के घुंघरू उतारने लगी। इतने में मोहन भी अन्दर आ गया, "अब तुम्हारा जवाब क्या है?" उसने पूछा।

घुंघरू उतारकर पुतली खड़ी हो गई। अब वह अपने आप को और मोहन को आदम कद आईने में देख रही थी, 'हाय! आईने में उन दोनों की जोड़ी कितनी सुन्दर दिखाई देती है!' पुतली का दिल जोर-जोर से धड़कने लगा।

"जवाब दो।" मोहन ने जरा कठोर भाव से कहा।

पुतली बोली, "दीवाली के दिन आना। मैं भी सोचकर अपना जवाब तैयार रखूंगी।"

"दीवाली में तो अभी पच्चीस दिन हैं।"

"दीवाली से पहले मुझसे मिलने की कोशिश न करना।"

"क्यों?"

"देखती हूं, तुम्हें भूल सकती हूं कि नहीं।"

मनमोहन उसके पास आ गया। वह भी पुतली की ओर नहीं देख रहा था। अपने को और पुतली को इकट्ठे आईने में देख रहा था। धीरे से उसने पूछा, "अगर न भूल सकीं, तो?'

पुतली का गला भर आया। बड़ी कठिनाई से बोली, "तो भी तुमसे यही कहूंगी, मुझे भूल जाओ। मुझे मत चाहो।"

मनमोहन ने आईन की ओर संकेत करके कहा, जिसमें वे दोनों नजर आ रहे थे: "मैंने जो तुम्हें चाहा क्या इसमें खता मेरी,

यह तुम हो, यह आईना, इंसाफ जरा करना।"

पुतली इस जवाब पर झेंप गई, कुछ शरमा-सी गई। दिल में खुशी की लहरें और तरंगें उठने लगीं। अपने-आप को बेकाबू होते देखकर वह मुंह फेरकर उस कमरे से भाग गई। मनमोहन कुछ सोचता हुआ उसके कोठे की सीढ़ियां उतरने लगा।

मुरैना से चार कोस दूर सरागी फार्म था। यह फार्म नब्बे एकड़ जमीन पर फैला हुआ था। मनमोहन के पिता स्वर्गीय ठाकुर हनवन्तसिंह

ने इंस्पेक्टर-जनरल के पद से रिटायर होने पर उसे खरीदा था। उसमें एक ट्यूबवेल लगाया था और एक बंगला भी बनवाया था और एक छोटा-सा बगीचा और बगीचे में एक छोटा-सा मन्दिर अपनी बीवी के लिए, जो बहुत धार्मिक विचारों की थीं और दोनों समय पूजा करने मन्दिर में जाती थी। आज सवेरे वह पूजा समाप्त करके पूजा की थाली हाथ में लिए मन्दिर से वापस आ रही थीं, जब उन्होंने बगीचे की मेड़ पर मनमोहन को बंगले की ओर आते देखा।

मनमोहन ने करीब आकर मां के पांव छुए। मां ने सिर पर हाथ रखा और पूछने लगी, "कहां से आ रहे हो?"

"ड्यूटी करके।"

"कैसी ड्यूटी?"

'तुम्हें तो मालूम है मां, मैं पिता जी के कहने के अनुसार इंडियन पुलिस सर्विस के मुकाबले की परीक्षा देने वाला हूं।"

"हां, सो तो मालूम है।"

"तो जैसा मैं तुम्हें बार-बार बता चुका हूं, उस परीक्षा में प्रैक्टिकल भी होता है, उसकी अभी से प्रैक्टिस करता हूं। पुलिस के संग रातों को देहातों में जाना होता है। उनके साथ गश्त करनी पड़ी है। जंगलों में चांदमारी की प्रैक्टिस भी होती है।"

"यह काम दिन को नहीं हो सकता?" मां ने चिन्तित भाव से पूछा।

"नहीं, तुम तो जानती हो मां, यह चम्बल का इलाका डाकुओं से पटा पड़ा है। डाकू दिन को आराम करते हैं, रात को डाका डालते हैं। पुलिस की चौकसी भी रात को ज्यादा रहती है। उस वक्त काम भी ज्यादा रहता है। यही समय ठीक रहता है।"

"जैसी तुम्हारी मर्जी।" मां ने आह भरकर कहा, "पर मैं इतना जानती हूं, जब तक तुम्हारे पिताजी जिन्दा रहे, तुम कभी रातों को घर से बाहर नहीं गए। उनको मरे चार साल हो गये, मुझे तुमसे कभी शिकायत नहीं हुई, पर अब कुछ महीनों से⋯"

"मां जी, कुछ दिनों की बात है, उसके बाद तो परीक्षा दे दूंगा। मगर फिर क्या रातों की बात बन्द हो जाएगी? अगर मैं पुलिस के

विभाग में आ गया, तो जिन्दगी-भर ही गश्त रहेगी। पुलिसवालों की तो चौबीस घण्टे ड्यूटी रहती है, विशेषकर इस इलाके में।"

बातें करते-करते वे बंगले में आ गये। मनमोहन अपने कमरे में जाने लगा। बोला, "मां, मुझे बड़ी नींद आ रही है।"

"तो दूध का एक गर्म-गर्म कप पीकर सो जा, अच्छी नींद आएगी।"

मनमोहन ने सिर हिलाकर 'हां' में संकेत किया। मां दूध लाने चली गई। रसोई में जाकर उसने चम्पा नौकरानी को दूध गर्म करने के लिए कहा, फिर मां ने खुद उस दूध को छननी में छाना, क्योंकि मनमोहन दूध में मलाई को पसन्द नहीं करता था। दूध छानकर उसने दो चमचे शक्कर मिलाई और प्याला लेकर मनमोहन के कमरे में आई। मनमोहन कमरे में अपने बिस्तर पर लेट चुका था। उसकी आंखें बन्द थीं। मां धीरे से बोली, "सो गए क्या?"

एक अंगड़ाई लेकर अधमुंदी आंखें खोलकर मनमोहन उठ बैठा और एक सांस में दूध का कप खाली कर गया। मुंह पोंछकर करवट लेकर सोने वाला ही था कि मां ने पूछा, "तेरी जेब से यह तस्वीर किसकी गिरी है?" सोता-सोता मनमोहन एकदम जाग गया। उसकी सारी इन्द्रियां जाग्रत् हो गईं। वह एकदम चौकन्ना हो गया।

मां ने कांपते हाथों से तस्वीर बेटे के हाथ में दे दी।

यह पुतलीबाई की तस्वीर थी। उसने कोट के अंदर की जेब में रखी थी। अंदर की जेब से गिर गई। मनमोहन के मन में शंका-सी हुई। उसने ध्यान से मां के चेहरे की ओर देखा, लेकिन वहां पर किसी सन्देह या शंका की छाया न थी। वह सच बोल रही थी।

नृत्य करती हुई पुतलीबाई की तस्वीर थी, जो उसने एक रात फ्लैश कैमरे से ली थी, जिस रात पुतलीबाई सेठ गोवर्धनदास के यहां मुजरे में आई थी। उसके कदमों के पास आंगन में बैठे हुए देहाती भी नजर आ रहे थे। "मां, मैं तुम्हें बता चुका हूं न। रातों को देहातों में गश्त करने के लिए जाना पड़ता है। एक दफा रात के वक्त एक गांव में इस नाचने वाली को एक सेठ के यहां देखा था, वहीं कैमरे से तस्वीर ले ली। यूं ही···क्यों?"

"मैंने भी यूं ही पूछा, बेटा।" मां बोली, "यह जानकर हैरान जरूर हुई कि मेरे बेटे की जेब में इस गाने-नाचनेवाची की तस्वीर कहां से आ गई।"

"अब तो मालूम हो गया?"

"हां।"

"तो अब मैं सो जाऊं?"

"सो जाओ पर···" मां इतना कहकर रुक गई।

"क्या है मां, मुझे सोने नहीं दोगी क्या?"

एकाएक मां जैसे उबल पड़ी, "तू शादी क्यों नहीं कर लेता, बेटा?"

पहले परीक्षा पास कर लूं, नौकर हो जाऊं, फिर शादी कर लूंगा।"

"तुझे परीक्षा पास करने, नौकर होने की क्या जल्दी है? घर में ईश्वर का दिया और तेरे बाप का रखा बहुत है।"

"कितना भी रखा हो, धीरे-धीरे खत्म हो जाता है। मर्द कमाता ही भला, मां!"

"यह तो ठीक है, पर तू कहे, तो मैं लड़की देख लूं।" मां ने अनुरोध किया।

"नहीं मां, दीवाली के बाद बताऊंगा।"

मां कुछ देर दुविधा में पड़ी चुपचाप अपने बेटे के सिरहाने खड़ी रही, फिर पलटकर कमरे से बाहर निकल गई। मां ने पुतली की तस्वीर उसके सिरहाने रख दी थी। मां के जाने के बाद मनमोहन ने उठा ली। कुछ क्षण तक विचारपूर्वक देखता रहा, फिर उसे तकिये के नीचे रखकर सो गया। बहुत गहरी नींद आई उसे। मगर चेहरे पर मुस्कान थी।

ऊंची-ऊंची चट्टानें, पहाड़ियां, रेतीले टीले, कांटेदार घनी झाड़ियों के जंगल, चंबल का बीहड़ डाकुओं के लिए पनाह लेने के लिए आदर्श जगह है। बस्ती से बीहड़ में उतरो, तो कुछ मिनट में आदमी गायब हो सकता है। पता ही नहीं चलता कि किधर लोप हो गया। एक ही जगह से फरार होने के लिए इतने रास्ते निकलते हैं कि पुलिस की सैकड़ों टुकड़ियां भी अपराधियों की खोज में असफल रहीं। इसलिए आज तक चम्बल से

डाकुओं का उन्मूलन नहीं हो सका। इलाके के लोग भी डाकुओं से सम- झौता करके उनके साथ रहना सीख गये हैं। जैसे जंगल के आदिवासी जंगली जानवरों के साथ रहना-सहना सीख जाते हैं।

इसी बीहड़ में और उसके आसपास के इलाकों में डाकुओं के बहुत-से गैंग हैं, जिन्होंने इस बीहड़ में अपनी-अपनी सीमाएं बांध रखी हैं। कस्बों, शहरों और गांवों का बंटवारा भी हो चुका है और इलाके का निपटारा भी हो जाता है। डाकुओं का एक गैंग एक निश्चित इलाके में ही अपना शिकार ढूंढ़ सकता है। दूसरा इलाका दूसरे गैंग के लिए तय है। जिस तरह शेरों ने जंगल में अपने इलाके सीमित किए हुए हैं—एक इलाके का शेर दूसरे शेर के इलाके में घुस नहीं सकता, वरना उसे दूसरे शेर का मुकाबला करना पड़ेगा डाकुओं में भी इसी तरह के इलाकों की बन्दर-बांट पर लड़ाइयां हो जाती हैं, गोलियां चलती हैं। आपस के युध्द में डाकू मारे भी जाते हैं, केवल पुलिस के हाथों ही नहीं मारे जाते। लड़ाई होकर फिर सुलह भी हो जाती है। बड़े डाकू बड़ी शक्तियों की तरह मिलकर सुलह की शर्तों का फैसला करते हैं। इलाकों की नई बन्दर बांट में इस बात का विशेष रूप से ध्यान रखा जाता है कि लड़ाई में कौन गैंग जीता, कौन हार गया। एक गैंग से दूसरे गैंग में भी डाकू आते-जाते रहते हैं। आया राम, गया राम केवल विधानसभा और लोकसभा के सदस्यों ही में नहीं होते, डाकुओं में भी होते हैं।

कभी-कभी डाकुओं के दो-तीन गैंग आपस में मिलकर एक बड़ा गैंग बुला लेते हैं। एक तरह का संयुक्त विधायक दल, जिसमें मन्त्रिमण्डल की तरह बाकायदा लूट के माल के हिस्से बांट लिए जाते हैं। एक चौथाई लूट किसी के हिस्से में आती है, दो चोथाई किसी के हिस्से में, कोई आधी लूट का अधिकारी बनता है तो कोई तीन चोथाई का। किसी डाकू का पद कैबिनेट मिनिस्टर की तरह ऊंचा होता है, कोई डिप्टी मिनिस्टर की तरह उससे कम श्रेणी का होता है। कोई डिप्टी मिनिस्टर की पदवी रखता है। कहने का मतलब यह है कि जहां ताकत होती है, रुपया होता है, लूट होती है, वहां उसकी बन्दर-बांट भी होती है। यह इतिहास का सिद्धांत है, जो जीवन के बहुत-से विभागों पर लागू होता है। डाकुओं पर

भी, क्योंकि डाकू आखिर मनुष्य ही तो होते हैं।

कुछ समय से कल्याणसिंह (कल्ला) और सुलतानसिंह (सुलताना) डाकुओं के दोनों गैंग आपस में मिल गए थे। महावीरसिंह डाकू के विरुद्ध। इन दिनों बीहड़ में और चम्बल के आसपास के इलाकों में महावीरसिंह ही सबसे बड़ा डाकू माना जाता था। वैसे कल्ला और सुलताना भी बहुत प्रसिद्ध थे और दूर-दूर तक मार करते थे, मगर ये दोनों महावीर सिंह से नीचे के स्तर के समझे जाते थे। इसलिए अपनी स्थिति को ज्यादा शक्तिशाली बनाने के लिए उन दोनों ने अपने गैंग एकत्र कर लिए थे।

कल्ला सीनियर डाकू था और पन्द्रह वर्ष से डाके डाल रहा था, जब कि सुलताना उसके मुकाबले में नोजवान था और केवल आठ बरस से डाके डाल रहा था। इसलिए दोनों के मिले-जुले गैंग में कल्ला को पहली श्रेणी का पद मिला और वह दोनों गैंग का सरदार माना गया। और सुलताना को नम्बर दो पर रखा गया, जिसे सुलताना ने प्रसन्न भाव से स्वीकार कर लिया। उसे कल्ला से अभी बहुत-से गुर सीखने थे, फिर उसका गैंग केवल पच्चीस आदमियों का था, जबकि कल्ला के गैंग में पैतालीस से ऊपर लोग थे।

दोनों गैंगों के एक जगह एकत्रित होने से शक्ति तो बढ़ ही गई थी, अब महावीर सिंह उनके इलाके में दखल नहीं देता था, लेकिन आपस में कभी-कभी दोनों गिरोहों में टकराव हो जाता, जिसे दोनों सरदार मिलकर मिटा देते थे, फिर भी एक ही गैंग में अन्दर ही अन्दर दोनों ग्रुप कायम थे और ढका-छिपा उनका अस्तित्व भी बाकी था और दोनों सरदार एक-दूसरे पर विश्वास करने के बजाय अपने ग्रुप पर ज्यादा विश्वास करते थे। यह सब कुछ ठीक भी था, क्योंकि उन दोनों को एक जगह हुए अभी कुछ महीने ही हुए थे।

कल्ला के अनुरोध पर सुलताना ने अपना अड्डा छोड़ दिया था। हालांकि उसे अपना वह अड्डा बहुत पसन्द था। वहां बहुत ही ऊबड़-खाबड़ पहाड़ियों के अंदर एक छोटी-सी नदी बहती थी, गीराह नदी। उसके करीब एक घने जंगल में छिपे एक ऊंचे टीले पर किसी राजपूत सरदार का ध्वस्त किला था। किला क्या था, बिलकुल खंडहर था।

उसके तहखाने में एक पहाड़ी खोह में डाकुओं ने रास्ता बना लिया था। सुलताना के डाकू इसी तहखाने में रहते थे और सुलताना, तहखाने के ऊपर किले के खंडहरों में गिरने से बच गये दो कमरे थे, उसमें रहता था। यहां से वह चारों ओर टीलों और पहाड़ियों से घिरी इस छोटी-सी वादी पर नजर रख सकता था, जहां डाकुओं और जंगली जानवरों के सिवाय और कोई न रहता था। इन सब स्थितियों के कारण सुलताना को अपना अड्डा बहुत पसन्द था।

मगर कल्ला ने उसे समझाया कि 'निशानदेही पुलिस फोरन कर सकती है। राजपूती किले का नाम व निशान पुलिस से छिपा न होगा। अगर कभी किसी गैर ने किसी डाकू को इस खंडहर में जाते देख लिया, तो पूरा गैंग गिरफ्तार हो सकता है।' इसलिए उचित यही है कि सुल-ताना का गैंग कल्ला के हेडक्वार्टर में आकर रहे, जो ऊंची पहाड़ियों के घने जंगलों में भुल-भुलैयों की तरह घूम जाने वाली गुफाओं में गुम था। ये थीं तो प्राकृतिक गुफाएं, जिन्हें जंगली जानवरों ने अपने बसेरे के लिए खोजा था, लेकिन मनुष्य से बढ़कर जंगली जानवर कौन है! डाकुओं ने जंगली जानवरों के शरण-स्थलों पर अधिकार जना लिया। न केवल अधिकार जमाया, उन्हें धीरे-धीरे विस्तार भी दिया और एक गुफा से दूसरी गुफा तक जाने के लिए रास्ते बनाये और समय पड़ने पर फरार हो जाने के रास्ते भी ढूंढ़ निकाले। इन्हीं गुफाओं की एक खोह में एक दिन कल्ला और सुलताना दोनों बैठे इधर-उधर की बातें कर रहे थे कुछ दिनों पहले कल्ला भेस बदलकर मुरैना में उस कोठे पर जाकर पुतली-बाई का नाच देख आया था। उसके दिल पर पहले तो पुतलीबाई की बहादुरी का प्रभाव पड़ा था। जिस तरह वह उसका घोड़ा लेकर चली गई थी, वह अदा उसको अब तक याद थी, फिर जब उसने पुतलीबाई का नृत्य देखा और उसका गाना सुना तो वह और भी उसपर मर मिटा ओर मोहित हो गया।

इस समय दोनों डाकू खाना खाकर खोह में बिछी सूखी घास पर लेटे हुए बातें कर रहे थे। कल्ला बोला, "मुरैना की पुतलीबाई का नाच तुमने

देखा? गजब के भाव बताती है।" सुलताना हालांकि देख चुका था, मगर वह इस विषय पर चुप रहा। बात बदलकर बोला, "मैंने नहीं देखा, पर जो तुमको पसन्द है, तो मुझको भी समझो पसन्द है। यह तो बताओ कल किधर की चढ़ाई है?"

कल्ला, जो सुलताना से आयु में पन्द्रह साल बड़ा था और अधेड़ आयु का था, नौजवान सुलताना का जोश और आवेग देखकर मुस्करा दिया। बोला, "रोज चढ़ाई, रोज चढ़ाई! आज ही तो हल्ला करके आये हैं। अब दो-चार दिन चुप रहो।"

"मगर‥‥" सुलताना कहने लगा।

कल्ला ने उसकी बात काटकर प्रसन्न भाव से कहा, "अरे तुम तो हर रोज सुबह नौ बजे उठकर हमले के लिए तैयार हो जाते हो। डाका डालते हो कि दफ्तर जाते हो?" इतना कहकर वह जोर से हंसा। फिर बोला, "जरा दम तो लेने दो। आठ-दस दिन का नागा तो दो, फिर सोचेंगे। वरना पुलिस पंजे झाड़कर पीछे पड़ जाएगी।"

"मेरे गैंग के आदमी बेकार रहेंगे, इसका तो मुझे सोचना पड़ता है।" सुलताना अधीरता से बोला।

"अब तुम्हारा गैंग मेरे गैंग से अलग नहीं है। तुम्हारे ग्रुप में सिर्फ बीस आदमी थे, मेरे में चालीस से ऊपर। अब तुम यह बताओ कि सात-आठ महीनों से, जब से तुम मेरे गैंग में शामिल हुए हो, तुमको या तुम्हारे आदमियों को कोई तकलीफ हुई है?"

"नहीं, दादा।"

"हालांकि तुम्हारी नफरी कम थी, इस पर भी मैंने तुमको आधा हिस्सा दिया। यह हिस्सा तुमको बराबर मिलता है?"

"बराबर मिलता है।" सुलताना ने स्वीकार किया।

"फिर तुम फिक्र क्यों करते हो? यह फिक्र करना कल्याणसिंह का काम है। जाओ, आराम से जाकर सो जाओ। देर भी बहुत हो चुकी है।"

सुलताना खामोश हो गया। उठकर अपनी खोह में चला गया। यहां उसका लेफ्टिनेंट लोहारी बैठा उसकी राह देख रहा था। लोहारी का कद छः फुट से निकलता हुआ था। बड़े-बड़े हाथ थे और गाल पिचके

हुए। आंखें बड़ी तेजी से इधर-उधर चलती-फिरती थीं। सामने के दो दांत गायब थे। लोहारी का निशाना बहुत अच्छा था, मगर वह अधीर और झगड़ालू स्वभाव का था। बात-बात में अपने साथियों से उलझ पड़ता। सन्दिग्ध प्रकृति का भी था और स्वाभिमानी होने के कारण अपने-आप को बहुत कुछ समझता था। दिल ही दिल में कल्ला और सुलताना को अपने-आप से नीचा समझता था। कल्ला और सुलताना दोनों सोच-समझकर गोली चलाते थे, बल्कि जहां तक हो सके, गोली चलाने से बचते थे। अगर शिकार राइफल से डरकर अपना माल हवाले कर देने के लिए तैयार है, तो उस पर गोली चलाने से क्या लाभ? लोहारी बड़ा हथछुट था। पहले गोली चला देता था, फिर सोचता था।

सुलताना अपनी खोह में आकर लोहारी के करीब लेट गया। और फिर धीरे-धीरे पुतलीबाई के गाये हुए बोल उसके होंठों पर आ गए : "यह दुनिया है सिक्के वालों की···"

उस दिन लोहारी भी सुलताना के साथ था, जिस दिन सुलताना राव साहब बनके पुतली का मुजरा सुनने गया था। लोहारी ने यह धुन सुनके ऊंची आवाज में और कुछ कटाक्ष भावं में सुलताना से कहा, "मालूम होता है, पुतली का मुजरा भूले नहीं हो।"

लेटे-लेटे सुलताना चट्टानों की छत की ओर देखते हुए बोला, "जालिम की नजर दिल में घुस गई है।"

खोह के दूसरी ओर कल्ला दुबका हुआ लोहारी और सुलताना की बातें सुन रहा था। उसे यह जानकर आश्चर्य हुआ कि सुलताना ने इतनी छोटी-सी बात को उससे क्यों छिपाया कि वह पुतलीवाई का मुजरा देख चुका है।

कुछ देर सोचने के बाद वह आगे बढ़कर अन्दर आया और खोह की छत पर हाथ टेककर खड़े खड़े बोला, "सुलताना, मैं समझता हूं, तुम ठीक ही कहते हो। हमें बेकार नहीं बैठना चाहिए। इसलिए तुम कल सेठ धन्नामल के घर का एक चक्कर लगा आओ। कम्बख्त ने छः महीने से नजराना नहीं दिया। तुम्हारी शक्ल देखते ही दे देगा।"

सुलताना उठकर बैठ गया। बोला, "धन्ना का घर? वह तो बहुत

दूर के गांव में है। तीन दिन लग जाएंगे आने-जाने में।"

कल्ला बोला, "टाइम लगेगा, मगर पैसा भी तो मिलेगा।"

सुलताना का जी चाहा कि इनकार कर दे, फिर कुछ सोचकर बोला, "अच्छा, दादा!"

कल्ला अपनी खोह को लौट गया। अपनी खोह में जाकर उसने कलुआ डाकू से कहा, जो उसका बाडीगार्ड था, "देखी, कल तुम मुरैना जाकर मालूम करो, अब पुतलीबाई का मुजरा कब होगा।"

"दादा, वह तो रोज ही अपने घर पर मुजरा करती है।"

"अबे धूर्त!" कल्ला गरजकर बोला, "मैं घर की बात नहीं करता। बाहर कहां पर और कब उसका मुजरा है? यानी मुरैना से बाहर किसी गांव या कस्बे में। किसी जमींदार या सेठ के घर। कहां पर और कब वह मुजरा करने जायेगी। सब खबर लाकर दो और अपनी जगह सूरत-सिंह को चौकीदारी पर छोड़ जाओ।"

"बहुत अच्छा, मालिक।" कहकर कलुआ उलटे पांव कल्ला की खोह से विदा हो गया। जब वह नीचे जा रहा था, तो उसने सुलताना को भी एक घोड़े पर सवार पहाड़ी से नीचे उतरते देखा।

बेकारी में समय नहीं कटता। कल्ला ने बठोर से एक गानेवाली मंगाई थी। नाम था दिलशाद। सूरत थी दिलबर्बाद। न सुर, न ताल। न शक्ल, न सूरत। विचित्र धूर्त थी। पक्की आयु, मुंह पर चेचक के दाग, जिसे भारी मेकअप से छिपाने की कोशिश की गई थी। फटे स्वरों में हारमोनियम पर ठुमरी गा रही थी कि कल्ला ने घबराकर कहा, "बन्द करो यह खटराग! निकालो इसको बाहर। कहां से आ गई यह! दे-दिलाकर विदा करो!"

"जो कुछ देना-दिलाना था," एक डाकू बोला, जो बठोर से दिल-शाद को लेकर आया था, "वह तो यह पेशगी ले चुकी।"

"तो दफा करो इसे!"

हारमोनियमवाले ने जल्दी से अपनी पेटी बन्द की। दिलशाद हाथ जोड़कर बोली, "सरकार, इस आधी रात के समय कहां जाऊंगी? हुक्म

दें, तो यहीं कहीं पड़ रहूंगी। कल सुबह निकल जाऊंगी।"

कल्ला ने हुक्म दिया, "इसको सबसे नीचेवाली खोह में पट्टी बांधकर ले जाओ। सुबह भिजवा देना। हां, मगर चौकसाई रहे।"

इसके बाद कल्ला ने घूमकर अपने करीब के एक डाकू से कहा, "हय-हय! कम्बख्त वह पुतलीबाई याद आ गयी फिर इस वक्त···"

फिर जैसे उसे कुछ याद आया, वह जोर से बोला, "वह कम्बख्त कला कहां है? तीन दिन से उसे नहीं देखा।"

कलुआ अपना नाम सुनते ही दौड़ा-दौड़ा अन्दर आया। हाथ जोड़कर बोला, "हुक्म, मालिक!"

"अरे, तुझे मैंने पुतलीबाई के घर भेजा था, कुछ मालूम करने के लिए। तू तीन दिन कहां रहा?"

"मालिक, मैं अपने गांव चला गया था। छः महीने से गया नहीं था। बीवी-बच्चों से मिलने गया था और उनको पैसे देने। मेरी कमाई ही पर तो उनको गुजर है।"

"और अगर कहीं पकड़ा जाता तो?"

"वह मैंने मालूम कर लिया था। पुलिस एक दिन पहले उसी गांव में घुमकर गई थी।"

"मगर मैंने तो तुझे पुतलीबाई के घर भेजा था।"

'पहले उधर ही गया था मालिक, मगर वह कहीं बाहर मुजरा करने गयी थी। इसलिए सोचा, मेरा घर इधर से करीब है, क्यों न हो आऊं। वापसी में फिर मुरैना गया, तो मालूम हुआ कि आज रात उसका मुजरा पतनबारी के जमींदार मोती बाबू के घर पर है।"

"तो इतनी देर से क्यों आया?"

"सरकार, वह इधर···वह उधर···" कलुआ रुक गया।

"हां, बोल···बोल। डरता क्यों है?"

कलुआ के एक इशारे पर सब डाकू वहां से खिसक गए। कलुआ बोला, "सरकार, उधर पुतलीबाई के घर पर छोटे सरदार बैठे थे।"

"कौन, सुलताना?"

"हां, मालिक, मुजरा सुन रहे थे, पर मैं उनके सामने नहीं पड़ा, बाहर

ही से पूछकर चला आया!"

"ओह, यह बात है! बड़ा घुन्ना है सुलतानसिंह। मुझसे छिपाता है।"

कलुआ ने बाहर देख घबराकर कहा, "मालिक, छोटे सरदार आ रहे हैं। मेरा नाम मत लेना। मैंने कुछ नहीं बताया आपको।"

"हां-हां, तू जा। मैं कुछ नहीं कहूंगा।"

कलुआ बाहर निकल रहा था, सुलताना अंदर आ गया। आते ही कल्ला हंसकर कटाक्ष-भरे स्वर में कहने लगा, "मालूम होता है, नजराना लेने नहीं, देने गए थे।"

सुलताना ने चौंककर पूछा, "आपसे किसने कहा?"

कल्ला बोला, "मुरैना से एक चिड़िया उड़ती आई थी। उसने तुम्हें पुतलीबाई के घर दिल व जान नजर करते हुए देखा। खैर, कोई बात नहीं। तुम जवान आदमी हो। दिल के सौदे में अपना धन्धा भूल सकते हो।"

सुलताना को गुस्सा आ गया। अपनी जेब में हाथ डालकर नोटों की गड्डियां निकालीं और उन्हें कल्ला की तरफ फेंकते हुए बोला, "सुलतानसिंह अपना धन्धा कभी नहीं भूलता। यह रहा आपका नजराना।" इतना कहकर सुलतानसिंह अपनी खोह में चला गया।

उसका यों चला जाना कल्याणसिंह को बहुत बुरा लगा, मगर वह उसे सुलताना की नौजवानी और अज्ञानता का नाम देकर खामोश रह गया। कुछ मिनट चुप रहने के बाद उसने सूरतसिंह को बुलाकर कहा, "मैं जरा एक काम से बाहर जा रहा हूं। अड्डे पर चौकस रहना।"

कल्याणसिंह ने उसी रात कोई पच्चीस-तीस मील के घेरे में भिन्न-भिन्न स्थान पर अपने बीहड़ में गश्त की और जब उसे विश्वास हो गया कि पुलिस आज इस इलाके में नहीं है, तो पौ फटने से पहले ही वह तोर्जा पुल के उधर मुरैनावाले बीहड़ में ठीक उसी स्थान पर आकर खड़ा हो गया, जहां पर पुतलीबाई ने उसका घोड़ा उससे छीना था। वह अदा कल्याणसिंह के दिल में इस तरह घुस गयी थी, जैसे नूरजहां की कबूतर

उड़ा देनेवाली अदा जहांगीर के दिल में।

'मोती बाबू के यहां मुजरा करने गयी है, तो आएगी इसी रास्ते से। किसी भी तरह से उसे तोर्जा पुल से गुजरना पड़ेगा। बीहड़ के इस रास्ते को काटकर वह मुरैना नहीं जा सकती। आएगी तो इसी रास्ते से।··· फिर···फिर?···" कल्ला ने एक सिगरेट सुलगाया और पुतलीबाई की राह देखने लगा।

पुतलीबाई अपने ख्यालों में हर समय मनमोहन के साथ रहती थी। इस समय मोती बाबू के यहा से मुजरा करके आ रही थी, तो डोली में बैठी-बैठी इसी उधेड़-बुन में थी कि यह उसने मनमोहन से क्या कह दिया कि दीवाली से पहले उससे हरगिज न मिले? मनमोहन उस दिन के बाद उससे मिलने नहीं आया था मगर मनमोहन को भूलने के बजाय हर रोज उसके मन में मनमोहन को तस्वीर और ज्यादा स्पष्ट और उज्ज्वल हो जाती थी। जिससे प्यार हो, उससे ज्यादा समीपता कभी-कभी ऊब जाने का कारण बन जाती है, लेकिन ज्यादा दूरी मकनातीस की तरह सपनों में बुलाती है। डोली में बैठे-बैठे पुतलीबाई को मनमोहन का स्पर्श याद आने लगा। कहीं भी वह मुजरा करने जाती, वापसी में आधे रास्ते से वह उसके साथ लग लेता था। वह डोली में, वह घोड़ पर सवार, जैसे वह उसका दूल्हा हो और वह उसकी दुल्हन। मनमोहन कांटेदार, भयानक पहाड़ी रास्तों से गहरी खाड़ियों वाले बीहड़ में उसका हाथ अपने हाथ में लिए रक्षा, आराम और संतोष की ओर रास्ता दिखाता था। अभी तो दीवाली के बहुत दिन हैं। इतने दिन कैसे काटेगी वह मनमोहन के बिना? सब कुछ सूना-सूना-सा लगता है। यह भरा-पूरा संसार, मुंह बोले प्रशंसा की निगाहों से उसे देखते हुए ये सैकड़ों लोग, उसकी चंचल अदाओं के बंदी, सब कुछ झूठा है उसके बिना। अब के वह उसे मिलेगा, तो वह उसके पांव में बिछ जाएगी और उसके सीने से लगकर सिसककर कहेगी, 'ले चलो, मेरे मनमोहन, मुझे ले चलो। जहां तुम्हारा जी चाहे। मुझे इस पाप की डगर से उठाकर जी चाहे तो किसी झोंपड़े में रख दो। मगर सदा अपने साथ रखो। मैं तुम्हारी हूं।' एकाएक घोड़े की टापों की आवाज सुनाई देने लगी। पुतलीबाई का दिल धक् से रह गया। उसे ऐसा लगा

जैसे मनमोहन उसके पीछे-पीछे घोड़ा दौड़ाता आ रहा है। पुतली ने डोली के जालीदार पर्दे से देखा, वही जगह है, पलाश का जंगल, जहां से घोड़ा दौड़ाकर वह उसकी डोली के करीब आ जाता था।

पुतली का दिल जोर-जोर से धड़कने लगा। उसने अपने सीने पर हाथ रख लिया। कहीं मनमोहन उसके दिल की तेज धड़कन न सुन ले। उसकी आंखों की चमक न देख ले। उसके चेहरे की खुशी न पढ़ ले। पुतलीबाई को इस समय अपने-आप को संभालना मुश्किल हो रहा था। घोड़े की टापों की आवाज करीब आती गई। करीब आती गई। बिलकुल करीब आ गई। बिलकुल धीमी हो गई।

मुस्कराकर पुतलीबाई ने डोली का पर्दा उठा दिया और अपना हाथ बाहर निकाल दिया और कांपते हुए स्वर में बोली, "मनमोहन!" पुतलीबाई का हाथ दूसरे हाथ में आ गया। चौंककर पुतलीबाई ने अपने हाथ को उसके हाथ से खींचना चाहा, मगर सफल न हो सकी। दूसरे हाथ की पकड़ लोहे की भांति शक्तिशाली थी। उसने घबराकर बाहर देखा। बाहर घोड़े पर मनमोहन न था। राव साहब सुलतानसिंह थे, कंधे पर राइफल लादे हुए।

"राव साहब?" पुतली पहचानकर बोली।

वह जिसको उसने राव साहब कहा था, एक निर्दय, क्रूर हंसी हंसकर बोला, मैं राव साहब नहीं। अगर था तो सिर्फ तुम्हारे कोठे पर। इस जंगल में तो मैं सुलताना डाकू हूं।"

कहारों के पैर भय से धीमे पड़ गए। चेहरों पर हवाइयां उड़ने लगीं। सुलताना ने गरजकर कहा, "डोली नीचे रख दो।"

"डोली आगे बढ़ाओ!" पुतली चिल्लाकर बोली।

"डोली नीचे रख दो, वरना एक-एक को गोली का निशाना बना दूंगा। तुमने सुलताना डाकू का नाम नहीं सुना क्या?"

कहारों ने डोली जमीन पर रख दी।

पुतली डोली से निकलकर भागने की कोशिश करने लगी, मगर सुलताना ने हाथ के एक ही झटके से उसे ऊपर उठा लिया और अपने घोड़े पर लादकर जंगल में सरपट भागता हुआ गायब हो गया।

कहारों को देर तक पुतली की चीखें सुनाई देती रहीं, फिर जब जंगल में चारों ओर सन्नाटा हो गया, तो टीले के पीछे से देखते हुए कहार निकले और डोली में झांककर देखने लगे। डोली खाली थी।

एक कोने में पुतली की ओढ़नी रह गई थी और एक रूमाल, जिसमें नोटों की गड्डियां बंधी थीं। डोली से बाहर थोड़ी-सी दूरी पर पुतलीबाई का एक सैंडल धूल में उलटा पड़ा था। कहारों में जो सबसे बुड्ढा था उसने नोटोंवाले रूमाल को अपने कब्जे में किया। बोला, "डोली उठाओ और सीधे मुरैना चलो, पुलिस चौकी।"

"पहले तो पुतलीबाई की मां को खबर करनी होगी।"

"हां, वह भी तो मुरैना में है, मगर कोठे पर हाजिरी देने के बाद पुलिस में भी हाजिरी देनी होगी।" कहारों ने डोली उठा ली।

तोर्जा पुल के उस पार बीहड़ की घनी झाड़ियों वाले टीलों के पीछे अपने घोड़े पर सवार कल्याणसिंह ने बड़ी बेताबी से आकाश की ओर देखा। न केवल पौ फटकर चारों ओर उजाला फैल गया था, बल्कि अब सूर्य की किरणें भी कांटेदार झाड़ियों में अपना सुनहरी जाल बुन रही थी।

कल्याणसिंह ने आकाश की ओर देखकर अपने आप से कहा, "आज बहुत देर कर दी।" उसने व्याकुल होकर एक और सिगरेट सुलगाया। अभी वह सिगरेट सुलगा ही रहा था कि उसे मोड़ पर से कहार डोली लिए आते दिखाई दिए, जो तराई में से गुजर रहे थे, फिर थोड़ी-सी चढ़ाई चढ़कर डोली उसके पास पहुंचेगी। टीलों के पास। उसके घोड़े के बिल-कुल करीब। कल्याणसिंह ने घोड़ा आगे जरा-सा खिसका कर सामने का रास्ता देखा। आगे-पीछे कोई आ-जा नहीं रहा था। जब डोली उतराई से निकलकर चढ़ाई पर आने लगी, तो घने पेड़ों में गायब हो गई। कल्याण सिंह ने और कुछ मिनट इन्तजार किया फिर धीरे से घोड़े को दुलकी चलाकर पगडंडी के बीच खड़ा हो गया।

कहार जब भयभीत आवाज में गीत गाते हुए दो ऊंचे टीलों में से गुजरनेवाली पगडंडी की चढ़ाई पर पहुंचे, तो अपने सामने रास्ते के बीच

एक घुड़सवार को बन्दूक उठाए देखकर कांप गए।

"डोली नीचे रख दो।" कल्याणसिंह जोर से गरजा।

कहारों ने शीघ्र डोली अपने कंधे से उतारकर नीचे रख दी। कल्याण सिंह ने वहीं घोड़े पर चढ़े-चढ़े आवाज दी, "पुतलीबाई, डोली से बाहर निकल आओ।"

बुड्ढे कहार ने हाथ जोड़कर प्रार्थना की, "सरकार, पुतलीबाई इस डोली में नहीं है।"

"क्या कहते हो?" कल्याणसिंह गुस्से से बोला और घोड़े से उतरकर उसने आगे बढ़कर डोली का पर्दा उलट दिया। डोली खाली थी, "क्या यह पुतलीबाई की डोली नहीं है?" कल्याणसिंह ने डपटकर कहारों से पूछा।

"डोली तो उसी की है।" वही बुड्ढा कहार बोला, "मगर वह इसमें नहीं है।"

"तो फिर कहां गई?"

"हुजूर, उसे सुलताना उठा ले गया।" बुड्ढा कहार बोला।

"सुलताना उठा ले गया?"

"हां, हुजूर, तीन मील पीछे पलाश के जंगल से।"

"वह हरामी! कुत्ते का पिल्ला···" कल्याणसिंह बुड्ढे कहार से पूरी घटना सुनकर बोला। उसकी आंखों में खून उतर रहा था। उसने दांत पीसकर सुलताना पर गालियों की बौछार कर दी, मगर गालियों से क्या होता है! एकाएक कहारों से कुछ कहे-सुने बिना कल्याणसिंह ने अपना घोड़ा पलटा दिया और बीहड़ में एक और जंगल के अन्दर घोड़ा दौड़ाते हुए गायब हो गया।

चार

सुलताना ने सब प्रबन्ध पहले कर रखा था। उसके इशारे पर एक-एक करके उसके गैंग के सारे आदमी कल्ला के अड्डे से निकलकर अपने पुराने अड्डे पर आ गए थे, जो किसी जमाने में किसी राजपूत सरदार की गढ़ी थी और भूतोंवाली गढ़ी कहलाती थी। दूर-दूर तक यह

मशहूर था कि इस गढ़ी के खंडहर में भूत रहते हैं। रातों को कभी गाने, कभी क्रूर चीखों की ध्वनि सुनाई देती थी। कभी दूर-दूर से लोगों को इस गढ़ी में रोशनियां झिलमिलाती और गायब होती नजर आती थीं। दो-एक मनचलों ने गढ़ी में जाने की कोशिश भी की, फिर वे कभी वापस नहीं आए। भूतों का डर लोगों के दिल में इतना बैठ गया था कि अब कोई उधर को मुंह न करता था। डाकुओं के लिए भूतों की कहानी उनके बचाव का सबसे अच्छा साधन था। प्रथम तो यह कि बहुत कम लोग जंगली टीलों में घिरी हुई इस गढ़ी को जानते थे और जो जानते थे वे इधर को मुंह करते हुए कानों पर हाथ रखते थे। सुलताना और उसके गैंग के आदमियों ने भूतों की कहानियों को लोगों में और भी फैला दिया था ताकि लोग इधर को मुंह कभी न करें। इसमें उन्हें विशेष सफलता प्राप्त होती थी और वह बहुत समय से इस गढ़ी के तहखाने में अपना अड्डा जमाए हुए थे और लूट का माल भी यहीं छिपाके रखते थे।

इस समय सुलताना अपने गैंग के साथ तहखाने में बैठा हुआ शराब पी रहा था। पुतली को उसने अपनी बगल में बिठा रखा था।

जब नशा तेज हुआ तो उसने गिलास पुतली के मुंह से लगा दिया। बोला, "पी।"

पुतली ने गुस्से से गिलास परे करके कहा, "मैं नहीं पीती।"

"पी, मैं कहता हूं।"

"मैं नहीं पिऊंगी।"

"मालजादी, शराफत दिखाती है।" सुलताना ने उलटे हाथ से पुतली के मुंह पर एक थप्पड़ दिया, "पीती है या जबरदस्ती तेरे गले में डालूं?" थप्पड़ खाकर पुतली एक ओर जा गिरी। सुलताना ने उसे हाथ से पकड़-कर अपने और समीप कर लिया और गिलास उसके मुंह से लगाके थोड़ी नर्मी से बोला, "ले पी ले।"

पुतलीबाई ने गिलास होंठों से लगा लिया और हौले-हौले पीने लगी और पीकर बुरा-सा मुंह बनाने लगी।

डाकू हंसने लगे, मगर लोहारी चुप था। जब से पुतलीबाई आई थी, वह कभी सामने से, कभी चोर निगाहों से उसे तकता जा रहा था। एका-

एक सुलताना ने उसकी ओर देखकर कहा, "अरे लोहारी, तुम पीते क्यों नहीं हो? तुम्हारा गिलास कब से भरा रखा है!"

लोहारी ने चीककर कहा, "पीता हूं।" फिर घबराहट में गिलास जो उठाया, तो पुतलीबाई की ओर देखते हुए सारा गिलास खाली कर गया। उसे ऐसा आभास हुआ, जैसे,वह पुतलीबाई की आंखों का सारा नशा पी गया हो।

थोड़ी देर बीत जाने के बाद नशा और तेज हुआ तो सुलताना ने पुतलीबाई के एक टहोका दिया, "नाचो!"

"कैसे नाचूं?" पुतली बोली, "न सारंगी है, न तबला, न हारमो-नियम।"

"घुंघरू तो बंधे हैं तेरे पांव में।" सुलताना बोला, "और गले में रस भी है, फिर तुझे सारंगी-तबले की क्या जरूरत है? उठ, नाच।"

"नहीं, मैं नहीं नाचूंगी।" पुतली ने तेजी से जवाब दिया।

सुलताना ने अपने बाईं ओर पड़ी घोड़े को मारने की चाबुक उठा ली और सड़ाक् मे पुतलीबाई के जमाई, इस जोर से कि उसका नर्म और कोमल शरीर तड़पकर रह गया और उसकी आंखों में आंसू आ गए। सुलताना ने दूसरी बार मारने के लिए चाबुक उठाई, तो पुतली अपने आंसुओं को पीती हुई जल्दी से उठी और बोली, "क्या सुनोगे?"

"वही, जुलमी बलमवा···"

पुतली ने एक हाथ कमर पर रखा, दूसरा हाथ हवा में ऊपर उठाकर लहराया, फिर एकाएक एड़ी उठाकर घुंघरू खनबनाए। फिर तोड़ा लेकर गाने लगी, "जुलमी बलमवा···"

सब डाकू मदहोश होकर उसका नाच देख रहे थे, मगर सबसे अधिक मदहोश लोहारी था। नाचते-नाचते जब वह नृत्य की अंतिम सीमा पर पहुंची तो मुलताना से न रहा गया। वह एकदम उठा और छलांग मारकर पुतली को अपनी भुजाओं में उठाकर अपने कंधे पर डाल लिया और तहखाने से किले में जानेवाली सीढ़ियों के ऊपर भाग गया। कुछ समय तक नीचे तहखाने में सन्नाटा रहा, जैसे सब डाकू सांस रोके दम साधे बैठे हों।

फिर किले के ऊपर किसी कमरे से जोर की एक औरत की चीख सुनाई दी और सब डाकू एकसाथ क्रूरतामय आनन्द से नाचने और गाने लगे : "जुलमी बलमवा···

यह ऊपर का कमरा किसी जमाने में किसी राजपूत सरदार के रन बास का कमरा रहा होगा। इस कमरे की छत और दीवारों पर अभी तक कहीं-कहीं पुरानी नक्काशी के चिह्न बाकी थे। और प्रेम करते हुए पुरुषों और स्त्रियों के चित्र। आईने टूट गए थे, किन्तु उनके फ्रेम बाकी थे। दीवारें और छत बेल-बूटों से सजे थे, लेकिन दरवाजे और खिड़कियों की लकड़ी गल-सड़कर निकल चुकी थी।

सामने एक दरवाजा था और पीछे की ओर दो खिड़कियां थीं! तीनों में से लकड़ी के चौखटे गायब थे। पिछली खिड़कियों में से निथरी हुई चांदनी बेधड़क अन्दर आ रही थी।

सुलताना पुतली को गोद में लिए पड़ा था। पुतली धीरे-धीरे सिसक रही थी। मगर सुलताना उसके आंसुओं की चिंता किए बिना उससे प्यार किए जाता था। आधी रात बीत चुकी थी, मगर सुलताना की आंखों में नींद कहां? फिर उसे ऐसा लगा, जैसे पुतली धीरे-धीरे सिसक-सिसककर सो गई है। वह देर तक पुतली को अपनी गोद में लिए पड़ा रहा और कभी-कभी उसकी गर्दन धीरे से चूम लेता। कभी उसके वस्त्रहीन कंधे, फिर उसे नींद आने लगी।

एकाएक बाहर कोई खांसा और किसीने ने अपनी राइफल का कुंदा बाहर धरती पर से धीरे तीन बार मारा। सुलताना ने चौंकर लेटे-लेटे गर्दन उठाई। एकाएक उसके कानों में आवाज आई, "सरदार!" दरवाजे के बाहर उसके गैंग का एक डाकू खड़ा था।

सुलताना ने पुतली की ओर देखा। वह बाला आखिर उसकी बांहों में सो गई थी। उसने धीरे से अपनी बांहें पुतली के वस्त्रहीन शरीर से अलग कीं। उसपर एक कम्बल ओढ़ा दिया। पुतली बेखबर सो रही थी, ऐसा लगा उसे। इसलिए वह उसे जगाए और खबरदार किए बिना एक कम्बल उठाकर और उसे अपने गिर्द लपेटकर कमरे से बाहर आ गया।

"क्या है?"

डाकू बोला, "दादा आए हैं।"

"कल्याणसिंह?".

"हां।"

"कहां हैं?"

"नीचे तहखाने में।"

"चलो!" और वह उसके साथ हो लिया।

तहखाने में कल्ला बेचैनी से टहल रहा। वह अकेला ही आया था। सुलताना ने एक नजर में भांप लिया। दिल ही दिल में उसने कल्ला की हिम्मत की प्रशंसा की, फिर सुलताना आगे बढ़ गया। चारों ओर उसके गैंग के डाकू चौकन्ने और सावधान थे। कल्याणसिंह जैसे घिरे हुए शेर की तरह बिफरता हुआ टहल रहा था। सुलताना के कदमों की आहट सुन कल्याणसिंह ने मुड़कर सुलताना की ओर घूमकर देखा, फिर बिलकुल करीब आकर कहने लगा, "जब रात गए तुम अड्डे पर नहीं पहुंचे, न तुम्हारे गैंगवाले वहां मिले, तो मैंने समझा, दाल में कुछ काला है। सोचा, तुम्हारे पुराने अड्डे ही पर देख लूं। शायद···"

कल्याणसिंह इतना कहकर चुप हो गया और प्रश्नात्मक दृष्टि से सुलताना की ओर देखने लगा। सुलताना बोला, "दादा···वह···मेरे साथी शिकायत करते हैं कि···वह···तुम्हारे अड्डे पर मच्छर बहुत हैं। रात को नींद नहीं आती।"

कल्ला को सुलताना की बातों में मजाक की दुर्गंध आई, मगर वह किसी तरह खून का घूंट पीकर रह गया। बोला, "मच्छर बहुत हैं?··· मगर मच्छर और डाकू का तो मेल है। मच्छर रात को हमला करता है···"

"हां, दादा।"

"और डाकू भी। मच्छर इन्सान का खून पीता है और डाकू भी। मच्छर तो अपना भाई है।"

सुलताना बोला, "भाई जो रात को सोने न दे, उससे दूर रहना ही

अच्छा।"

"बात कुछ और मालूम होती है, बदनाम मच्छर को कर रहे हो। सुना है, तुमने लम्बा हाथ मारा है।" सुलताना चुप रहा। "मुरैना के बाजार में बहुत बढ़िया माल उठाया है।"

"एक ही नग तो उठाया है।" सुलताना बोला।

"मगर वह एक नग ही कोहनूर से कीमती है। मैं देख चुका हूं उसे।" कल्याण के गम्भीर चेहरे पर एक मुस्कान आई। बोला, "जरा सामने लाकर तो उसे दिखाओ।"

सुलताना बोला, "वह अब मेरा माल है।"

"सुलताना!" कल्याणसिंह ने अपने गुस्से पर काबू पाके धीमे स्वर में कहा।

"हां दादा।" सुलताना भी उसी धीमे स्वर में बोला।

"तू भी डाकू, मैं भी डाकू।"

सुलताना ने समर्थन में सिर हिलाया।

"पिछले आठ महीने हम दोनों मिलके डाके डालते रहे हैं।"

"हां, दादा।"

"और दोनों मिलकर लड़ते रहे हैं, जान की बाजी लगाते रहे हैं।"

"हां, दादा।"

"तो आज की लूट में से निकालो मेरा हिस्सा। मैं अपना हिस्सा बंटाने आया हूं।"

सुलताना बोला, "औरत और इज्जत के हिस्से नहीं किए जाते, दादा।"

"सुलताना!"कल्ला गरजकर बोला।

सुलतानसिंह ने बड़ी नर्मी से कहा, "तुम उम्र में मुझसे बड़े हो। इसलिए मैं अपने वायदे से नहीं हटा। पहले मैंने अपने गैंग को वापस बुला लिया अपने अड्डे पर, फिर अपना शिकार ढूंढ़ने निकला। पुतलीबाई मेरा माल है।"

कल्याणसिंह होंठ चबाकर बोला, "तो कीमत लगा ले उसकी। पुतलीबाई मुझे दे दे। मैं उसके वजन के बराबर रुपयों में उसे तोल दूंगा।"

सुलताना हंसकर बोला, "बस, फर्क इतना है दादा, तुम उसे रुपयों में तोलते हो, मैं दिल में तोलता हूं।"

कल्याणसिंह गरजकर बोला, "इसका मतलब है, तुम वायदा खिलाफी कर रहे हो। डाकुओं के कानून को तोड़ रहे हो।"

"हां।"

"तुम्हें इसकी सजा दी जाएगी। अगर मैं ठाकुर का बच्चा हूं, तो में पुतलीबाई को तुम्हारे अड्डे से भगाके ले जाऊंगा।"

"ले जा सकते हो, मगर मेरे मरने के बाद।"

कल्याणसिंह ने दांत पीसकर कहा, "तेरे मरने के बाद नहीं, तेरे जीते-जी, तेरे सामने उड़ाकर ले जाऊंगा।"

सुलताना जोर से हंसा। कल्याण का हाथ अपनी राइफल पर गया, मगर फिर अपने को अकेला पाकर खामोश हो गया, फिर कल्याण सिंह कुछ कहे बिना तहखाने से बाहर निकल गया।

जब सुलताना वापस इधर के कमरे में पहुंचा, तो उसने देखा कि पुतलीबाई सिर से पांव तक कम्बल ओढ़े हुए पीछे की खिड़की में झुकी हुई वहां से नीचे कूदने को है। चीते की तरह छलांग लगाकर सुलताना ने पुतली को नीचे गिरने से पहले बांहों में ले लिया।

"यह क्या कर रही हो? नीचे गहरी खाई नहीं देखती हो! कोई रोक भी नहीं है। छलांग लगाती तो तुम्हारे चिथड़े हो जाते।"

"इसीलिए तो छलांग लगाना चाहती हूं। अब मेरा मर जाना ही अच्छा है।"

सुलताना कुछ देर चुप रहा। पुतली उसकी बांहों में थी और उसका नन्हा दिल किसी छोटे पंछी की तरह सुलताना के दिल से लगा हुआ धड़क रहा था। सुलताना देर तक उस दिल की ध्वनि सुनता रहा, फिर उसके सीने की बादी को चूमकर बोला, "मुझे नहीं मालूम था, तू अभी तक कुंवारी है।···वरना···वरना···"

"वरना क्या?" पुतली सिसककर बोली और आश्चर्य से सुलताना की ओर देखने लगी, क्योंकि सुलताना की आवाज में कोमलता आ गई

थी।

"वरना···वरना···" सुलताना एक डूबती-सी आवाज में बोला; फिर चुप हो गया, फिर स्वर बदलकर सीधे-सपाट स्वर में बोला, "वरना यही होता, जो अब हुआ।"

पुतली ने तड़पकर उसकी बांहों से निकलना चाहा। सुलताना ने उसे उठाकर खाट पर इतने जोर से पटक दिया कि खाट के बान का झाल झूल गया। अब पुतली उसके सामने औंधी पड़ी थी खाट पर और उसके बालों की काली रात उसकी पीठ तक ढल आई थी।

दिन चढ़ते ही सुलतानसिंह ने लोहारी, कोड़ा, गणेश और राठोड़ को बुला भेजा। यह उसके गैंग की वार-कौंसिल थी। जब सब इकट्ठे हो गए तो सुलतानसिंह ने कहा, "अब हमें अपने लिए कोई दूसरा अड्डा तलाश करना पड़ेगा।"

"वह क्यों सरदार?"

"पुतलीबाई की मां ने पुलिस में खबर कर दी होगी। ताज्जुब है, पुलिस अभी तक यहां क्यों नहीं पहुंची?"

"मेरे ख्याल में वे लोग कल्याण के अड्डे की तरफ गए होंगे।"

"कल्याण तो रात को यहां था। मेरे ख्याल में उसके हिमायती नीचे जंगल में होंगे कि अगर कल्याण रात को वापस न आए, तो वे लोग हमारे अड्डे पर हमला कर दें, फिर उसे भी खौफ होगा कि मुमकिन है रात को पुलिस उसके अड्डे पर हमला कर दे, इसलिए वह रात को वापस अपने अड्डे पर न गया होगा।"

राठौड़ बोला, "आप ठीक कहते हैं। कल्याणसिंह अपने गैंग के साथ रात को नीचे नदी के किनारे रहा। सुबह चल दिया।"

"पुलिस कल्याणसिंह के अड्डे से मायूस होकर सीधे इधर आएगी, इसलिए फौरन चल देना चाहिए।"

"मगर जाएंगे कहां?" लोहारी बोला।

"कहीं भी जाएंगे।" सुलताना बोला, "कुछ दिनों के लिए इस अड्डे को खाली कर देना बेहतर है। एक घंटे में कुछ करेंगे।"

"सरदार," लोहारी साहस से काम लेकर बोला, "तुमने पुतलीबाई का अगवा करके कोई अच्छा काम नहीं किया। औरत का डाकुओं के गैंग में क्या काम? अच्छा यही है, उसे वापस भिजवा दो।"

सुलताना ने बड़े कठोर भाव से लोहारी की ओर देखा। बोला, "इस गैंग का सरदार में हूं या तुम?"

"तुम हो।" लोहारी ने सिर हिलाके कहा।

"तो जो मैं कहूंगा या करूंगा वही यहां चलेगा। जब तक मैं तुम्हारा सरदार हूं, मेरा हुक्म यहां चलेगा। जिसको मेरा हुम्म पसन्द नहीं है, गैंग छोड़कर चला जाए।"

लोहारी मुस्कराकर बोला, "सरदार, मैंने तो सिर्फ अपनी राय दी थी। अपना गैंग छोड़कर मैं कहां जाऊंगा और क्यों जाऊंगा भला?"

"एक आदमी यहां छोड़ दो। वह जंगल में रहे और खबर रखे, पुलिस यहां कब आती है। आती भी है या नहीं।" सुलताना बोला, "अगर नहीं आती है, तो हम लोग वापस अपने अड्डे पर आ जाएंगे।"

कोड़ा बोला, "जब इतने साल पुलिस को इस अड्डे का पता न चल सका, तो अब क्या चलेगा?"

सुलताना बोला, "यह मत भूलो, कल्याणसिंह इस वक्त बहुत बिफरा हुआ है। गुस्से में दीवाना हो रहा है। वह पुलिस में मुखबरी कर सकता है। पुलिस को इस अड्डे की इत्तला भिजवा सकता है।"

"डाकू डाकू के खिलाफ मुखबरी करेगा?" गणेश बोला, "नामुमकिन।"

"कुछ नामुमकिन नहीं है।" सुलताना बोला, "हमने उसका गैंग छोड़ दिया है। वह इन्तकाम में कुछ भी कर सकता है। दूसरी बात यह है कि मैंने पुतलीबाई को महावीरसिंह के इलाके से उठाया है। महावीरसिंह भी अपने गैंग के साथ इधर हल्ला बोल सकता है।"

"एक पुलिस···" लोहारी उंगलियों पर गिरने लगा, "एक पुलिस, दूसरा कल्ला, तीसरा महावीरसिंह···तुमने एक अगवा से तीन को हमारा दुश्मन बना दिया है। यह कहां की अकलमन्दी है?"

सुलताना ने घूरकर लोहारी की ओर देखा। बोला, "रहना चाहते

हो या जाना चाहते हो?"

लोहारी ने कहा, "तुम्हारे लिए तो जान भी दे सकता हूं, मगर जो जान दे सकता है, उसे पूछने का भी तो हक है।"

"इस मामले में मैं किसी की बात सुनने को तैयार नहीं हूं।" सुलताना ने निर्णयपूर्ण भाव से कहा।

लोहारी चुप हो गया। सुलताना ने राठौड़ से कहा, "सब सामान समेट लो। एक घंटे में यहां से चल देंगे।"

राठौड़ बोला, "एक जगह मेरी नजर में है।"

"कहां?" कोड़ा ने पूछा।

"यहां से कोई चार कोस दक्खिन में। तोर्जा नदी के पार एक पहाड़ी पर दो बड़े-बड़े खोह हैं। चोटी से कुछ ही नीचे। मुझे तो बाघ की खोह लगे है, मगर मैं तीन दिन वहां छुपा रहा। मुझे तो कोई बाघ मिला नहीं। हां, नाग जरूर देखे। उनको मैंने मार दिया। मैं समझता हूं, वह जगह बहुत अच्छी है। चोटी पर अपना पहरा भी रखा जा सकता है। इससे पहाड़ी की दूसरी तरफ से अगर कोई हमला करे, तो फौरन खबर हो सकती है और उधर घना जंगल है और जहां जंगल नहीं है, वहां सीधी चट्टानें हैं। बड़ी सुरक्षित जगह है।"

सुलतानसिंह ने सिर हिलाकर कहा, "तुम वहीं ले चलो। आगे-आगे तुम चलो, हम पीछे-पीछे आते हैं। एक घटे में यहां से चल देना चाहिए।"

कोड़ा बोला, "मैं उधर जा चुका हूं। उस जगल में बाघ बहुत हैं।"

"अरे हम डाकुओं को बाघ से क्या डर?" लोहारी हंसकर बोला।

पांच

पुतली नई जगह एक खोह में पड़ी सो रही थी। सो नहीं रही थी, आंखें बन्द किए पड़ी थी और सोच रही थी कि इन थोड़े-से दिनों में क्या से क्या हो गया? जाने मां का क्या हाल होगा? तारा और उसके छोटे भाई का, जो घर में सबसे प्यारा था? उसे मोहन के हाथ याद आए।

उन हाथों में कितनी सच्चाई थी! उस सच का दामन पकड़कर शायद वह एक नई जिन्दगी शुरू कर सकती थी। उसके मस्तिष्क में मनमोहन का चेहरा भोर की धुंध में खोया-खोया-सा नजर आया। घोड़े पर सवार, बाल उड़-उड़कर ललाट पर आते हुए, वह चौड़ा मस्तक, लम्बी गर्दन और चौड़ी छाती। मर्दानगी के साथ कैसी नर्मी थी मनमोहन के स्वभाव में! हीरे की-सी सख्ती और फूल की-सी कोमलता! शायद एक पल के लिए धरती और आकाश भोर की छाया में मिले थे और अब वह नीला अन-छुआ आकाश उससे कितनी दूर ऊपर उठ गया था! उसने उन क्षणों की सुगंध को अपने मन में बसा लिया था, जब धरती और आकाश गले मिले थे और महुआ के गुलाबी फूल गगन के तारों की तरह उनके सीने पर उतर आए थे। वे क्षण कहां चले गए? पुतली के सीने में एक सिसकी-सी उभरने लगी। आंखों में आंसू भर आए। क्षण क्या मुसाफिर होते हैं, जो एक पल के लिए अपनी भावना की गर्मी देकर चले जाते हैं? अपरि-चित राहों में और क्षितिज के पार? आकाश की किसी धुंधली वादी में यादों के चिराग जलाकर बुलाते हैं, लेकिन बीते हुए क्षणों तक फिर कौन पहुंचता है? मनमोहन···मनमोहन···

पुतलीबाई सिसकने लगी। खोह के फर्श पर गेहूं की सूखी बालियों का बिस्तर था। उस पर एक दरी पड़ी थी, जो सारी खोह में फैली थी। पुतली ने तकिए के नीचे एक हाथ रखा, एक हाथ अपने सीने पर और करवट बदलकर खोह की काली दीवार को देखने लगी। एक कोने में लालटेन की पीली रोशनी झिलमिला रही थी। खोह की दीवारों और खोह की छत पर विचित्र-से साये लड़ रहे थे। पुतली ने यादों की भीड़ में अपनी आंखें बन्द कर लीं और सोने की कोशिश करने लगी। शायद यों ही सिसकते-सिसकते जब उसके गालों पर आंसू सूख गए तो उसे ऊंघ आ गई।

इसी अचेत अवस्था में उसे खटका-सा जान पड़ा और वह चौंककर जाग गई। आंखें खोलकर देखा तो लोहारी उसपर झुका हुआ उसे वासना की दृष्टि से देख रहा था। दूसरे क्षण पुतली ने तकिये के नीचे से पिस्तौल निकालकर लोहारी के सीने को निशाना बना दिया। वह कुछ

बोली नहीं। बस पिस्तौल उसके हाथ में थी और उंगली लिबलिबी पर और लोहारी का चेहरा वह अपने अति समीप देख सकती थी और उसके भूरे सीने पर कांटेदार गुंजान बालों का जंगल। लोहारी की सांस तेजी से चल रही थी और उसके माथे और सीने पर पसीने की बूंदें चमक रही थीं।

पिस्तौल देखकर लोहारी बिल्कुल नहीं डरा। केवल उसकी आंखों के कोने सिकुड़ गए। वह वासना की दृष्टि जाती रही अब उसकी आंखों में एक मक्कारी की चमक थी। उन आंखों ने कुछ ही क्षणों में अपना पैंतरा बदल दिया था। पुतली कुछ बोली नहीं, उसने पिस्तौल की नाली का मुंह लोहारी के सीने से लगा दिया था। यह पिस्तौल सुलताना ने उसे अपनी रक्षा के लिए दिया था और उसे चलाने का तरीका भी सिखा दिया था।

लोहारी हंसकर बोला, "डर गई?" उसकी आवाज में नशे का भाव था। पुतली संतोष-भरे स्वर में बोली, "पीछे हट जाओ, वरना अभी गोली दाग दूंगी।" उसके स्वर में विश्वास की ऐसी तीव्रता थी, जिसने लोहारी को यकीन दिला दिया कि जो कुछ वह कह रही है, कर गुजरेगी।

एक कदम पीछे हटकर हाथ हिलाकर लज्जित होकर लोहारी बोला "न, न, भगवान के लिए ऐसा न करना।"

पुतली कड़े स्वर में बोली, "फिर तुम क्यों आए अन्दर? किसकी इजाजत से? फौरन चले जाओ बाहर, वरना सुलताना से कह दूंगी, आधी रात को लोहारी मेरे कमरे में घुस पड़ा था। वह सुनते ही गोली मार देगा।"

लोहारी के माथे पर एकदम पसीने की बहुत-सी बूंदें चमकने लगीं। गाल भी पसीने से भीग गए। वह दो कदम और पीछे हट गया और अब अधिक लज्जा और नर्मी से बोला, "बहुत घपला हो गया पुतलीबाई।"

"कैसा घपला?" पुतलीबाई ने पूछा।

"हम तुम्हारे कारण नहीं आये थे।"

"फिर किस कारण आए थे?"

"बात यह है पुतलीबाई, तुम्हारे आने से पहले जिस जगह पर तुम सोती हो, उधर हम सोते थे और रात को जाग-जागकर सुलतानसिंह की हिफाजत करते थे।"

"ओहो!" पुतलीबाई कटाक्ष-भरे स्वर में बोली, "तो तुमने सोचा,

आज सुलतानसिंह तो है नहीं, चलो आज पुतलीबाई की हिफाजत कर लें!"

"नहीं-नहीं," लोहारी हाथ जोड़कर बोला, "ऐसा मत सोचो। सोचो भी नहीं पुतलीबाई, हम बाहर बैठा-बैठा दारू पीता था। दारू खतम हो गया। टोट लगी, तो याद आया, जिन दिनों हम इधर सोता था, तो हम सिरहाने फर्श में दारू की बाटली छिपा देता था और रात को जब भी आंख खुल जाती, उसे निकालकर पीता था। देखो, हम तुमको हाथ लगाने नहीं आया था। अपनी दारू की बोतल लेने आया था।"

लोहारी ने इतना कहकर पुतली के बिस्तर के नीचे सिरहाने के करीब जमीन के अन्दर से शराब की एक बोतल निकालकर दिखा दी। पुतली को कुछ-कुछ विश्वास आने लगा। मगर पूरी तरह से विश्वास फिर भी नहीं आया, क्योंकि उसने आंखें खोलते ही लोहारी की आंखों की वासना-भरी चमक का मतलब समझ लिया था।

लोहारी ने हाथ जोड़कर कहा, "तेरे पांव पड़ता हूं। सुलताना से कुछ मत कहना, नहीं तो गजब हो जाएगा।"

पुतली ने पिस्तौल नीचे कर लिया। धीरे से बोली, "अच्छा नहीं कहूंगी। मगर तुम भी कसम खाओ, फिर कभी रात को मेरे कमरे में नहीं आओगे।"

लोहारी ने कानों को हाथ लगाकर कहा, "आज से तोबा हो गई।"

"जाओ!" पुतली ने आज्ञा दी।

लोहारी पलटकर जाने लगा, तो उनके कानों में पुतली की आवाज भाई, "ठहरो!" लोहारी रुक गया। पलटकर पुतली की ओर आश्चर्य से देखने लगा।

पुतली बोली, "देखो, दारू की कोई दूसरी बोतल यहां रह गई हो, तो अभी ले जाओ।"

पुतली के चेहरे पर कटाक्ष-भरी मुस्कान थी और उसका स्वर कांटे-दार था। लोहारी को अपने शरीर में कांटे-से चुभते जान पड़े, मगर वह खून का घूंट पीकर रह गया। धीरे से होंठ चबाकर सिर झुकाकर खोह से बाहर निकल गया।

खोह के बाहर काफी दूरी पर उसके दो हमराज डाकू जबरसिंह और कड़कसिंह बैठे दारू पी रहे थे। लोहारी को, जो शायद उनसे डींगें मारकर खोह के अन्दर गया था, इतनी जल्दी पलटकर आते देखकर पहले तो उससे उन्होंने कुछ नहीं कहा, उसके खाली गिलास में शराब उड़ेल दी और जब वह एक लम्बा घूंट ले चुका, तो जबरसिंह बोला, "तो मतलब यह कि जूते खाके चले आए।"

लोहारी ने जबरसिंह और कड़कसिंह की तरफ घूरकर देखा। दोनों मुस्करा रहे थे। लोहारी ने गिलास उठाकर दूसरा लम्बा घूंट लिया, फिर कड़े स्वर में बोला, "जरा दम लो। जरा दम लो छुरी के नीचे। अगर एक दिन पुतलीबाई को अपने पांव की जूती न बनाया, तो मेरा नाम लोहारी नहीं।"

दूसरे दिन सवेरे सुलताना को आना चाहिए था, मगर दूसरे दिन सवेरे सुलताना नहीं आया। शाम को भी नहीं आया। रात को जब पुतली खाना खाकर बिस्तर पर सोने की तैयारी कर रही थी, तो एकदम बहुत-से घोड़ों की टापों की आवाज सुनाई दी। पुतली उठकर बिस्तर पर बैठ गई। फिर आदमियों की आवाजें सुनाई देने लगीं। थोड़ी देर के बाद सुलताना एक हाथ में एक बड़ी-सी पोटली और दूसरे हाथ में एक लाल-टेन लिए खोह के अन्दर आया। बहुत खुश मालूम होता था। अन्दर आके उसने गर्व से पोटली पुतली को दी और बोला, "देख, खोलकर देख इसे।"

पुतली ने गठरी खोली। अन्दर से बहुत-सी सिल्क की साड़ियां निकलीं- कुछ नई, कुछ पुगनी और बहुत-से जेवर। जयपुरी काम के कंगन और बाजूबन्द, सोने की पाजेब और नथ, कानों के झूमर। बहुत-सा जेवर था। बहुत-से नोट थे। पुतली के हाथ क्षीण भाव से इन वस्तुओं को टटोलते रहे।

"यह सब तेरे लिए है।" सुलताना गर्व से बोला। पुतली चुप रही। सुलताना की त्योरी चढ़ गई। बोला, "क्या बात है? खुश नहीं हो?"

पुतली ने घुटे हुए स्वर में कहा, "परसों दीवाली है।"

जब से पुतली सुलताना के कब्जे में आई थी, दिल ही दिल एक-एक

दिन गिन रही थी। सुलताना मूंछों पर ताव देकर बोला, "इसीलिए तो यह सब कुछ लाया हूं। ठाठ से करो दीवाली, किसने मना किया है!"

पुतली जेवरों को टटोलते हुए बोली, "अगर मैं यहां न आती, तो दीवाली अपने घर करती। अपने भाई-बहन के संग, अपनी सहेलियों के संग। पदमा, जमना, अख्तरी, चमेली सब सज-धजकर मेरे घर आतीं। दीवाली के दिन तो मेरी मां खुद अपने हाथ से मेरा सिंगार करती है।" पुतली की आंखों में आंसू झलकने लगे।

"तो बोल!" सुलताना गरजकर बोला, "जिसको बोले, पकड़कर यहां बुलवा दूं। तेरी मां, भाई, बहन, सहेलियां, सारा मुहल्ला बांधकर ले आऊंगा!"

पुतली कांप गई। हाथ जोड़कर बोली, "ना-ना, बस, मैं भर पाई। जान बख्श दे उन बेचारों की।"

"तो ऐसे बोल!" सुलताना जोर से हंसा, "ले ये जेवर-कपड़े संभाल और सो जा। मैं बहुत थका हुआ हूं। सुबह सवेरे मुझे एक डाकू के घर डाका डालने जाना होगा।"

"डाकू के घर डाका?" पुतली ने आश्चर्य से पूछा।

"हां।" सुलताना ने जवाब दिया।

"कौन है वह डाकू?" पुतली ने पूछा।

"हंसराज महाजन।" सुलताना बोला।

"वह डाकू है?"

"डाकू नहीं तो और क्या है? गरीब किसानों से दो आने सेर ज्वार लेता है और मंडी में चौदह आने से बेचता है। एक सेर पर बारह आने जेब में डालता है। यह डाका नहीं है, तो और क्या है? फर्क सिर्फ इतना है कि उसका डाका किसी की नजर में नहीं आता और मेरा डाका हरएक को दिखाई देता है।"

पुतली ने कटाक्ष-भरे भाव से कहा, "हां, पाप करने के लिए कोई बहाना तो चाहिए।"

सुलताना एकदम बिगड़ गया। आग-बबूला होकर बोला, "बक-बक न कर, बत्ती बुझा और सो जा!"

यह कहकर उसने करवट बदली और पुतली ने उठकर लालटेन बुझाकर एक कोने में रख दी, फिर अपने बिस्तर पर आकर लेट गयी।

कोई आधी रात के समय जबरसिंह सुलताना को जगाकर बाहर ले गया। खोह के बाहर जाकर खुसर-फुसरकर करने लगा, "सरदार, एक लड़का तुमसे मिलने आया है।"

"क्या नाम है उसका?"

"नाम नहीं बताया।

"क्या काम है?"

"काम भी नहीं बताया। बोलता है, सरदार ही को बताऊंगा।"

"क्या उम्र है उसकी?"

"बारह-तेरह साल का होगा। लड़का ही तो है। नेकर फट गई है। पांव से खून बह रहा है। लंगड़ाकर चलता है।"

"किधर है वह?"

"नीचेवाली खोह में।"

"चलो, चलता हूं।"

इतना कहकर सुलताना नीचे वाली खोह की ओर जाने लगा, फिर रुककर जबरसिंह से बोला, "तुम इधर इस खोह के बाहर पहरा दो। मैं खुद नीचे जाता हूं।"

जबरसिंह को छोड़कर सुलताना एक ढलान से नीचे जाने लगा। झाड़ियों से बचता हुआ, इमली के एक पेड़ के चारों ओर घूमता हुआ, चट्टानों पर से कूदता हुआ जब वह नीचे पहुंचा, तो देखा, एक बड़ी खोह के बाहर दो-चार डाकू एक दुबले-पतले लड़के को घेरे में लिये खड़े हैं। सुलताना को करीब आता देखकर सम्मान देते हुए वे पीछे हट गए। अब वह लड़का और सुलताना थे। सुलताना ने पूछा, "कहां से आए हो?"

"मुरैना से।"

"क्या काम है?"

"डाकू सुलतानसिंह से मिलना है।" लड़के ने जवाब दिया।

सुलताना गरजा, "तुम इस वक्त डाकू सुलतानसिंह के सामने खड़े हो। अदब से बात करो।"

"अदब से बात तो शरीफों से की जाती है।"

"क्या मतलब? मैं शरीफ नहीं हूं?"

"अगर बेगुनाहों का खून बहाना शराफत है, दूसरों की कमाई लूटना शराफत है, बेबस लड़कियों को उठाना शराफत है, तो वास्तव में तुम बेहद शरीफ हो।"

"अबे छोकरे!" एक डाकू ने उसे डांटकर कहा, "क्या चिड़-चिड़ बातें किए जा रहा है? तेरी शामत आई है, जो तू हमारे सरदार से ऐसी बातें कर रहा है, जिससे सारा इलाका डरता है!"

लड़के ने आकाश की ओर उंगली उठाकर कहा, "जो भगवान् से डरता है, वह किसी से नहीं डरता।"

सुलताना मुस्करा दिया, उस लड़के के क्रोध और भोलेपन पर। नर्मी से बोला, "आखिर तू चाहता क्या है?"

'तेरे कब्जे में एक लड़की है, उसे लेने आया हूं।"

"पुतलीबाई?"

"हां, वही।"

"और अगर मैं उसे वापस न भेजूं?"

लड़के ने पांव पटककर कहा, "तू कौन होता है उसे न भेजने वाला? 'मैं तो "

"जबरदस्ती ले जाओगे?" सुलताना ने पूछा। अब उसे लड़के की दिलेरी पर क्रोध नहीं आनन्द आ रहा था।

"हां, जबरदस्ती।"

"मगर कैसे ले जाओगे? तुम निहत्थे हो, हमारे पास हथियार हैं। हम लोग बीस आदमी है, तुम अकेले हो।"

लड़के ने दांत पीसकर कहा, "अकेले हनुमान ने सारी लंका फूंक डाली थी।"

सुलताना बहुत हंसा, बोला, "लौंडा बहुत तेज मालूम होता है।" फिर डाकुओं से निगाह हटाकर लड़के की ओर देखकर बोला, "अच्छा बरखुरदार, यह बता, तू पुतली को क्यों छुड़ाने आया है? तेरा-उसका क्या रिश्ता है?"

लड़का बोला, "मेरा-उसका जो भी रिश्ता है, तेरे सामने उसकी बात भी करके मैं उस रिश्ते को गंदा नहीं करना चाहता।"

"बदतमीज!" कहकर सुलताना ने ऐसे जोर का थप्पड़ लड़के के गाल पर जमाया कि वह चकराता हुआ, पटखियां खाता हुआ जमीन पर जा गिरा और उसके मुंह से खून बहने लगा।

एकाएक पीछे से एक स्त्री की आवाज आई, "राजू! राजू! मेरे भैया··· !" सुलताना ने देखा कि पुतलीबाई दौड़ती हुई आई और जाकर उस लड़के से चिपट गई और अपने पल्लू से उसके मुंह के खून को पोंछने लगी। सुलताना ने आगे बढ़कर सामान्य भाव से कहा, "यह तुम्हारा भाई है?"

"हां, भाई है।" पुतली रोकर बोली, "काश, तुम भी किसी बहन के भाई होते और कोई डाकू तुम्हारी बहन को उठा ले जाता! फिर तुम्हें मालूम होता कि भाई-बहन की मुहब्बत क्या होती है और उनकी जुदाई की तड़प और कसक क्या होती है!" पुतलीबाई की आंखों में चिंगारियां चमकने लगीं। सुलताना पीछे हट गया। पुतलीबाई अपने भाई का मुंह चूमकर बोली, "अरे, मेरे राजू भैया! मगर तू यहां कैसे आ गया?"

राजू भर्राई आवाज में बोला, "सारा घर रोता है और तुझे याद करता है। परसों दीवाली है। मां बोली, 'जब तक पुतली नहीं आएगी, मेरे घर में दीया नहीं जलेगा।' तो परसों रात को मैं घर से निकल पड़ा तुझे लाने के लिए। कितना भयानक जंगल था रास्ते में! मुझे बहुत डर लगा।"

"हां, मेरे राजू भैया।" पुतली ने अपने भाई को गले लगा लिया।

"मुझे बहुत डर लगा, पर मैं आगे चलता गया, आगे चलता गया। पूछ-पूछकर आगे बढ़ता गया। पूछने से तो भगवान् का पता भी मिल जाता है, तो फिर इस जगह को ढूंढना क्या मुश्किल था!" राजू थूक निगलकर बोला, "मैंने भी सौगन्ध खाई थी कि चाहे जान चली जाए, तुझे डाकू के हाथ से छुड़ाकर लाऊंगा और परसों दीवाली तुम्हारे साथ घर में मनाऊंगा।"

सुलताना ने टोककर पूछा, "क्या परसों दीवाली है?"

लड़के ने आग बरसानेवाली निगाहों से घूरकर कहा, "मुझसे बात मत करो।" सुलताना मुस्कराकर पीछे हट गया।

सुलताना ने अपनी खोह राजू और पुतली के हवाले कर दी थी। राजू पुतली की बांहों में सोया पड़ा था, थकान से चूर। बेखबर। पुतली उसे सोता छोड़कर बाहर निकल आई और चांदनी में एक टीले पर बैठ-कर सोचने लगी। सोचते-सोचते उसका मन भर आया, आंखें भी भर आईं। सिसकियां लेने लगी। इतने में कोई उसके करीब आके खड़ा हो गया। "रो रही हो?" यह सुलताना की आवाज थी, "क्या मां याद आ रही है!"

पुतली कुछ बोली नहीं। उसने धीरे से अपने आंसू पोंछ डाले।

पुतली ने टीले पर बैठे-बैठे घूमकर बड़ी लाचार दृष्टि से सुलताना की ओर देखा। सुलताना कुछ क्षणों के लिए उसकी ओर देखता रहा, फिर पलटकर खोह के बाहर पहरा देनेवालों को आवाजें देने लगा। "ओ जबरे! भीमे! इधर आओ।"

दोनों डाकू भागे-भागे अपने सरदार के पास आए और करीब आकर सिर झुकाकर खड़े हो गये। सुलताना बोला, "किसी गांव से एक डोली और चार कहार लेकर आओ। अभी जाओ, और लेकर आओ और पुतलीबाई और उसके भाई को कल सूरज डूबने से पहले उसके घर हिफा-जत से पहुंचा दो। समझ गए? कल सूरज डूबने से पहले, नहीं तो गोली मार दूंगा।"

जबर और भीमा यह सुनते ही नीचे ढलान की ओर उतरकर नजरों से गायब हो गए। पुतलीबाई पहले तो अचरज से सुलतानसिंह की ओर देखती रही, जैसे उसे विश्वास न आ रहा हो, फिर एकदम आगे बढ़कर सुलताना के पांव पकड़ लिए।

सुलताना घुटे हुए स्वर में बोला, "पुतली, अपने हाथ मेरे पांव पर न रखो। मेरे दिल पर रखो। मैं जानता हूं, मैंने तुमसे ज्यादती की है, बहुत बड़ी, मगर···"खैर, अब सोचने से क्या होता है? अब तुम जाने की

तैयारी कर लो। दीवाली अपने घर पर मनाना। छः दिन बाद डोली भेजूंगा और अगर जी चाहे तो वापस आ जाना, नहीं तो वहीं रह जाना।"

इतना कहकर सुलताना जल्दी से तेज-तेज कदम उठाता हुआ अपनी खोह में चला गया। पुतली अकेली रह गई।

छः

कोठेवाली गली में अंधेरा था। पुतलीबाई के घर की सीढ़ियों पर अंधेरा था। दो शराबी लुढ़कते-फिसलते पुतलीबाई के घर की सीढ़ियों पर चढ़ने के अभिप्राय से उसी ओर आ गए। अभी उन्होने पहला कदम ही रखा था कि पीछे से किसीने दामन पकड़कर कहा। "कहां जाते हो?"

"पुतलीबाई के घर।" एक शराबी बोला।

"वह यहां नहीं है।" पीछे वाले आदमी ने कहा।

"कैसे नहीं है?" दूसरा शराबी बोला, "छः महीने पहले आए थे, तो तो यहीं थी। चलो, भाई ऊपर।"

दूसरे शराबी ने पहले शराबी का कंधा पकड़कर कहा, "मैं इस घर को पहचानता हूं। मगर आज इस सीढ़ी पर बहुत अंधेरा है।"

पीछेवाले आदमी ने सिर हिलाकर कहा, "अरे, जिसके दम से इस घर में उजाला था, पुतलीबाई, जब वही यहां नहीं रही तो यहां अंधेरा नहीं होगा तो क्या होगा?"

"वह यहां नहीं है?" पहले शराबी ने मुड़कर पूछा।

"नहीं।"

"तो चलो भाई। कोई दूसरा कोठा देखें।" पहले शराबी ने दूसरे शराबी से कहा और लौटकर लड़खड़ाते हुए एक-दूसरे का हाथ पकड़कर गुनगुनाते आगे चले गए।

अनके जाने के बाद दो साये पीछे से निकले और सीढ़ियां चढ़ने लगे। एक बड़ा साया था, दूसरा छोटा। कुछ क्षणों में वह ऊपर के घोर अंधकार में लुप्त हो गए।

पुतली की मां अपने अंधेरे कमरे में खटिया पर पड़ी थी और सिसकियां ले रही थी। तारा उसके पास आई। उसके हाथ में थाली थी और थाली में दीये सजे हुए थे। उसने मां से पूछा, 'मां, आज दीवाली है, उजाला कर दूं?''

मां रोते हुए बोली, "बेटी, जो मेरी आंखों की पुतली थी, जब वही चली गई, तो इन आंखों में उजाला कहां से आएगा, चाहे लाख दीये जला ले।"

"मगर मां, शगुन तो कर लूं।"

"हां, शगुन कर ले।"

तारा लौटकर महफिलवाले कमरे के अन्दर चली गई। इतने में दोनों साये मां के कमरे की दहलीज पर दिखाई दिए और किसी ने पुकारा, "मां··· ! मां··· !" मां चौंककर खटिया से उठ बैठी।

"मां-मां···! तारा-तारा···! तुम कहां हो?"

मां गिरती-पड़ती-कांपती उठी। उसने आवाज पहचान ली थी। भर्राई हुई आवाज में बोली, "पुतली! पुतली! बेटी, कहां हो तुम?" दोनों मां-बेटी अपने शरीर की पूरी शक्ति से एक-दूसरे से लिपट गईं। लगता था, कभी जुदा न होंगी। आंसू गालों पर बह रहे थे। राजू भी आंखों के आंसू पोंछ रहा था।

"तारा कहां है?" कुछ क्षणों के बाद पुतली ने पूछा।

मां मुंह से कुछ बोल न सकी। बस, महफिलवाले कमरे की तरफ इशारा कर दिया। पुतली दौड़कर महफिलवाले कमरे में गई। उस समय तारा की पीठ उसकी तरफ थी और वह महफिलवाले कमरे में फर्श पर थाली रखे उसमें तेल और रुई की बत्ती डाले दीयों को जला रही थी। पुतली बिना ध्वनि के कदमों से उसके पीछे आ गई और उसकी आंखों पर अपने दोनों हाथ रख दिए। तारा ने कुछ क्षणों तक उन हाथों की उंगलियों को टटोला। जाने उसे कैसे मालूम हो गया। एक लम्बी-सी सिसकी ली, उसके उन दोनों हाथों को पकड़कर, जो उसकी आंखों पर पट्टी बांधे हुए थे, धीरे से कहा, "पुत···ली!"

पुतली ने अपने हाथ हटा दिए। तारा ने घूमकर उसकी ओर देखा,

फिर फर्श पर बैठे-बैठे खुश होने लगी। पुतली ने झुककर उसे बांहों से उठा-कर अपने सीने से लगा लिया।

एकाएक पीछे से सारंगी की आवाज आई। दोनों लड़कियों ने मुड़कर देखा, तो उस्ताद काले मियां अपनी बड़ी बड़ी मूंछों और गलमुच्छों के बीच मुस्कराते हुए और सारंगी की तारों पर गज फेरते हुए नजर आए, फिर लच्छू तबलिये ने थाप दी।

तारा पुतली को छोड़कर एड़ियां उठाकर घूम गई, भागते-भागते एक खिड़की में गई और चिल्ला-चिल्लाकर साथवाली कोठेवालियों को सम्बो-धित करके कहने लगी, "ऐ शमशाद, कामिनी, चम्पा, सलोनी! इधर देखो, कौन आया है!"

करीब के कोठों की खिड़कियां झांकने लगीं। तारा ने दोनों हाथों से पकड़कर पुतली को आगे कर दिया।

कुछ क्षण के बाद दस-बारह कोठेवालियां पुतली के चारों ओर घेरा बनाकर नाच रही थीं और पुतली का कोठा दीयों और मोमबत्तियों से जगमगा रहा था। रोशनियों से और गीतों से और खुशी के कहकहों से।

कोई साढ़े दस बजे के करीब जब खुशी के गीत गानेवालियां चली गई थी और उस्ताद काले मियां और लच्छू तबलिया दोनों दीवाली का इनाम पाकर नीचे चले गए थे, सीढ़ियों के दरवाजे पर खट्-खट् हुई। पुतलीबाई ने चौंककर पीछे देखा। वह वहीं की वहीं खड़ी रह गई। तारा दरवाजे तक गई, फिर कदमों के अन्दर आने की आवाज आई। तारा ने अन्दर आकर खुशी से कहा, "पुतली, देख, कौन आया है!"

पुतली ने देखा, मनमोहन था। पुतली उससे पीठ मोड़कर बालकोनी में खड़ी हो गई। तारा कमरे से बाहर चली गई। उसे कुछ ऐसा लगा, जैसे इस कमरे में वह अब फालतू है, इसलिए चली गई। पुतली चुपचाप पीठ मोड़े बाजार की ओर देखती रही।

धीरे-धीरे कदमों से मनमोहन उसके करीब गया। बोला, "पुतली!" पुतली चुप रही। मनमोहन ने धीरे से कहा, "पुतली, मैं अपने सवाल का

जवाब सुनने आया हूं।"

पुतली ने उसकी ओर मुड़े बिना धीरे से कहा, "इतने दिनों में तुमने कुछ नहीं सुना?"

मनमोहन बोला, "इतने दिन मैं यहां कहां था! ट्रेनिंग लेने गया था। पुतली, तुम यह सुनकर खुश हो जाओगी कि तुम्हारे मनमोहन को इंडियन पुलिस सर्विस के लिए चुन लिया गया है।"

"बड़ी खुशी की बात है।"

"मैं कल रात ही यहां आयी हूं और आज दीवाली के दिन अपने सवाल का जवाब सुनने के लिए उत्सुक हूं।"

"जवाब सुनने से पहले अपनी आंखों में अंधेरा कर लो।" पुतली भरे हुए गले से बोली।

"क्यों करूं?" मनमोहन हैरान होकर बोला, "आज तो दीवाली है। आओ, आज मेरे दिल का दीया जला दो।"

मनमोहन ने पुतली के कोमल कंधों पर हाथ रखकर उसका मुंह अपनी ओर मोड़ लिया। पुतली बेजान-सी आवाज में बोली, हालांकि उसका अंग-अंग कांप रहा था, "दिल का दीया दिल की बाग से जलता है, मगर मेरे पास न दिल है, न आग।"

"मतलब?"

"मतलब यह···" पुतली एक ठंडी सांस भरकर बोली, "जो सोचा था, वह न हुआ और जो न सोचा था, वह हो गया।"

"पहेलियों में क्यों बात करती हो, साफ-साफ बात करो।"

पुतली उस दम मनमोहन के करीब आ गई। तड़पते स्वर में बोली, "मनमोहन, एक वादा करो। मेरे बदन को छूकर इकरार करो।"

मनमोहन ने उसका हाथ पकड़कर बड़े भोलेपन से कहा, "लो, तुम्हारा हाथ पकड़कर कहता हूं। जो कहोगी वही करूंगा।"

पुतली के मुंह से निकला, "बस, आज से मेरी सूरत न देखोगे।"

"क्या?" मनमोहन चिल्लाकर बोला।

पुतली ने धीरे से सिर हिलाकर कहा, "हां, यही। आज से मेरी सूरत न देखोगे।" मनमोहन देर तक टकटकी बांधे पुतली की आंखों में

देखता रहा। मगर पुतली की आंखों में कोई आंसू न थे और उसके होंठ के किनारे बड़ी दृढ़ता से बन्द थे।

मनमोहन की आंखों में आंसू आने लगे। उसने बड़ी मुश्किल से उन आंसुओं को पी लिया। उसे ऐसा लगा जैसे उसके गले में फंदा-सा पड़ रहा है और वह बोल न सकेगा। इसपर भी जब वह बोला तो उसे अपनी आवाज बड़ी विचित्र-सी जान पड़ी, मगर उसकी आवाज में एक ऐसा ठहराव और शांति थी, जो पीड़ा की अन्तिम सीमा तक पहुंचने पर आती है।

"तो एक नहीं, वो वादे करता हूं।" मनमोहन धैर्य और शांति से कहने लगा, "एक तो यह है कि जिन्दगी-भर तेरी सूरत नहीं देखूगा, दूसरा यह है कि जिन्दगी-भर शादी नहीं करूंगा।"

सम्भव था कि पुतली चीख उठती, मगर उसने दांतों तले अपना होंठ दबा लिया। सम्भव था कि वह उस समय मनमोहन के पांव में ढेर हो जाती, मगर उसने बड़ी मुश्किल से अपने-आप को संभालकर मुंह मोड़ लिया और बाहर बाजार को देखने लगी। मनमोहन के हाथ उसको ओर बढ़े, फिर अपने-आप पीछे हट गए और फिर मनमोहन धीरे-धीरे पलटकर महफिलवाले कमरे से बाहर निकल गया। पुतली उसके पैरों के शब्द सुनती रही और जब शब्द गायब हो गए, तो बाल कोनी पर झुककर उसने आखिरी जलते हुए दीये को बुझा दिया और जब बालकोनी में अंधेरा बढ़ गया तो एकाएक उसे शेर याद आया :

दिमाग तारीकियों में गुम है, चिरागे-दिल रहनुमा नहीं है।
इधर अंधेरा उधर अंधेरा, लेकिन कोई आसरा नहीं है।

दिल ही दिल में उसने इस शेर को पढ़ा और बालकोनी से घूमकर महफिलवाले कमरे में आ गई और एक-एक करके सारी मोमबत्तियां और दीये बुझा दिए। तारा दौड़ी दौड़ी अन्दर आई। बोली, "पुतली, क्या कर रही हो, दीवाली के दीये बुझा रही हो? यह तो बुरा शगुन है।"

पुतली ने कोई जवाब नहीं दिया। उसने आखिरी दीये को भी फूंक मारकर बुझा दिया, फिर अंधेरे में गावतकिये पर गिरकर सिसकने लगी। रात को तारा ने जिद की कि वह अपनी बहन के पलंग पर उससे लिपट-

कर सोएगी। पुतली ने भी उसे अपनी बांहों में भर लिया और फिर पुतली को आभास हुआ, जैसे तारा के कड़े-कड़े खुरदरे शरीर में रस भर रहा था। शरीर गदरा रहा था। पुतली को भय-सा अनुभव हुआ। उसने भींच-भींचकर अपनी बहन को प्यार किया। और जब तारा सो गई, तब भी बहुत देर तक पुतली जागती रही और सोचती रही। कभी-कभी उसका दिल सोच-सोचकर जोर-जोर से धड़कने लगता। कभी-कभी उसे आभास होता, जैसे वह पुतली नहीं है, कोई और ही है और जो कुछ उसपर बीती है, किसी दूसरी पुतली पर बीती है। वह भीतर से बिलकुल सुरक्षित और अनछुई है, फिर उसकी नजरों में सुलताना का अविनयपूर्ण, खुरदरा चेहरा अपने नंगे शरीर के ऊपर झुका नजर आता और उसके सारे बदन में सनसनी-सी दौड़ जाती।

"मां!" बहुत देर तक जागने के बाद पुतली ने आवाज दी धीरे से। खटिया पर मां ने करवट बदली, धीरे से बोली, "कहो बेटा, नींद नहीं आ रही क्या?"

"नहीं, मां।"

"तो मेरी गोद में आ जाओ। मैं तुम्हें सुला दूंगी।"

पुतली ने धीरे से अपने-आप को तारा से अलग किया। तारा अब गहरी नींद में सो रही थी। पुतली ने उसके बदन को अच्छी तरह से चादर से ढक दिया, फिर धीरे से कोई आवाज पैदा किए बिना वह अपनी मां की खाट पर आ गई। मां ने उसे अपनी बांहों में ले लिया। उसकी उंगलियां धीरे-धीरे पुतली के बालों में घूमने लगीं।

पुतली ने पूछा, "मां, तूने पुलिस में खबर की थी?"

"हां बेटी।" मां एक सांस लेकर बोली, मैंने और कहारों ने भी रपट लिखाई थी, मगर थानेदार काबुलसिंह ने कुछ नहीं किया।"

पुतली की निगाहों में थानेदार काबुलसिंह का चेहरा-मोहरा घूम गया। वह सामान्य कद का भारी-भरकम पुलिसवाला था। पेट आगे निकला हुआ। बड़ी-बड़ी मूंछें और गोल-गोल लाल आंखें। हाथ में हर वक्त एक हंटर रखता था और होंठ हमेशा पान की पीक से तर रहते थे। गोल-गोल आंखें बड़ी फुर्ती से इधर-उधर मटकती थीं, जैसे नेवले की

आंखें हों। वह कई बार कोठे पर आकर पुतली का नृत्य देख चुका था; उसका गाना सुन चुका था। कभी-कभार डाली भेजकर पुतली की मां उसे खुश रखती थी।

"मगर क्यों मां?" पुतली ने पूछा, "काबुलसिंह तो हमपर बड़ा मेहरबान था। उसने रपट के बाद भी क्यों कुछ नहीं किया?"

"बस, नहीं किया उसने।" मां ने एक ठंडी सांस भरी।

"क्यों मां? बीच की क्या बात है? बताती क्यों नहीं हो?"

मां बोली, "भूरेलाल हवलदार रपट लिखने के बाद मेरे कोठ पर आया था। मैंने चाय-पानी से खातिर की। हाथ पर सौ का नोट भी रखा। इस पर वह बोला, 'अगर तुम तारा को थानेदार साहब के पास भेज दो तो तुम्हारा काम हो सकता है। थानेदार काबुलसिंह डाकुओं के खिलाफ सख्त ऐक्शन लेंगे और तुम्हारी पुतलीबाई को छुड़ाकर अपनी जान पर खेलकर ले आएंगे।"

"फिर तूने क्या कहा?"

"मैंने कहा, 'पुतली तो गई हाथ से। पता नहीं वह जिन्दा है या मुर्दा। जो उसके साथ हुआ वही अगर तारा के साथ भी हो, तो मैं यहां तक जाने के लिए तैयार नहीं हूं। इसलिए मैंने भूरेलाल हवलदार से कह दिया कि 'यह सौदा मुझे मंजूर नहीं है। तारा की अभी उमर ही क्या है, नाबालिग है।' हवलदार बोला, 'थानेदार साहब को नाबालिग लड़कियां ही ज्याद पसन्द आती है। मैंने कहा, 'जीने से नीचे उतर जाओ।"

"तूने ठीक किया।" पुतली सिर हिलाकर बोली।

"सिर्फ इतनी ही बात नहीं है।" मां खुसुर-फुसुर करते हुए बोली, "मैं मानती हूं, हमारा पेशा बहुत बुरा है, मगर जो पहला खरीदार होता है, उसके संग हम बहुत सच्चे होते हैं। जब वह दस-पन्द्रह-बीस-पच्चीस हजार खर्च करेगा, तो उसे माल तो खरा और सच्चा मिलना ही चाहिए। बाद में जब एक बार नथ उतर जाती है, तो फिर दाम भी कम मिलते हैं और उसी हिसाब से हमारा झूठ भी बढ़ता जाता है।"

"कायदे की बात है।" पुतली ने जवाब दिया, फिर रुककर बोली, "और महावीरसिंह ने भी कुछ नहीं किया?"

"मैं उसके पास भी गई थी। वह बोला, 'अब सुलताना और कल्याण के गैंग एक हो गए हैं। उन दोनों की नफरी इतनी बड़ी है कि अकेला मेरा गैंग उनका मुकाबला नहीं कर सकता। इसलिए मैं मजबूर हूं।"

"क्या छूटते ही उसने ऐसा कह दिया?" पुतलीबाई बड़ी नफरत से बोली, "उससे कहा होता, तुम हर महीने पांच सौ रुपये हमसे किस बात के लेते रहे हो?"

"वह बोला, 'पांच सौ लेता रहा हूं, तभी तो तुम लोगों की आर-जार बीहड़ में इतनी सुरक्षित रही है और किसीने तुम्हारे घर पर डाका नहीं डाला। पांच सौ रुपये में और क्या चाहती हो? अपनी जान को और अपने गैंग की जान को खतरे में डालूं?' मैंने उसे पांच हजार रुपये तक देने की कोशिश की। वह बोला, 'यह रकम बहुत कम है। पचास हजार तक का बन्दोबस्त करो, तो मैं कुछ करूं।' मैं कहां मे लाती! इतना घर में कहां था! और अभी तेरी नथ भी नहीं उतरी।"

"वह तो उतर गई मां।" पुतली सिसककर बोली।

अंधेरे में मां ने अपनी बेटी के बाल छुए, फिर उसका चेहरा छुआ, फिर उसकी गर्दन, फिर उसके हाथ नीचे सीने की वादी पर चलने लगे। घुटे हुए स्वर में बोली, "वह तो मैं तुझे देखते ही जान रही थी।"

"कैसे मां?"

"पता चल जाता है।"

"मगर कैसे मां?"

"जब मर्द के हाथ लगते हैं, तो औरत का बदन बदल जाता है। तुझे देखते ही मेरे दिल को धक्का-सा लगा और मैंने अपने-आप से कहा, लो, बोतल का काग उड़ गया।"

"तू कैसी बातें करती है, मां!" पुतली ने अंधेरे में अपने आंसू पोंछ डाले। धीरे से बोली, "वह बड़ा जानवर था, मां, बहुत बुरा··बहुत बुरा।"

मां ने पुतली का मुंह चूम लिया। धीरे से बोली, "रोती है?"

"नहीं, मां।" पुतली ने झूठ बोला।

"हां, तेरे आंसुओं का गीला नमक मेरे होंठों पर आ गया, मगर अब

रोने से फायदा?"

पुतली बोली, "वह बहुत बुरा था, मगर बस, फिर अच्छा ही था जों उसने मुझे आने दिया।"

"कितने दिन के लिए?"

"चलते समय मुझसे बोला, जा रही हो तो जाओ। छ: दिन के बाद डोली भेजूंगा। अगर जी चाहे तो आ जाना, वरना डोली वापस भेज देना। सुलताना अपने कौल का पक्का है। अब वह मुझसे कभी जबरदस्ती नहीं करेगा।"

"हरामी!" मां गुस्से से बोली, "मोती की आब तो गई। पच्चीस हजार मिल जाते उसके। अब लूटने के लिए रहा क्या?"

"मां!" पुतली गुस्से से बोली।

मां ने बेटी को भींच लिया। बोली, "तो फिर तूने क्या कहा?"

"कुछ नहीं। मैंने कोई जवाब नहीं दिया। चुपचाप डोली में बैठ गई। राजू ने बड़ी बहादुरी दिखाई।"

मां ने पुतली के शरीर के चारों ओर अपनी बांहों का घेरा डाल दिया। भर्राई हुई आवाज में बोली, "अब तू कभी नहीं जाएगी?"

"कभी वापस नहीं जाऊंगी मां। डोली वापस लौटा दूगी।"

मां पुतली को थपक-थपककर सुलाने लगी। हौले-हौले पुतली को अपनी मां की गोद में नींद आ गई।

सात

काबूलसिंह की पेन्शन में सात साल बाकी थे, इसलिए वह पुलिस लाइन में बचके रहता था। बाह्य रूप से डाकुओं के सिर कुचलने मे बड़ी तत्परता रखता था, मगर डाकुओं से उस हद तक उलझने से बचता था, जहां उसकी जान को खतरा हो जाए, क्योंकि उसे अपनी पेन्शन प्यारी थी। हालांकि उसने अपने शासन के दिनों में अपने बुढ़ापे के लिए इस हद तक बन्दोबस्त कर लिया था कि उसे पेन्शन की जरूरत भी अनुभव न होती, लेकिन जान का महत्त्व हर क्षण अनुभव होता था।

शुरू-शुरू में जब वह पुलिस फोर्स में आया तो इतना कायर न था। अब भी वह काम ऐसे ढंग से करता था कि कोई उसे कायर नहीं कह सकता था, लेकिन डाकुओं से आमने-सामने मुकाबला करने में कतराने लगा था, मगर बड़ी चालाकी से। कभी नफरी कम होने का बहाना कर देता, कभी डाकुओं को भाग जाने का अवसर देता, कभी घटना की जगह देर से पहुंचता, कभी बीहड़ में उस समय डाकुओं का पीछा करता, जबकि उनके गिरफ्तार होने की कोई आशा न होती और वे घोड़े दौड़ाते हुए बहुत आगे निकल गए होते। कभी खुद न जाता, हवलदार को भेज देता और अगर कभी मुकाबले का मौका आ ही पड़ता, तो ऐसा मौका ढूंढ लेता, जब सफलता की सम्भावना सौ प्रतिशत हो। डाका मामूली प्रकार का हो या डाकुओं का गैंग नया-नया बीहड़ में आया हो, चम्बल की तराई में थानेदार की प्यारी जान शतरंज में 'शह' की तरह होती है। सारा जतन यही होता है कि शह मात न खा जाए। यानी गोली न खा जाए। सभी थानेदार इस तरह के नहीं होते। शुरू-शुरू में जान हथेली पर रखकर काम करते हैं, मगर बीहड़ के हालात कुछ इस तरह के बन जाते हैं, मकड़ी के जाले की तरह कि उसमें से निकलना मुश्किल होता है। डाकुओं का एक गैंग खत्म होता है, तो दूसरा आ जाता है, पुलिस के विरुद्ध डाकुओं के गैंग एक-दूसरे की मदद को आ जाते हैं और ठीक उसी समय पर पुलिस की नफरी कम पड़ जाती है। अधिक अवसरों में सेठ, मालदार लोग और दूसरे शहरी कस्बों और गांव के आदमी एक तरफ पुलिस से मिले होते हैं, तो दूसरी तरफ डाकुओं से और एक की खबर दूसरे को पहुंचाते रहते हैं। यूं पुलिस के लिए अचानक हमला करना बड़ा मुश्किल हो जाता है, फिर डाकुओं की तरफ से पुलिस को रिश्वत का लालच भी भारी रकम में दिया जाता है, जिससे इन्कार करना एक ऐसे सदाचार-साहस को जाहिर करना होता है, जो सामान्य आदमियों के लिए लगभग असम्भव है। और काबुलसिंह तो बहुत कढ़ा हुआ, मंजा हुआ थानेदार था, जो अब अपनी लम्बी सर्विस की समाप्ति पर था। इसलिए जानबूझकर देखते-समझते मौत के मुंह में सिर देने को तैयार न था। उसका बाप एक वकील था और वह अपने बेटे को अपनी तरह का वकील बनाना चाहता

था, मगर उसका चचा थानेदार था और काबुलसिंह की नजर में उसका चचा एक हीरो से कम न था। विशेष रूप से अपने चचा की यह आदत उसे बहुत पसन्द थी कि वह अपनी बीवी के होते हुए इधर-उधर हाथ मारता था। सुन्दर स्त्रियां उसे अत्यंत पसन्द थीं, मगर उसकी पसन्द सुन्दर स्त्रियों तक ही सीमित नहीं थी। सुन्दर न हो जवान ही हो, जवान भी न हो जवानी से ढल रही हो, मगर अपनी बीवी के सिवाय कोई दूसरी स्त्री हो। उसे दूसरी स्त्रियों का बहुत चसका था। यह बात नहीं कि वह अपनी बीवी से मुहब्बत नहीं करता था। उसे अपने बीवी-बच्चों से अथाह मुहब्बत थी। वह यह सहन नहीं कर सकता था कि कोई उसकी बीवी की ओर निगाह उठाके भी देखे, मगर उसकी शराफत उसके अपने घर तक ही सीमित थी। यह सम्भव नहीं था कि थाने में कोई सुन्दर और जवान लड़की आए और थानेदार की लालसा पूरी किए बिना चली जाए। नवयुवक काबुलसिंह को प्रायः अपने चचा के थाने पर जाकर उसके महाकार्य देखने का अवसर प्राप्त हुआ था और हर ऐसी घटना के बाद उसके दिल में अपने चचा का मान बढ़ता गया और उसने भी दिल ही दिल में वकालत का पेशा अपनाने की जगह पुलिस में भरती होना उचित समझा। उसके मां-बाप ने बहुत विरोध किया था। मगर उसने अपने चचा की ऐसी सेवा की कि उसके चचा ने उसे पुलिस में भरती कराके ही दम लिया। कई साल वह अपने चचा की निगरानी में रहा और धीरे-धीरे उसने अपने चचा से उसके सारे गुण सीख लिए और फिर धीरे-धीरे तरक्की करता हुआ थानेदार बन गया। आगे इसलिए न बढ़ सका कि उसकी ख्याति भी अपने चचा जैसी हो गई थी। इसलिए ऊपर के अफसरों ने उसे इस पद से आगे बढ़ने नहीं दिया, जैसे उसके चचा को बढ़ने नहीं दिया था। उसका चचा भी थानेदार के पद से रिटायर हुआ था और यही रिटायरमेण्ट काबुलसिंह की किस्मत में लिखी थी, मगर काबुलसिंह को अपनी किस्मत से कोई शिकायत नहीं थी। वह पुलिस-वालों की हर धूर्त चाल को समझता था। चाहता तो आगे तरक्की भी करा सकता था। मगर औरत उसकी बड़ी कमजोरी थी। वह अपनी कमजोरी से पीड़ित था। कुछ भी हो, उसकी कमजोरी ऊपर के अफसर

जानते थे और उसे पुराना अफसर समझकर यहां तक क्षमा कर देते थे कि उसे पदच्युत नहीं करते थे। हां, उन्होंने उसकी तरक्की रोक दी थी, मगर काबुलसिंह अपने थानेदारी के पद से खुश था। बाल-बच्चों के लिए उसने बहुत कुछ जमा कर लिया था। वतन में एक घर बना लिया था। जेवर, नकदी, जमीन किसी चीज की कमी नहीं थी और सबसे बड़ी बात यह कि उसे अपनी कमजोरी से फायदा उठाने के अवसर प्राप्त होते रहते थे। वह जवान और कच्ची आयु की छोकरियों का कायल था और अपने चचा की तरह हर जगह मुंह मारने की कोशिश नहीं करता था, फिर उसमें एक विचित्र बात थी कि वह शरीफ लड़कियों को फांसने की कोशिश नहीं करता था। जहां तक हो उनसे दूर रहने की कोशिश करता था। उसे यह भी मालूम था कि इस प्रकार की कोशिश का अंजाम अंत में खतरनाक साबित होता है। इसलिए शरीफ लड़की से नौजवान वेश्या श्रेष्ठ है। या गरीब घर की कच्ची कली, जिसका बाप चोरी या जेब काटने की शंका में पकड़ा जाए। लड़कियां प्राप्त करने के विषय में वह दीवानगी की सीमा तक पहुंच चुका था। किसी तरह उसकी लालसा की पूर्ति न होती थी। इस विषय में उसके अनुभव अनगिनत थे। वह प्राय: शराब के नशे में डींग मारते हुए कहता कि अगर वह अपने अनुभव और उनकी भिन्न-भिन्न प्रकार की तकनीक को लिपिबद्ध करे, तो एक कामशास्त्र रचा जा सकता है। पेन्शन पाते ही मैं इस किताब को लिखना शुरू करूंगा। यह किताब सारे देश में कोलाहल मचा देगी। भूरेलाल हवलदार उसे कौर देता, 'हुजूर, बस इसे लिख डालिए।' काबुल सिंह शराब का एक लम्बा घूंट लेता और फिर भूरेलाल से कहता, 'आज हवालात में कोई चूजा है?' और जब कभी भूरेलाल इन्कार में सिर हिलाता तो काबुलसिंह अपनी नेवले की-सी आंखों को अधमुंदी करके बोलता, 'तो जाओ, बाजार से चम्पा या चमेली को बुला लाओ।' उसने थाने में ही अपने कमरे से मिले दूसरे कमरे को तहकीकात का कमरा बना दिया था। यहां पर एक पलंग था, एक साफ-सुथरा बिस्तर। तिपाई पर पानी की एक सुराही। दीवार पर टंगी हुई बन्दूकें और राइफलें और दो हंटर। तफतीश के इस कमरे में सिर्फ औरतें लाई जाती थीं। मर्दों के लिए बाहर का कमरा था, जहां उनकी पिटाई होती थी।

जिस दिन कोई मुलजिमा हाथ न आती या हवालात में न होती या किसी शंका में गिरफ्तार न की जाती या थाने में न बुलाई जाती और कोठेवालियों में से भी कोई हाजिर न हो सकती, उस दिन काबुलसिंह जल्दी घर चला जाता था, वरना रात के तीसरे पहर जाता था। कभी-कभी सारी रात किसी नई लड़की के शरीर की तफतीश में घिरा रहता। उसके सहायक भी उसकी कमजोरी को भांप गए थे और जहां तक हो सकता, उसे खुश करने की कोशिश में रहते थे, मगर जिस दिन वे भी हार जाते उस रात काबुलसिंह एक वफादार मुहब्बत करनेवाला नर्मदिल पति और कृपालु बाप बन जाता। वह ऐसे मुग्ध भाव से अपनी बीवी से मुहब्बत करता कि वह उसकी पिछली सब अनुपस्थितियां भूलकर उससे प्यार करने लगती। उस दिन काबुलसिंह बीवी-बच्चों के साथ खाना खाता। बड़े बच्चों से हंसी-मजाक करता और छोटे बच्चों को कहानियां सुनाता या उनके लिए घोड़ा बनता। उस समय उसकी आंखों में एक दयालु चमक आ जाती। दयालु और भोली, जिसमें पाप की झलक तक न हो और यह सत्य है कि काबुलसिंह अपने बीवी-बच्चों से अति प्रेम करता था, मगर हर प्रेम के अपने सिद्धांत होते हैं और उनकी सीमाएं भी होती हैं। वह एक दयालु बाप से कठोर थानेदार और कठोर थानेदार से औरत के शरीर से आनंद उठानेवाले मर्द के भिन्न-भिन्न स्वरूप को बड़ी आसानी से धारण कर सकता था। सालहा-साल के अनुभवों के बाद उसने इस तकनीक पर काबू पा लिया था, ऐसे कि केवल कुछ क्षणों में वह एक व्यक्तित्व से दूसरे व्यक्तित्व में ढल सकता था। अति निष्कपटता और एकाग्रचित्तता को लेकर एक कातिल और देवता में केवल दृष्टिकोण का अंतर है, वरना निष्कपटता, एकाग्रचित्तता और कर्म की सच्चाई में दोनों एक-से होते हैं। काबुलसिंह अपने-आप को देवता तो नहीं समझता था, लेकिन एक कामयब थानेदार और दयालु पति और पिता अवश्य समझता था। रह गई लालसा, तो वह उसके सामने मजबूर था। वह इसकी एक शक्तिशाली मर्द के गुणों में गणना करता था और सच्चरित्र मर्दों को कम-जोर, मूर्ख और कायर समझता था।

सिंगार-मेज के सामने पुतली रात के मुजरे के लिए सज-धज रही थी। उसके पास फर्श पर उसकी मां बैठी मटर छील रही थी और कभी-कभी निगाह उठाकर गर्व से पुतली को देख लेती। तारा अपनी बहन के बालों में चुटीला गूंथकर उसमें फूल लगा रही थी।

एकाएक मां ने सिर उठाके पूछा, "सजते-सजते, मैं देखती हूं, तू बीच में कहीं गायब हो जाती है। तेरी निगाहें कहीं दूर चली जाती है। किसके लिए सोचती है तू? सुलताना के लिए?"

"नहीं, मां।"

"तू उसके पास वापस नहीं जाएगी?"

"बिलकुल नहीं।" पुतली ने भय से बेचैन होकर एक झुरझुरी ली। "जो कुछ मुझपर बीती है उसकी याद से रातों को मेरी नींद उड़ जाती है।"

"समझ में नहीं आता," तारा बोली, "उसने तुझे आने कैसे दिया?"

"सब कुछ तो बता चुकी हूं, दोहराने से फायदा?" पुतली ऊबकर बोली, "छठे दिन वह मेरी वापसी के लिए डोली भेजेगा, मगर मैं नहीं जाऊंगी।"

इतने में दरवाजे पर खटका हुआ। मां मटर की फलियों-भरी थाली फर्श पर छोड़कर दरवाजे की ओर भागी। दरवाजा खोलकर देखा। दहलीज पर भूरेलाल हवलदार खड़ा था।

"क्या है?" मां ने चौंककर पूछा।

भूरेलाल ने बड़ी शिष्टता से सबको आदाब किया। अन्दर आकर एक तरफ बिछी चारपाई पर बैठकर बोला, "थानेदार साहब ने बुलाया है।"

"किसको?"

'पुतलीबाई को।"

मां तिनककर बोली, "जब तक पुतलीबाई डाकुओं के पंजे में थी, तो उसकी याद किसी को न आई। कल रात को पुतलीबाई आई और आज रात को थानेदार ने तलब कर लिया, क्यों?"

"पुतलीबाई डाकुओं के अड्डे से होकर आई है। उसका बयान लेना जरूरी है।" हवलदार ने पलंग की पट्टी से अपना सिगरेट बुझाते हुए

कहा।

"मैं कोई बयान नहीं दूंगी।" एकाएक पुतली अपने आईने से पलटकर बोली।

हवलदार भूरेलाल ने जेब से सिगरेट की डिबिया निकाली। दूसरा सिगरेट सुलगाया। बोला, "मैं यहीं बैठा हूं। जब पुतली तैयार हो जाएगी, तो उसको लेकर जाऊंगा।"

"मैं नहीं जाऊंगी, मैं नहीं जाऊंगी!" पुतली पैर पटककर बोली।

"तो फिर मैं हथकड़ी लगाकर ले जाऊंगा।" भूरेलाल ने अपने दूसरे हाथ में लिपटी हुई हथकड़ी दिखा दी।

मां धक् से रह गई। पुतली का रंग उड़ गया। फूलों का हार, जो तारा चुटीले में गूंथने जा रही थी, एकाएक उसके हाथ से गिर गया। पुतली एक गुस्से में उठी। बोली, "चलो, चलो, मैं देखती हूं, तुम्हारा थानेदार मुझसे क्या बयान लेता है। एक तो मुझे बचाने के लिए उसने कुछ किया नहीं, ऊपर से हेकड़ी दिखाता है।"

मां बोली, "मैं भी तेरे साथ चलती हूं।"

भूरेलाल मां-बेटी, दोनों को लेकर थाने आया। उस समय रात के चिराग जल चुके थे और बरामदे में पुलिस के दो सिपाही पेटियां ढीली करते हुए घर जाने की चिंता में थे। भूरेलाल ने मां को बरामदे की एक लकड़ी की बेंच पर बिठा दिया और पुतली को लेकर थाने के अन्दर चला गया। दो कमरों से गुजरकर वह थानेदार के आफिस में पहुंचा, मगर काबुलसिंह आफिस में न था। वह बराबर के कमरे में पुतली का इन्तजार कर रहा था। भूरेलाल ने पुतली को उस कमरे के अन्दर जाने का इशारा किया।

पुतली पर्दा उठाकर अन्दर चली गई। काबुलसिंह एक दीवार से लगा खड़ा था। पुतली ने झुककर उसे आदाब किया। काबुलसिंह ने सिर की एक मामूली-सी गति से उसके आदाब का जवाब दिया। जरा-सा मुस्कराया, फिर बोला, "कब आई हो?"

पुतली ने कमरे का निरीक्षण किया। बोली, "कल।"

"कहां थीं?"

"आपको मालूम नहीं?"

"मेरे सवाल का जवाब दो।' काबुलसिंह ने जरा कठोरता से कहा।

"सुलताना डाकू के अड्डे पर।"

"वहां कैसे पहुंच गई?"

"वह मुझे अपहरण करके ले गया था।"

"झूठ बोलती हो।" काबुलसिंह ने आगे बढ़कर पुतलीबाई के चेहरे पर एक थप्पड़ रसीद किया।

पुतलीबाई चकराकर फर्श पर गिर पड़ी। उसका एक हाथ अपने गाल से लगा था, दूसरा अपने सीने पर। दर्द, आश्चर्य और क्रोध के मिले-जुले भाव उसके चेहरे पर कई रंग बिखेरते चले गए। वह धीरे से उठी, कि काबुलसिंह ने फिर उसे एक थप्पड़ रसीद किया। बोला, "हराम-जादी, झूठ बोलती है! तू तो कल्याणसिंह के साथ थी।"

पुतली की आंखों में आंसू आने लगे। बोली, "नहीं, सच कहती हूं। सुलताना के पास थी। उसने मुझे बीहड़ से उठा लिया। सुलताना और कल्याण की मेरी वजह से लड़ाई हो चुकी है। कल्याणसिंह सुलताना से अलग हो चुका है।"

"दोनों के नये अड्डे कहां हैं?"

"कल्याणसिंह के अड्डे का मुझे तो कुछ मालूम नहीं। सुलताना के अड्डे को जानती-पहचानती हूं।"

"कहां पर है?"

"नहीं बताऊंगी।" पुतलीबाई के होंठ बन्द हो गए।

काबुलसिंह ने दीवार पर टंगा हुआ एक चाबुक उतार लिया, चाबुक हिलाते हुए बोला, "नहीं बताएगी?"

पुतलीवाई घबराकर पीछे हट गई। बोली, "थानेदार जी, मैं जानती हूं, सुलताना ने मेरी इज्जत लूटी, लेकिन उसने मेरी जान भी बख्श दी। मुझे वापस अपने घर आने दिया। उसका मुझपर अहसान है। मैं उसके अड्डे का भेद न खोलूंगी।"

"अच्छा, यह बताओ, उसके अड्डे में कितने आदमी हैं?" पुतली

चुप रही। "उसकी मदद करनेवाले कौन हैं? किन लोगों पर वह भरोसा करता है?"

"मैं कुछ नहीं बताऊंगी।"

"कुछ नहीं बताएगी?" थानेदार काबुलसिंह ने कड़ककर कहा।

पुतलीबाई ने इन्कार में सिर हिलाया। चाबुक का एक जोर का वार उसकी पसलियों पर पड़ा। पुतली दर्द से चीख उठी, मगर चिल्लाकर बोली, "नहीं बताऊंगी, नहीं बताऊंगी, नहीं बताऊंगी!"

चाबुक का एक बार उसके सीने पर पड़ा। पुतली तड़पकर फर्श पर लोटने लगी। मगर काबुलसिंह का हाथ नहीं रुका। वह चाबुक मारता ही गया। पुतली जोर-जोर से चीखने लगी। काबुलसिंह ने चाबुक छोड़-कर तड़पती पुतली को अपनी गोद में उठा लिया और उसे बिस्तर पर धकेलकर उसके ऊपर गिर पड़ा। पुतली ने विघ्न देने की कोशिश की, मगर काबुलसिंह ने दोनों हाथों से उसकी चोली को तार-तार कर दिया, फिर जहां-जहां उसके नंगे बदन पर नील पड़ गए थे, वह उन जगहों को चूमने लगा और जहां-जहां से खून बह रहा था, वह उसे चाटते हुए कहने लगा, "मेरी जान! मेरी प्यारी! पुतली!" काबुलसिंह की आवाज बड़ी कोमल थी।

चार दिन पुतली को काबुलसिंह ने हवालात में रखा। घर जाने नहीं दिया। दूसरे दिन भी उसके साथ यही व्यवहार हुआ। तीसरे दिन भी, चौथे दिन भी। पांचवें दिन पुतली की मां काबुलसिंह की हथेली पर दो हजार के नोट रखकर अपनी जख्मी बेटी को छुड़ाकर ले गई। दिन-भर अपने कोठे पर वह जख्मी पुतली के शरीर को सेंकती रही और दवा-दारू करती रही, मगर पुतली बिलकुल खामोश थी। मां ने बार-बार पूछा कि काबुलसिंह ने उसके साथ ऐसा व्यवहार क्यों किया, मगर पुतली बिलकुल खामोश रही। रह-रहकर उसके शरीर में एक लम्बी झुरझुरी-सी आती, मगर वह अपने होंठ भींच लेती। उसकी आंखों में एक अजीब चमक थी, जिससे उसकी मां को बड़ा डर लग रहा था।

रात के अंधेरे में मां ने पुतली को अपनी गोद में सुलाया और उसे अपने बाजुओं में भीच-भींचकर प्यार किया, मगर पुतली उसकी गोद में

जैसे पत्थर का एक बुत थी, ठंडी, जड़, निर्जीव।

छठे दिन पुतली अपने कोठे से गायब हो गई। तारा ने और राजू ने और उसकी मां ने सब जगह ढूंढ़ा। कुछ पता न चला। बस इतना पता चला कि किसी ने उसे मुरैना की सीमा से बाहर जाते देखा था। किसी ने उसे बीहड़ में नंगे पांव दौड़ते हुए देखा था, फिर किसी ने पुतली को कभी नहीं देखा, मगर उसकी मां ने थक-हारकर समझ लिया कि पुतली सुलताना के पास चली गई है और अब वह उसके कोठे पर कभी नहीं आएगी।

उसी दिन तीसरे पहर के करीब सुलताना एक ऊंचे टीले की झाड़ियों में छिपा हुआ अपनी आंखों पर फील्ड ग्लास लगाए दूर तक बीहड़ में देख रहा था। उसकी नजर के सामने गिरती हुई ढलवानों को चीरती हुई एक नदी थी और दूसरी ओर सूखी-कंटीली झाड़ियों का घना जंगल था, जिसमें कहीं-कहीं पर पेड़ों की टोलियां साजिशी डाकुओं की तरह खड़ी नजर आ जातीं। कहीं कोई पत्ता न हिलता था। न मानव, न कोई उसका निशान...।

सुलताना ने बेचैन होकर अपनी चार दिन की बढ़ी हुई दाढ़ी को ठोड़ी पर खुजाया, फील्ड ग्लास आंखों से अलग करके रख दिया। फिर राइफल खोलकर इत्मीनान किया कि भरी हुई है कि नहीं। इतने में नाटे कद का सुन्दर डाकू, जो सबका खाना तैयार करता था, सुलताना के पास आकर बोला, "चाय लाऊं या दूध?"

"कुछ नहीं चाहिए।" सुलताना झुंझलाकर बोला। सुन्दर घबराकर पीछ हट गया। "चले जाओ!" सुन्दर वापस खोह में चला गया। उसके विस्मित चेहरे पर विचित्र तरह की परेशानी लिखी थी।

जब वह वापस खोह में पहुंचा, तो लोहारी खोह में एक सिरे से दूसरे सिरे तक चक्कर काट रहा था। सुन्दर को लौटते देखकर बोला, "क्यों?"

"बोलता है, किसी चीज की जरूरत नहीं।"

लोहारी के जबड़े तन गए। उसने थोड़ी देर तक कुछ सोचा, फिर खोह से बाहर निकल गया। लम्बे-लम्बे डग भरता हुआ ऊंचे टीले पर जा

पहुंचा। उसके कदमों की आहट पाकर सुलताना चौंक पड़ा। लोहारी को देखकर उसी क्रूर भाव से गुर्राकर बोला, "क्यों?"

"सरदार, छः दिन से कहीं डाका नहीं डाला। गैंग के लोग बेकार हो रहे हैं। बैठे-बैठे कहां जाएं?"

"जहन्नुम में!" सुलताना गुस्से से गरजा, जाओ, मुझे परेशान मत करो।" लोहारी ने कुछ क्षण विलंब किया, फिर बोला, "मेरा ख्याल है, वह नहीं आएगी।"

"तुमसे किसने पूछा है, वह आएगी कि नहीं आएगी?" सुलताना भड़ककर उठ खड़ा हुआ और हिंसक दृष्टि से लोहारी की ओर देखने लगा। लोहारी पीछे हट गया। मुड़कर जाने लगा। उसके चेहरे पर एक कटाक्ष-भरी मुस्कान थी। थोड़ी दूर जाकर मुड़ा, फिर एक झाड़ी में दुबककर बैठ गया।

कुछ क्षणों के बाद नदी के पार घनी झाड़ियों के जंगल में सुलताना को कुछ हिलती-डुलती-सी जान पड़ी। चौंककर उसने ध्यान से देखा। हिलती हुई झाड़ियों में हलचल थी, मगर साफ कुछ नजर नहीं आ रहा था।

फिर झाड़ियों के बीच से एक डोली निकली, जिसे चार कहार उठाए हुए थे। वे लोग नदी की ओर बढ़ते चले आ रहे थे। सुलताना का दिल धक् से रह गया। डोली नदी की ओर बढ़ती चली जा रही थी। कहारों के कदम तेज हो रहे थे। नदी के किनारे पहुंचकर कहारों ने डोली जमीन पर रख दी। डोली में से एक औरत निकली। सुलताना ने फील्ड ग्लास लगाकर ध्यान से देखा, फिर जोश-भरे स्वर में चिल्लाया, 'पुतली!"

उसके बाद उसने राइफल निकालकर कंधे पर रख ली और टीले की झाड़ियों से उठकर दोनों हाथ नदी की ओर हिलाते हुए चिल्लाया, "पुतली!" उस पार, किनारे पर खड़ी पुतली ने उसकी ओर देखा। फिर सुलताना तेजी से ढलान पर नीचे नदी की ओर दौड़ने लगा। दो-एक जगह उसे ठोकर भी लगी, लेकिन वह गिरते-गिरते संभल गया और बराबर नदी की ओर दौड़ता गया। कहार उसे देखकर डोली उठाकर वापस चल दिए। अब पुतली उस किनारे पर अकेली खड़ी थी। सुलताना नदी के छिछले पानी में दौड़ता हुआ आगे बढ़ता चला गया। दूसरे किनारे पर

पहुंचकर उसने पुतली को गले से लगा लिया। उसके हाथ चूमे, मुंह चूमा, गर्दन चूमी, फिर उसे उठाकर अपने कंधे पर बैठाकर वापस चलने लगा, बल्कि दौड़ने लगा। उसे ऐसा आभास हो रहा था, जैसे उसके शरीर में एक नई ताकत आ गई है। पुतली ने उसके कंधे पर बैठे-बैठे अपनी टांगें झुलाकर कहा, "तुम सोचते होगे, मैं नहीं आऊंगी।"

"हां, मैं सोचता था और सोच-सोचकर पागल हुआ जाता था कि तुझे जाने क्यों दिया।"

"और अगर मैं न आती तो?"

"तो मैं अपना वायदा तोड़ देता और तुम्हें दोबारा अगवा कर लेता।"

पुतली ने एक लम्बी सांस ली। बोली, "अब मैं हमेशा के लिए तुम्हारे पास आ गई हूं। अब मैं कभी नहीं जाऊंगी। अब तुम मुझे भी राइफल चलाना अच्छी तरह सिखा दो।"

आठ

सुलताना की खोह के बाहर आज रात लोहारी की ड्यूटी थी। दोनों खोहों के बीच एक पर्दा पड़ा था, जिसपर एक कोने में रखी हुई लालटेन की मद्धिम रोशनी दो सायों के खेल दिखा रही थी। कभी ये दो साये आपस में गडमड हो जाते, कभी अलग होकर फिर एक दूसरे के करीब जाने लगते। चेहरे बनते और बिगड़ते, फिर धुल-मिलकर एक हो जाते। लालटेन की लौ हजार तमाशे दिखाती। किसी के होंठ दूसरे होंठों की ओर बढ़ते हुए, बालों की लट चेहरे पर झुकती हुई, हाथ की उंगलियां ठोड़ी को छूती हुई, फिर दोनों गर्दनें राजहंस की तरह लम्बी होकर एक-दूसरे के खम में एक हो जाती। और साये पूरे पर्दे पर छा जाते, फिर एकाएक किसी ने उठकर अन्दर की लालटेन बुझा दी। पर्दे पर अंधेरा छा गया।

फिर भी लोहारी सुलताना की खोह के बाहर अपनी कछार में बन्द किसी शेर की तरह टहलता रहा। वह दूसरी खोह के अन्दर सूखी घास पर करवट लेने वाले बदन की आवाज सुन सकता था, फिर पुच्-पुच्-पुच् की आवाजें, जैसे कोई किसी को चूम रहा हो, फिर एक ठंडी-मीठो सांस

के साथ एक लम्बी-सी हाय। उसके बाद एक लम्बी खामोशी। लोहारी अपनी खोह से बाहर निकल आया। अपनी खोह से गुजरता हुआ बीच के पत्थर को हटाकर निचली खोह में जाता हुआ जब वह ढलान पर बाहर निकल गया, तो डाकू संतरियों ने उससे पूछा। "किधर जा रहे हो लोहारी दादा?"

"नदी पर नहाने।"

"नदी पर नहाने?" उन्होंने आश्चर्य से पूछा, "आधी रात में?"

"हां, गर्मी बहुत है।" लोहारी होंठ चबाते हुए बोला और फिर नीचे की ओर दौड़ता हुआ चला गया। अभी वह नदी तक नहीं पहुंचा था और अभी उसकी रगों में लावे की तरह बहने वाला गुस्सा ठंडा नहीं हुआ था कि उसने नदी से आने वाली कई आवाजें एकसाथ सुनीं। शुक्र था कि वह अभी झाड़ियों और पेड़ों की ओट से बाहर नहीं निकला था। आवाजें सुनते ही वह दुबकर वहीं बैठ गया और झाड़ियों की टहनियों को बड़े धीरे से सरकाकर बाहर देखने लगा। आठ आदमी नदी को पार कर चुके थे और तीन नदी में गुजरते हुए आ रहे थे। वे लोग राइफलों से सज्जित थे। एक जीप नदी के उस पार खड़ी थी। वे लोग खाकी बर्दी पहने हुए थे। लोहारी ने पहचान लिया। पुलिस वाले थे और उनके अड्डे की तरफ बढ़ रहे थे।

उन्हें देखकर लोहारी एकदम स्तब्ध हो गया। दूसरे सब भाव जाते रहे, केवल भय और मुकाबले और बचाव का भाव ऊपर उभर आया। वे लोग उससे केवल सौ गज की दूरी पर थे। बहुत कम समय था। इस कम समय में उसे दबे पांव वापस जाकर अपने साथियों को होशियार करना था और सुलताना को खबर करनी थी। वह धीरे-धीरे उकडूं होकर पेड़ों और झाड़ियों के अंधेरे में शरण लेता हुआ वापस चलने लगा, मगर वापसी में ढलान की जगह चढ़ाई थी। सफर और भी कठिन हो गया। कहीं पर झाड़ियों और पेड़ों के बीच नंगी जमीन आ जाती और वह तेजी से बे-आवाज कदमों से भागकर एक पेड़ की छाया से निकल दूसरे पेड़ की छाया में शरण लेकर पीछे देखता। शुक्र था कि पुलिस वालों को उसकी उपस्थिति का ज्ञान नहीं हुआ था। वह धीरे-धीरे ऊपर की खोहों को

ओर बढ़ता रहा। इस समय उसकी चाल में बिल्ली के छलांगने की बे-आवाज लचक-सी जाने कहां से आ गई थी।

बहुत दूर ऊपर जाकर उसने पीछे मुड़कर देखा, तो पुलिस के सब आदमी नीचे ढलवान के पेड़ों और झाड़ियों में गुम हो चुके थे। कहां गए? क्या वे छलावे थे? खामोश, बे-आवाज जंगल में धीमे-धीमे बहनेवाली नदी का स्वर-माधुर्य और सूखे पत्तों से उलझकर हवाओं की सरसराहट। नहीं, नहीं थे वे पुलिसवाले। हो सकता है पुलिसवाले न हों, किसी दुश्मन के गैंग के डाकू हों, क्योंकि आजकल बीहड़ में डाकू भी धोखा देने के लिए पुलिस की वर्दी पहनकर निकलते हैं। सम्भव है, कल्ला हमला करने आ रहा हो। किसी भी तरह उसे जल्दी अपने साथियों को खबरदार कर देना चाहिए। उसी तरह दबे पांव चलते-चलते वह आखिरी बचे सौ गज भी पार कर गया। इस अवसर पर अगर एक पत्थर भी अपनी जगह से सरक जाता, तो दुश्मन खबरदार हो जाता, मगर शुक्र है, वह इस समय पहली खोह के दरवाजे पर था।

उसने इशारे से संतरियों को अन्दर बुलाकर कहा, "नीचे से पुलिस आ रही है, सबको जगा दो।"

फिर वह खोहों के अन्दर भागता सबको होशियार करता सुलताना की खोह की ओर भागता चला गया।

कुछ क्षणों में डाकू खबरदार हो गए थे और सुलताना ने अपना प्लान बना लिया था। पुलिसवाले ग्यारह थे और खुद उसके पास अट्ठा-रह की नफरी थी। वे सब लोग खोहों से निकलकर दो टुकड़ियों में बंटकर बड़ी खोह के दोनों ओर की साड़ियों और पेड़ों में दुबककर छिप गए। एक टुकड़ी की कमान सुलताना ने खुद संभाली और दूसरी टुकड़ी की कमान उसने लोहारी के हाथ में दे दी।

सबसे बड़ी और सबसे निचली खोह के सामने कोई बीस गज का एक सपाट टुकड़ा था, जिसपर न पेड़ थे न झाड़ियां, फिर ऊपर-नीचे, दायें-बायें घनी झाड़ियां और पेड़ थे जिनमें डाकू टुकड़ियों में बंटकर लोप हो गए थे। पुतली सुलताना के साथ एक ढलवान पर लेटी हांफ-सी रही थी।

उसका दिल बुरी तरह धड़क रहा था। उसने एक हाथ से सुलताना का दामन पकड़ रखा था।

सुलताना ने तेज-सी खुसर-फुसर की, "सिर नीचा रखो और नीचा रखो!" एक सिसकी-सी लेकर पुतली ने अपने सिर को जैसे सुलताना की पसलियों में छुपा लिया।

"डरो मत, डरो मत!" सुलताना ने धीरे से उससे कहा, "मेरे साथ रहोगी तो रोज ही कुछ न कुछ देखना पड़ेगा। इसलिए अच्छा यही है कि आदत डाल लो।"

पुतली ने अपनी सिसकी अपने हलक में रोक ली। उसकी आंखें उस बीस गज के सपाट टुकड़े पर लगी थी। उसकी ही क्या, दायें-बायें दोनों ओर के डाकुओं की निगाहें उस टुकड़े पर जमी थीं।

क्षण धीरे-धीरे रेंगते रहे। खामोशी, सन्नाटा। जैसे उस खामोशी में पुतली को नींद आने लगी। सम्भव है, यह सब सपना हो, भ्रम हो, लोहारी ने कुछ न देखा हो, फिर एकाएक राइफल की हल्की-सी क्लिक के साथ पुतली के शरीर का हर रोआं जाग गया। एकाएक सामने की सपाट खुली जगह पर नीचे से आते हुए दो साये उभरे; फिर चार-छ···फिर दायें-बायें दोनों ओर से डाकू गोलियां चलाने लगे।

इतने में और लोग ऊपर आ गए और वे भी कांड में अंधाधुंध गोलियां चलाने लगे, मगर डाकू अच्छी तरह छिपे हुए थे और पुलिस के लोग इस अचानक और अकस्मात् हमले से परेशान हो गए थे। पहले कुछ क्षणों में तो उन्हें मालूम न हुआ कि गोलियां किधर से आ रही हैं। इतने में उनके छः आदमी ढेर हो गए थे। बाकी जमीन पर रेंगते हुए नीचे ढलवान की ओर जाने लगे, मगर डाकुओं की क्रास फायर ने उन्हें आगे बढ़ने का अवसर नहीं दिया।

एकाएक सुलताना चिल्लाया, "अगर अपनी जान की अमान चाहते हो तो राइफलें फेंक दो और दोनों हाथ ऊपर कर लो।"।

उसके बाद कुछ क्षणों तक खामोशी छाई रही, फिर डाकुओं ने क्रास फायर शुरू की, फिर कुछ क्षणों के बाद पुलिस वालों ने राइफलें फेंक दी ओर दोनों हाथ ऊपर उठाकर खड़े हो गए।

फिर दोनों ओर से धीरे-धीरे डाकू अपनी पनाहगाहों से निकल आए। एक ओर से सुलताना बढ़ा, दूसरी ओर से लोहारी और उसकी टुकड़ी। कुछ क्षणों के बाद उन्होंने पुलिस वालों के चारों ओर घेरा डाल दिया।

"अरे यह तो हवलदार भूरेलाल हैं।" लोहारी खुशी से चहका।

"और यह थानेदार काबुलसिंह है।" सुलताना ने एक और आदमी को पहचानकर कहा।

"कहिए-कहिए, कैसे तशरीफ लाए थे, थानेदार साहब?" सुलताना ने कटाक्ष से पूछा।

काबुलसिंह की घिग्घी बंधी हुई थी। दूसरे डाकुओं ने बाकी पुलिस वालों को भी गिरफ्तार कर लिया था।

सुलताना ने लोहारी को एक अजीब-सा इशारा करके कहा, "हवलदार भूरेलाल और तीन सिपाहियों को तुम नीचे ले आओ और नदी के किनारे ले जाकर रिहा कर दो। थानेदार साहब से मैं बात कर लेता हूं, चलिए अन्दर।" सुलताना ने थानेदार काबुल सिंह की कमर में राइफल का ठोका देकर कहा और उसे लगभग ढकेलता हुआ खोह के अन्दर ले गया।

खोह के अन्दर एक ओर पुतली खड़ी थी, दूसरी ओर सुलताना। थानेदार काबुलसिंह कभी पुतली को देखता, कभी सुलतानसिंह को।

फिर नीचे से चार बार गोलियों के चलने ही आवाज आई और फिर सन्नाटा छा गया। काबुलसिंह को लगा कि उसके सब साथी खत्म हो चुके। सुलताना ने राइफल सीधी करते हुए कहा, "अब तुम्हारी बारी है, काबुलसिंह!"

एकाएक पुतली ने उसे रोककर कहा, "ठहरो, यह मेरा शिकार है।"

सुलताना ने काबुलसिंह को अपनी राइफल की जद में रखा और पुतली से कहा, "मेरी कमर से रिवाल्वर खोल लो। भरा हुआ है। बस तुम्हें कुछ नहीं करना है। सिर्फ इसका निशाना काबुलसिंह की ओर करके लिबलिबी दबा दो।"

काबुलसिंह के होंठ कांपे। एकाएक वह घुटनों के बल जमीन पर गिर गया और गिड़गिड़ाकर पुतली से कहने लगा, "मुझे माफ कर दो। मुझ

पर रहम करो!"

पुतली ने पूछा, "तूने मुझ पर थाने में रहम किया था?"

"मेरे छोटे-छोटे बच्चे हैं।"

"मेरी भी मां है, भाई और बहन है। तूने किसी का ख्याल किया? मुझे जानवरों और पशुओं की तरह भभोड़ खाया। कुत्ते···!" पुतली चिल्लाकर बोली, "जंगली!" उसने रिवाल्वर की नाल काबुलसिंह की ओर कर दी, "मेरे बदन का कोई हिस्सा तेरी चाबुक के बार और तेरे मुंह के गन्दे थूक से बचा हुआ नहीं है।"

''मैं···मैं···नौकरी छोड़ दूंगा। तुझे अपनी सारी कमाई दे दूंगा। मेरे बैंक में डेढ़ लाख जमा है। वह सब तू ले ले। चेकबुक मेरे पास है। सब ले ले। मैं अभी दस्तखत करके तुझे देता हूं। जब तुझे बैंक से मिल जाए, फिर मुझे आजाद कर देना। एक बार मुझे जीने का मौका दे। अब मैं किसी लड़की के साथ ऐसा व्यवहार···।" काबुलसिंह भर्राई आवाज में रोने लगा और अपने शरीर को घसीटते हुए पुतली की ओर जाने लगा

"पुतली!" सुलताना ने पुतली को खबरदार करना चाहा।

मगर पुतली ने आगे बढ़कर रिवाल्वर की सारी गोलियां काबुलसिंह के सीने में दाग दीं।

जब सारी गोलियां चल चुकीं, तो पुतली बड़ी निराशा से बोली, "और गोलियां नहीं है।"

थानेदार काबुलसिंह और उसकी पुलिस की टुकड़ी के मारे जाने की खबर ने मुरैना में निराशा की लहर दौड़ा दी। उसके साथ-साथ डाकुओं और पुलिस के बीच झड़पें और तेज हो गई। प्रबन्ध के अनुसार डिप्टी सुपरिण्टेण्डेण्ट पुलिस रहमत खां को एक सौ आदमियों की नफरी देकर डाकुओं का सिर कुचलने के लिए भेजा गया। उसने बड़ी होशियारी और लगन से काम करना शुरू कर दिया। इससे पहले डाकू सामान्य रूप से पुलिसवालों से लड़ने से कतराते थे और प्रायः वह पुलिसवालों से और पुलिसवाले उनसे कन्नी काट जाते थे, मगर इस घटना के बाद पुलिसवालों के दिल में इन्तकाम की आग भड़क उठी, क्योंकि डाकुओं ने एक बे-लिखे

समझौते को तोड़ा था। अब दिन-रात चंबल के इलाके में पुलिसवालों की टुकड़ियां गश्त लगाती थीं। कोई बीस के करीब डाकू, जो भिन्न-भिन्न गैंग से सम्बन्ध रखते थे, मारे जा चुके थे, मगर सुलताना काबू में न आता था। दिन-रात की सिर-तोड़ कोशिशों और दौड़-धूप के बाद उसका कुछ पता न चल सका। उसे जमीन खा गई या आकाश ने उचक लिया। ये भी चंबल का बीहड़ इतना घुमाव-फिराववाला और भयानक है, उसमें इतने मोड़ हैं, जंगली रास्ते और पगडंडियां हैं, इतने टीले, पहाड़ियां और खोहें हैं कि अगर बीस हजार की नफरी भी डाकुओं का सिर कुचलने के लिए आ जाए, तो कम पड़ेगी। यहां प्रकृति डाकुओं की मदद करती है, इसलिए यह इलाका शताब्दियो से डाकुओं का अड्डा रहा है।

काबुलसिंह के कत्ल के बाद सुलताना अपने गैंग को लेकर उसी रात चल दिया था। वे लोग पहले पूरब की ओर चले, फिर पश्चिम की ओर घूम गए। सारी रात चलते गए। दूसरे दिन भी चलते गए। दूससी रात पेड़ों से घिरी हुई एक ढलवान की खामोश परछाइयों में उन्होंने डेरे डाल, मगर आधी रात तक दम लेने के बाद सुलताना ने फिर उठकर सबको वहां से चल देने का आदेश दे दिया। अब के उसने दिशा बदल दी, पश्चिम से उत्तर का रास्ता अपनाया। सुलताना को मालूम था कि पुलिस उसे और उसके गैंग को गिरफ्तार करने या मारने के लिए दीवानी हो रही होगी। इसलिए उसने किसी जगह पर आधी रात से ज्यादा विश्राम नहीं किया। हर रात वह अपनी जगह बदल देता था। दिन में और रात में कभी डाकू पन्द्रह मील, कभी बीस मील, कमी पच्चीस मील की यात्रा कर जाते थे। गैंग की एक टुकड़ी केवल रसद लाने पर नियुक्त थी और इसका भी ख्याल रखा जाता था कि जिस गांव से या जिस किसान के इक्के-दुक्के घर से रसद लाई जाए, उस रात गांव या घर से बहुत दूर पड़ाव किया जाए। इसलिए सुलताना खाना खाकर और आधी रात तक दम लेने के बाद फिर चल देता था। यह नियम अगले चार महीने तक यूं ही चलता रहा। पहले-पहल तो पुतली को बड़ी थकावट का अनुभव होता था, क्योंकि वह ज्यादा चलने या इतनी लम्बी यात्रा की आदी न थी,

मगर फिर बराबर चलते रहने से उसके तलुवों की खाल मोटी हो गई। शरीर और कस गया। संवलाने की बजाय वह कुछ और निखर गई और उसके गालों में लाली झलकने लगी। कमर और पतली हो गई और चाल में एक आकर्षक लचक आती गई। एक तो उसका शरीर नृत्य के अभ्यास से सधा हुआ मनोहर था, इसपर प्रतिदिन पन्द्रह-बीस मील चलने के अभ्यास ने उसे और भी कसा और लचकीला बना दिया।

मगर कोई चार महीने की निरन्तर दौड़-भाग के बाद एक दिन पुतली चलते-चलते सबसे पीछे रह गई। सुलताना पहले तो उसका इन्तजार करता रहा, फिर वापस मुड़कर उसकी खोज में निकला। कोई दो सौ गज वापस जाने के बाद उसे पुतली एक पेड़ के नीचे लेटी हुई मिली। वह बुरी तरह हांफ रही थी।

"क्या हुआ?" सुलताना ने परेशान होकर पूछा।

"बस, थक गई।" पुतली अपने माथे से पसीना पोंछते हुए बोली, "अब चला नहीं जाता।"

पुतली का रंग उड़ा हुआ था और उसे पसीना आ रहा था। सुलताना को उसकी व्यथा देखकर दया आ गई। बोला, "आज आधी रात तक नहीं चलेंगे। शाम को कहीं ठहर जाएंगे।"

पुतली बोली, "बस, अब मैं आज एक कदम नहीं चल सकती।" फिर उदास होकर बोली, "कब तक ऐसे चलना होगा? इससे तो अच्छा है, तुम मुझे गोली मार दो।"

"तुम्हें आज हो क्या रहा है?" सुलताना ने आश्चर्य से कहा, "इतनी अच्छी तुम्हारी सेहत हो रही है। इतने महीनों से तुम हर दिन मीलों चलती थीं। आज एकाएक क्या हो गया?"

पुतली ने अपनी दोनों आंखें बन्द कर ली और धीरे से बोली, "मेरे पेट में तेरा बच्चा है।"

सुलताना पहले तो आश्चर्य से उसे देखता रहा, फिर प्रसन्न भाव में एकदम झूमकर आगे बढ़ा, और उसने पुतली को अपनी बांहों में उठाकर अपने गले से लगा लिया, फिर अपने कंधे पर रख लिया और लम्बे-लम्बे डग भरता हुआ उधर चलने लगा, जिधर उसके गैंग के डाकू उसका इन्त-

जार कर रहे थे।

चार महीने तक पुलिस को निरन्तर जुल देने के बाद सुलताना ने सोचा, अब तो पुलिस भी उसे ढूंढते-ढूंढते थक गई होगी। आखिर पुलिस के पास और भी काम हैं। डाकुओं के और भी गैंग हैं और अब पुतली गर्भ से है। उसे अब फिर से अपना अड्डा बनाना होगा। इन चार महीनों में कमाई भी बहुत कम हो गई थी। वे ज्यादातर अपनी जान बचाते फिर रहे थे और कहीं डाके न डालते थे कि शायद उनका सुराग पुलिसवालों को लग जाए। कमाई के न होने से कई डाकू उसका साथ छोड़ गये थे। भीमा, करीमा और दलपत खामोशी से रफूचक्कर हो गए थे। शायद बरबानसिंह के गैंग में दाखिल हो गए थे। कहीं अब उसे एक अड्डा बनाना पड़ेगा और जमकर फिर से अपना काम शुरू करना पड़ेगा। अब तो पुतली भी पेट से है। सुलताना का दिल एक अजीब गर्व, घमण्ड और खुशी से भर गया और उसके डग तेज हो गये।

मगर इस घटना के बाद भी पन्द्रह-बीस दिन तक वे लोग बीहड़ में अपनी जगह प्रतिदिन बदलते रहे और चलते रहे। पुतली के लिए सुलताना ने एक घोड़े का प्रबन्ध कर लिया था और इस तरह से एक कठिनाई समाप्त हो गई थी, लेकिन अब एक अड्डे का प्रश्न था और अपनी रोजी-रोटी की समस्या सामने थी और फिर यह बात उसके मन में आने लगी थी कि अब वह और कितने दिन तक पुतली को इस तरह साथ लिए-लिए जंगलों और पहाड़ियों में घूम सकता है।

आखिर बहुत खोज के बाद चंबल की एक तंग-सी घाटी में अपने लिए एक जगह उसने चुन ली। यहां एक पुरानी बावड़ी थी और एक मन्दिर, जो जमाने की तबाही से ध्वस्त हो चुका था। केवल खंडहर बाकी थे, जिनथर झाड़ियां और पेड़ उग आए थे। घाटी में घना जंगल था और उसकी साड़ियों और पेड़ों से पटी ढलवान पर कई पुरानी खोहें थीं जो पुराने युग में शायद बौद्ध भिक्षुओं ने अपनी तपस्या के लिए चट्टानों में खोदी थीं या पुराने हिन्दू ऋषियों और मुनियों ने अपनी तपस्या के लिए प्रयोग की होंगी।

यह जगह सुलतान सिंह को बहुत पसन्द आई। एक तो बिलकुल नई जगह थी और अच्छी तरह जांच-पड़ताल करने के बाद उसे विश्वास हो गया कि इस जगह को अब तक डाकुओं के किसी गैंग ने अपने अड्डे के रूप में प्रयोग न किया था। मन्दिर के खंडहरों में चिमगादड़ रहते थे और खोहों के फर्श पर अन्दर घास उगी हुई थी।

"यहां पर हम लोग एक समय तक पुलिस के चंगुल से बचकर रह सकते हैं।" सुलताना ने लोहारी से कहा।

लोहारी ने उसकी पुष्टि की। बोला, "और यहां पानी की एक बावड़ी भी है। दूर-दूर तक कोई गांव भी नहीं लगता है, वर्षों से किसी डाकू या आम आदमी ने इधर मुंह नहीं किया।"

जोरावरसिंह बोला, "मन्दिर के खंडहरों में चिमगादड़ हैं और खोहों में सांप हैं।"

"वे सब साफ हो जाएंगे," सुलताना ने निर्णय-भरे स्वर में कहा, "अब यहीं पर हमारा हेडक्वार्टर बनेगा।"

"इसकी जरूरत भी है।" लोहारी बोला, "वरना एक-एक करके गैंग के सब लोग साथ छोड़ जाएंगे···और···" लोहारी रुककर सुलताना की ओर गहरी दृष्टि से देखकर बोला, "और पुतली गर्भ से है।"

"तुम्हें मालूम हो गया?" सुलताना ने चौंककर पूछा।

लोहारी मुस्कराकर बोला, "मुझे क्या हर डाकू को मालूम हो चुका है।" फिर बड़ी नर्मी से कहने लगा, "या तो उसे कहीं भेज दो या उसके लिए एक औरत का बन्दोबस्त करना पड़ेगा।"

"कहां जा सकती है वह?" सुलताना ने लोहारी से पूछा, "काबुल-सिंह के सीने में छ: गोलियां दागने के बाद अब उसकी जगह हमारे गैंग में है और कहीं नहीं।"

"यह तो ठीक है।" लोहारी ने प्रफुल्लता से सिर हिलाकर कहा, "मगर अब उसे एक औरत की जरूरत है। जिस हालत में वह खुद है···"

"तो बदोबस्त करो।" सुलताना ने दो टूक स्वर में कहा, "एक छोड़ दो औरतें ले आओ। इसका दिल भी लगा रहेगा।"

"औरतों का साथ बड़ा खतरनाक होता है, सरदार।" लोहारी ने

जरा कड़े स्वर में सुलतानसिंह से कहा।

मैं पुतली को छोड़ नहीं सकता और वह भी इस हालत में। जिसको मुझे छोड़ना हो, वह मुझे छोड़ जाए।" सुलताना ने बड़े कड़वे भाव से कहा और उसका हाथ राइफल पर गया।

लोहारी मुस्करा दिया। उसने आगे बढ़कर सुलताना के घुटने को हाथ लगाकर कहा, "हर खतरे से खबरदार करना मेरा काम है, वरना तुम्हें छोड़ने का सवाल कैसे पैदा होता है! जब तक लोहारी के दम में दम है, वह तुम्हारे साथ है।"

सुलताना ने आगे बढ़कर लोहारी को अपने गले से लगा लिया।

नौ

कुछ दिनों में मन्दिर के अन्दर का झाड़-झंखाड़ दूर कर दिया गया। चिमगादड़ों को भगा दिया। खोहों में जितने सांप मिले सब मार दिए गए। फर्श की घास खोद डाली गई। धीरे-धीरे अड्डे की रूपरेखा निकल आई। अब वह डाकुओं के रहने की जगह मालूम होने लगी या ऋषि-मुनियों की···

बावड़ी का पानी गन्दा था और काई से भरा हुआ। बावड़ी को भी अच्छी तरह साफ कर दिया गया, मगर उसके चारों ओर ढाक और महुए के पेड़ों और बेरी की झाड़ियों को रहने दिया गया। दिन में यह जगह बहुत ठंडी रहती। प्रायः पुतली यहां आकर घंटों-घंटों बैठी रहती। घटों चुपचाप शून्य में तकती रहती या कभी आंखें बन्द किए सिसकी लिए बिना रोती रहती। जैसी बे-आवाज पत्थर की बावड़ी थी, वैसी वे-आवाज आंखों की बावड़ियां थीं। पत्थर की बावड़ी के पानी का रंग कालापन लिए था, ऐसा ही उसकी आंखों का रंग था। रोते-रोते कभी वह महसूस करती, जैसे महुए का एक गुलाबी फल उसकी गोद में आ गिरा है। कभी वह किसीकी सांस अपने गालों पर अनुभव करने लगती और आंसूओं से भरी हुई आंखें ऊपर आकाश की ओर उठाकर देखती और उसे ऐसा लगता, जैसे किसी ने उसे अपनी बांहों में भर लिया है।

जैसे कोई उसकी गर्दन चूम रहा हो। जैसे आकाश में बहुत दूर दो पंछी उड़ान भरते हुए जा रहे हों। शायद यह वही गुलाबी भोर है और उसका मन सिसक-सिसककर कहता, 'मनमोहन, क्या तुम सचमुच मुझसे इतनी दूर हो गए हो?'

ऐसे एक दिन उसी अवस्था में वह पकड़ी गई। एकाएक कोई उसके बहुत करीब आकर बोला, "क्यों रो रही हो?"

चौंककर उसने देखा, सुलतानसिंह खड़ा था। जल्दी से पुतली ने अपने आंसू पोंछे। सुलताना ने मुस्कराकर कहा, "शायद सूनेपन से जी घबरा रहा है? देख, तेरे लिए कौन लाया हूं!" इतना कहकर सुलताना ने कोई संकेत किया और उसके पीछे से दो औरतें पुतली के सामने धकेल दी गईं।

एक मोटी और अधेड़ आयु की औरत थी, जिसके सामने के दो दांत टूटे हुए थे, लेकिन जब वह हंसती थी तो उसकी हंसी अजीब तरह से मनमोहक और वात्सल्य-भाव से परिपूर्ण मालूम होती थी। दूसरी छोटी आयु की लड़की थी। कोई तेरह-चौदह वर्ष के करीब होगी। बड़ी-बड़ी, सहमी-सहमी-सी आंखें और गालों पर चेचक के हल्के-से दाग, छोटा मुंह और तीखी नाक, मगर खूब गहरा रंग, लेकिन इसपर भी जवानी के चढ़ते हुए रस ने उसे आकर्षक बना दिया था। दोनों मैले-कुचैले फटे कपड़ों में थीं। सुलताना ने बड़ी औरत की ओर इशारा करके कहा, "यह काकी है, भुरजिया गांव में दाई का काम करती है। आसपास के बहुत-से गांवों में जाती है। यह दूसरी इसकी लड़की है। सुरमई इसका नाम है।"

"सुरमई?" पुतली ने विशेष रुचि से छोटी लड़की की ओर देखा। सुरमई ने मुंह में एक उंगली लेकर सिर हिलाया, फिर धीरे से हंस पड़ी। उसके पतले-पतले कासनी होंठों में छोटे-छोटे सफेद दांत कोंध की तरह चमक गए।

"ये दोनों तुम्हारे पास रहेंगी। तेरा दिल बहलाने के लिए।" सुल-ताना बोला, "और हमारा काम भी करेंगी।"

"कैसा काम?" पुतली ने चौंककर पूछा।

"यही खाना पकाने का, खिलाने का, दाई का, बच्चा खिलाने का।" सुलताना ने लाड़ की दृष्टि से पुतली की ओर देखा। पुतली झेंप गई। उसने मुह मोड़ लिया।

"तुम इन्हें कहां से लाए हो?'

"लाए नहीं हैं, उठा लाए हैं। डाकुओं के पास खुशी से कौन आता है?" लोहारी ने कहा।

सुलताना जल्दी से बोल पड़ा, "मगर ये यहां खुश रहेंगी। खाना, कपड़े-लते के अलावा मैं इन दोनों को अलग-अलग से पचास रुपये महीना दिया करूंगा। गांव में इनको क्या मिलता था? चमारों का-सा व्यवहार होता था। निरादर, ठोकरें, कभी बच्चा-जनाई के पांच-सात रुपये मिल गए, तो मिल गए। वह भी नकद नहीं, सामान के रूप में। कपड़े नहीं देखती हो इनके!"

"हम तुम्हारे पास बहुत खुश रहेंगी।" काकी हाथ जोड़कर पुतली से कहने लगी, "तुम लोगों के पास आकर हमारे तो भाग खुल गए।" काकी अपना भारी कूल्हा खुजलाने लगी।

पुतली अपना पेट पकड़कर उठने लगी। जल्दी से काकी ने उसे सहारा दिया। पुतली बोली, "मैं तुम दोनों को अपने कुछ कपड़े देती हूं। बाद में और भी आ जाएगे। वह कपड़े ले लो और बावड़ी के पानी से अच्छी तरह नहा-धोकर साफ-सुथरा हो जाओ। मुझे गन्दगी बिलकुल पसन्द नहीं।"

पुतली अपनी खोह की ओर बढ़ी। उसके पीछे-पीछे काकी और सुरमई चल दी थीं। उस समय पुतली ने पीछे मुड़कर देखा, तो उसे लगा, जैसे सुरमई लंगड़ी थी। स्पष्ट रूप से लंगड़ी थी, मगर उसके लंगड़ेपन से उसके कूल्हों में विचित्र घुमाव-सा पैदा होता था। जैसे चक्की का पाट रुक जाए और फिर पूरा घुमे। सुरमई का लंगड़ापन उसकी सुन्दरता का एक आकर्षक अंग बन गया था। लोहारी उन तीनो औरतो को खोह के अन्दर जाते देखकर सोचने लगा, 'पुतली की तो बात और थी, लेकिन अगर मुर्गी खाने को न मिले, तो क्या भूखा आदमी चना खाने से भी इनकार कर देगा?"

लोहारी यही सोचकर मुस्कराने लगा। चलते-चलते मुड़कर देखते हुए सुरमई ने लोहारी की आंखों में उभरती हुई भावना को भांप लिया था और काकी ने भी। वह तो उड़ती चिड़िया के पर गिनती थी। दिल ही दिल में सोचकर आई थी कि लड़की को सुलताना की जांघ से बांध देगी। मगर पुतली को देखकर उसे यह विचार बेकार मालूम हुआ। फिर नहा-धोकर नई साड़ी पहनकर जब दोनों औरतों पर शरीफजादियों का-सा भ्रम छा गया तो पुतली यह सब कुछ देखकर बहुत खुश हुई। काकी बहुत बातूनी थी। घाघ और अवसरवादी। उसकी मीठी-मीठी चुपड़ी बातें सुनकर पुतली को मजा आने लगा। सुरमई की हंसोड़ निगाहें इधर-उधर ताकती फिरती थीं और वह बिना कारण, बात-बेबात हंस पडती थी! और उसकी हंसी बड़ी सुन्दर थी, जैसे कोई सफेद कबूतरी पर फैलाकर हवा में उड़ जाए।

खाना भी उन दोनों ने बहुत अच्छा बनाया। डाकू क्या जानें खाना पकाना! सुन्दर किसी न किसी तरह पका लेता था, मगर उसके हाथ से वह मजा कहां था जो इन औरतों के हाथ से था! खाना खाकर काकी और सुरमई दोनों पुतली को धीरे-धीरे दबाने लगीं। और सुरमई धीरे-धीरे गुनगुनाने लगी। पुतली को नींद आ गई। जब वह जागी, तो तीसरा पहर ढल रहा था। सुरमई और काकी दोनों खोह के मुंह पर आलथी-पालथी मारे बैठी दाल और चावल बीन रही थीं। खोह से जरा दूर खड़े होकर इक्का-दुक्का डाकू उनकी तरफ झांकते और कोई घटिया मजाक या इशारा करके चले जाते। सुरमई ठेंगा दिखा देती या जीभ निकालकर मुंह चिढ़ा देती। काकी खिलखिलाकर हंस देती। डाकू ठहाका मारकर हंस देते और स्वाद लेते हुए चले जाते। जब पुतली खोह से बाहर निकली तो सब एक-एक करके रफूचक्कर हो गए।

"इन लोगों को ज्यादा मुंह मत लगाया करो।" पुतली ने सुरमई से कहा। सुरमई बड़ी गरीब-बेचारी बनकर धीमे स्वर में बोली, "अच्छा, बीबी जी।"

"और तुम भी ख्याल रखा करो।" पुतली ने काकी को चेतावनी दी, "तुम्हारी सुरमई चौदह बरस की कुंवारी है। मैं सुलताना से कह

दूंगी, उसे कोई हाथ न लगाएगा। फिर भी खबरदार रहना।"

"बहुत अच्छा, बीबीजी।" काकी सिर झुकाके बोली और फिर स्वर बदलकर कहने लगी, "तुम्हारे बाल सूखे झाड़ हो रहे हैं, बीबी जी, कहो तो सिर धुला दूं। अभी धूप काफी है, तेल लगा दूंगी।"

पुतली मान गई। बावड़ी पर कपड़ा तानकर काकी और सुरमई ने पुतली को नहलाया। बालों को साबुन से अच्छी तरह साफ किया। तेल लगाया। फिर एक झाड़ के नीचे पुतली को बैठाकर उसके खुले बालों में से जुएं चुनने लगीं और सुरमई पुतली के पांव में चुभे हुए कांटे निकालने लगी। सुरमई पांव के कांटे बहुत अच्छी तरह से निकाल देती है। जरा भी दर्द नहीं होता है।

शाम को डाकू जब अपनी दिन-भर की मेहनत-मजदूरी करके लौटे तो तीनों औरतें फूलों की सुगन्ध से महक रही थीं। सुलतानसिंह को बहुत अच्छा लगा, जैसे वह अपने घर में वापस आ रहा हो। आज कमाई भी अच्छी हुई थी। एक साहूकार के यहां से आठ हजार मिले थे। नकद आठ हजार और एक बनिये की दुकान लूटकर वह बहुत-सा कपड़ा ले आए थे। नकदी तो केवल साढ़े तीन सौ ही मिली, मगर कपड़ा मिल गया। बनिये की दुकान पर बिशनिया दर्जी जो बैठता था उसकी आंखों पर पट्टी बांध-कर वे उसे उसकी सिंगर मशीन भी उठा लाए थे।

"यहां आठ-दस दिन रहकर सबके कपड़े सी देगा, क्यों बिशनिये?" सुलताना ने हंसकर कहा।

"हां, सरकार।" दर्जी डर के मारे कांप रहा था।

"घबराओ नहीं।" सुलताना ने उसे ढाढ़स देते हुए कहा, "यहां तुम को कोई कष्ट नहीं होगा। तुम्हें दो समय असली घी का खाना मिलेगा और डबल मजदूरी कपड़ा सीने की। हम ही तुमको लाए हैं और हम ही तुमको पहुंचा देंगे, मगर खबरदार, भागने कोशिश भी नहीं करना। नहीं तो…" सुलताना ने राइफल पर हाथ रखा।

बिशनिया ने कांपकर सुलताना के घुटने छू लिए। उसकी आंखों में आंसू थे। गिड़गिड़ाते हुए बोला, "मैं…"मैं बहुत अच्छे कपड़े सी दूंगा।

औरतों के लिए तो नये फैशन के कपड़े तैयार करूंगा। मैंने दो साल शहर में भी रहकर काम किया है, सरकार!"

"तो फिर शहर से गांव में कैसे आ गए?" लोहारी ने पूछा।

"सरकार, मैं तो गांव में अपने मां-बाप से मिलने आया था। फिर मैं रह गया। बनिये की बीवी से मेरा याराना हो गया। वह कहीं जाने नहीं देती।" सब डाकू कहकहा लगाकर हंस पड़े।

रात को एकाएक सोते-सोते पुतली की आंख खुल गई। उसने किसी औरत की चीख सुनी थी। वह हड़बड़ाकर उठ बैठी। रिवाल्वर उसने अपने हाथ में लिया। सुलताना भी, जो करवट बदलकर सो रहा था, जाग गया।

पुतली उठकर बराबर की खोह में गई, जहां उसने काकी और सरमई को सुला दिया था। सुलताना भी उनके पीछे-पीछे गया। लालटेन उनके हाथ में थी।

खोह में काकी बैठी थी, अकेली , अगली खोह में से सुरमई की चीखें सुनाई दे रही थीं।

"कौन ले गया तुम्हारी सुरमई को?" पुतली रिवाल्वर ऊंचा करके बोली।

"लोहारी और भीमा आए थे।" पुतली अगली खोह की ओर बढ़ी। काकी ने उसके पांव पकड़ लिए।

"अरी!" पुतली खफा होकर बोली, "मैं तेरी कुंवारी बच्ची को बचाने जा रही हूं।"

"वह कुंवारी नहीं है।" काकी हाथ जोड़कर बोली, "हम गरीब चमारों की बहू-बेटियों को ऐसे कौन छोड़ देता है?"

"मगर वह चीख रही है।" पुतली घबराकर बोली।

"ऐसे ही नखरे कर रही है हरामजादी। दिखा रही है कि वह कुंवारी है अभी तक।"

"मगर···" पुतली बोली।

काकी ने हाथ भरकर नोट ऊपर उठा के पुतली को दिखाए।

"जो होता है, सो होने दो, मालकिन। मेरी झोली भर दी है, लोहारी और भीमा ने। भगवान् उनका भला करे।" काकी गिड़गिड़ाकर बोली, "और मेरी बच्ची को भी कुछ नहीं होगा। वह सब चलित्तर जानती है। काकी दाई की बेटी है वह। हां, गांव का कोई मर्द उसने छोड़ा नहीं है। हां···" काफी गर्व से बोली, "उसे कुछ न होगा।" सुलताना ने पुतली के कंधे पर हाथ रखा, उसे वापस चलने का इशारा किया। सुलताना मुस्करा रहा था।

पुतली वापस जाकर अपने बिस्तर पर लेट गई। मगर उसे नींद नहीं आई। सुरमई की चीखें धीरे-धीरे धीमी होती गईं। कम होती गईं। बन्द हो गईं। पुतली ने अपनी आँखें बन्द कर लीं। और धीरे से बोली, "क्या तुम हमेशा इसी तरह औरतों को उठा लाते हो?"

सुलताना ने कहा, "नहीं, शुरू-शुरू में ऐसा नहीं था।"

इतना कहकर उसने पुतली के नंगे कंधे पर हाथ रखा। पुतली ने हाथ झटक दिया। सुलताना का हाथ वापस अपने सीने पर चला गया। वह दोनों हाथ अपने सीने पर रखे खोह की छत की ओर देखने लगा, जहां लालटेन की लौ हजार कांपते हुए उजाले और छाया की शतरंजियां बना रही थी। सुलताना को याद आया, जब वह पन्द्रह साल का लड़का था और आठवीं में पढ़ता था। घर की छोटी-सी जमींदारी थी। आराम से निर्वाह होता था। होली से दो दिन पहले गांव के सब लड़के बसोहली नदी के किनारे घने पेड़ों की छांव में खेल रहे थे, आंख-मिचौली का खेल। एकाएक खोह की छत की कांपती हुई छाया में उसे अपनी छोटी बहन का चेहरा दिखाई दिया, जिसकी आंखों पर पट्टी बांधी जा रही थी। रानी अपनी आंखों पर पट्टी बांधे हंसकर इधर-उधर भागने लगी। किसी की हंसी की आवाज पर चली। धीरे-धीरे सुलताना की निगाह से ओझल होकर नदी के पास जंगल में घुस गई। छत के साये लम्बे होते गए। समय बीतता गया। फिर जैसे सुलताना ने अपने दिल ही दिल में एक चीख सुनी और वह खेल छोड़कर जंगल में दौड़ता चला गया।

एकाएक उसने जंगल में एक घुड़सवार को अपने आगे एक लड़की को बैठाकर घोड़ा दौड़ाते देखा। उसने उस लड़की को पहचान लिया। वह उसकी बहन थी, रानी। उस घुड़सवार को भी उसने पहचान लिया।

वह प्रद्युम्नसिंह था। इलाके का सबसे बड़ा जमींदार। रानी चीख रही थी। उसकी चीखें सुरमई की चीखों में धुल गई, फिर मद्धिम होकर खामोशी की कराह में बदल गई। आखिर में केवल सूखे पत्तों की सर-सराहट रह गई। छत की कांपती हुई लहरियों में सुलतानसिंह को अपनी स्वर्गीय मां का चेहरा दिखाई दिया, फिर अपने बुड्ढे बाप का, जो पुराने दमे का बीमार था। बहन को छुड़ाना अब सुलतानसिंह का काम था, मगर उसे राक्षसों के पंजे से छुड़ाना इतना आसान नहीं था। वह युग अंग्रेजों के राज का था। इतने बड़े जमींदार के खिलाफ कोई हाथ उठाने के लिए तैयार न था। जिधर जाता, 'ना' मिलती। जिधर जाता, झूठे बादे, टाल-मटोल। हर ओर प्रद्युम्नसिंह की धूस और पहुंच काम कर रही थी। कोई एक दिन नहीं, दो दिन नहीं, दो महीने नहीं, पूरे छः साल वह लड़ता-झगड़ता, कोशिश करता रहा। आखिर बिलकुल हताश हो गया। बिस्तर पर पड़े बुढ्ढे बाप की खामोश मगर कटाक्ष-भरी निगाहों को वह इस समय भी खोह की छत पर देख रहा था और उस चेहरे में गडमड होने वाले उसके दोस्तों और नौजवानों के हंसी उड़ाने वाले चेहरों की मुस्कान। एकाएक उसने बढ़कर अपने बाप के कमरे की दीवार से लटकी हुई एक राइफल उठा ली। उसका बाप किसी जमाने में अपने इलाके का बहुत बड़ा शिकारी था।

अब वह सायों में से गुजर रहा था। झाड़ियों में से और पेड़ों में से और खेतों के बीच दौड़ रहा था। खोह की छत के साये बदलते जा रहे थे। अब वह एक बाड़ फलांग रहा था, फिर लकड़ी का जंगला। अब वह एक बगीचे के फूलों को रौंदता हुआ जमींदार के घर की ओर बढ़ रहा था। बहुत साफ-सुथरा बरामदा था। सफेद-सफेद दीवारें। सफेद बे-दाग लकड़ी का जंगला। प्रद्युम्नसिंह एक आरामकुर्सी पर बैठा हुआ एक नौजवान नौकरानी का हाथ पकड़े उसे धृष्ट निगाहों से तकते हुए कुछ कहने जा रहा था कि सुलतानसिंह ने लकड़ी के जंगले पर राइफल रखकर लिबलिबी दबा दी। बहुत-से साये एकदम से गडमड हो गए। वह भाग रहा था। भाग रहा था। जंगल में से। मैदान में से। पहाड़ियों पर से

बीहड़ में से, राइफल उठाए। कितने साये मिल रहे थे उसके सिर पर। उसका जी चाहा, वह पुतली से कह दे, ऐसे बना मैं डाकू और यूं प्रवेश किया इस खूनी पेशे में और अब तो मैं किसी से डरता नहीं। बेधड़क राह चलती औरतों को उठा लेता हूं। इस हाथ से अब तक न जाने कितनी औरतों का घूंघट उलट दिया है, माथे का सिंदूर पोंछ दिया है। कितने बेगुनाहों को इस तरह जान से मार दिया है, जैसे लोग चंबल नदी में मछली मारते हैं।

सुलताना ने आह भरकर सोचा, 'कोई पाप हरामी नहीं होता। उसका एक विधिपूर्ण पिता होता है और विधिपूर्ण पाप का भी एक बाप होता है और यूं पापों की यह वंशपरम्परा आदम तक फैली हुई है। सुना है, आजकल बाप बनने पर बर्थ-कण्ट्रोल होने लगा है, मगर पापों पर कोई बर्थ-कण्ट्रोल नहीं।'

सायों में रानी का चेहरा उभरकर उसके सामने आया। वह प्रद्युम्न-सिंह के घोड़ पर लटकी तड़प रही थी और 'भैया-भैया' कहकर उसे पुकार रही थी, फिर यह चित्र पुतली की छवि में बदल गया जो उसके घोड़े पर सवार चीख रही थी। फिर यह छवि सुरमई की आवाज बनके रह गई जो एक चिमगादड़ की तरह उसकी खोह की छत पर फड़फड़ा रही थी, फिर चारों ओर सन्नाटा छा गया। उस सन्नाटे में पुतली ने पूछा, "क्या कहा तुमने?"

सुलताना बोला, "मैंने कहा, मैं शुरू-शुरू में ऐसा नहीं था।"

दस

पुतली अब पूर दिनों से थी। काकी ने उसके पेट को अच्छी तरह से ठोक-बजाकर देखा, फिर चिंतित भाव से सुलताना से बोली, "बच्चा हमल में टेढ़ा लेटा है। मैं जनवा न सकूंगी। अगर कोशिश भी करूं, तो मुमकिन है बच्चा भी जाए और जच्चा भी जाए।"

"तो फिर क्या किया जाए?" सुलताना ने व्यग्रता से पूछा।

"इसको बड़े शहर के अस्पताल में ले जाना होगा। वहीं बच्चा

होगा।"

"अस्पताल तो यह जा नहीं सकती। इसके सिर पर दस हजार का इनाम रखा है।" सुलताना ने इन्कार में सिर हिलाकर कहा।

काकी चुप हो गई। अगले तीन दिन तक वह पुतली के पेट की मालिश इस तरह करती रही कि किसी तरह बच्चे की पोजीशन हमल में ठीक हो जाए, मगर उसकी कोशिशों का कोई प्रभाव न पड़ा। आखिर जब उसने सुलताना के सामने फिर अपनी निराशा प्रकट की, तो सुलताना ने लोहारी को इस काम पर नियुक्त किया।

"देखो लोहारी, पुतली तो अस्पताल जा नहीं सकती। अस्पताल को यहीं लाना होगा।"

लोहारी सुलताना का मतलब समझ गया। बोला, "मैं कोशिश करता हूं, मगर एक मुश्किल है। मैं किसी तरह सेठ नहीं लगता। भीमे को मेरे साथ कर दो। गोल-मटोल आदमी है। अच्छे कपड़े पहनाऊंगा, तो बिलकुल अमीर मारवाड़ी लगेगा और मैं मुनीम।"

सुलताना ने कहा, "और पैसे की परवाह तुम मत करो। जितना उचित समझो, ले जाओ।"

"मगर दो दिन के अन्दर सब काम हो जाना चाहिए।" काकी बोली, "अब समय ज्यादा नहीं रहा।"

लोहारी ने सुलताना से तीन हजार लेकर जेब में डाले। बिशनिया दर्जी से नये कपड़े सिलवाए, जो उसने रातों-रात तैयार कर दिए। भीमा ने सोने की अंगूठियां हाथ में पहनीं और गले में सोने की जजीरें डालीं। लोहारी ने मुनीम का भेस बदला और दोनों घोड़ों पर सवार होकर शहर चले।

उनका ठाट-बाट देखकर जनाना अस्पताल की लेडी डाक्टर मिस मंगतराय को कोई शंका न हुई और अगर कोई शंका हुई भी, तो वह एक हजार रुपये एडवांस ने दूर कर दी। लेडी डॉक्टर मंगतराय को मोबाइल वैन में कई बार डिलीवरी के लिए शहर से बाहर कस्बों में जाना पड़ता था। अमीर बनिये अस्पताल में दाखिल करने की बजाय लेडी डॉक्टर और नर्सों को अपने घर बुलाते थे, बल्कि इस सेठ ने तो दुगना एडवांस

दिया था। इससे मिस मंगतराय बहुत खुश थी। मोबाइल वैन में डिलीवरी का पूरा सामान मौजूद था। वह नर्सों और एक अर्दली को साथ लेकर सेठ भीमचन्द कर्मचन्द तिजोरिया और उसके मुनीम लोहारी के साय चल दी। मुनीम ने यह भी बताया था कि सरभपुरे का गांव बिलकुल रास्ते पर सड़क से दो सौ गज दूर है। ज्यादा चलना नहीं पड़ेगा। दो सौ गज कच्चे रास्ते पर वैन भी जा सकती है। किसी प्रकार का कष्ट न होगा। डिलीवरी के बाद इनाम भी मिलेगा।

मिस मंगतराय की जवानी ढल रही थी। जवानी में वह बहुत सुन्दर थी। उसने अपने हमपेशा एक डाक्टर से मुहब्बत की थी और अपने-आप को उसके हवाले भी कर दिया, मगर कुछ महीने मुहब्बत की पेंगें बढ़ाने के बाद उसके प्रेमी को अमरीका में एक स्कालरशिप मिल गयी और वह बोस्टन चला गया। जाते-जाते कह गया कि दो साल के बाद लौट आएगा और आते ही शादी कर लेगा या उसे अमरीका बुला लेगा। दो साल मिस मंगतराय उसके इन्तजार में बैठी रही। दो साल तक उसके महबूब जिम थोराट के पत्र आते रहे। मिस मंगतराय हर इतवार को चर्च में अपने प्रेमी के लिए प्रार्थना करती रही। दो साल बाद उसे एक वेडिंग-कार्ड मिला। उसका प्रेमी बोस्टन में किसी क्लेरा मेकबर्थ से शादी रचा रहा था। इसके बाद मिस मंगतराय ने कभी किसी मर्द के हवाले अपना शरीर नहीं किया। हालांकि अब भी अपनी जवानी की शाम में वह मोहिनी नजर आती थी और शादी के लिए प्रोपोजल आए थे, मगर उसने शादी करने से इन्कार कर दिया। उसे मर्दों से घृणा हो गई थी। अब वह किसीसे शादी नहीं करेगी। जब औरत लम्बे समय तक मर्द से दूर रहती है, तो उसके शरीर पर उदासी-सी दौड़ने लगती है। लोहारी की समझ में न आया कि इतनी मनमोहक होते हुए भी मिस मंगतराय बासी-बासी-सी क्यों लगती है?

मिस मंगतराय के साथ उसकी हेड नर्स थी, मिसेज ज्वायेस खत्रीजा। भीमा की नजर उसपर थी। देखने में कल्लो परी थी, अर्थात् काली-कलूटी, मगर नक्श बड़े तीखे थे। वह अपने कानों में सोने की बड़ी-बड़ी बालियां पहने थी, जिन्हें वह बड़े रोचक भाव में बार-बार झुलाती थी।

उसकी बड़ी-बड़ी आंखों में काली पुतलियों के आसपास सफेदी बिजली की कौंध की तरह चमकती थी और जब वह नजर भरकर भीमा पर डालती तो उसका दिल कांपने लगता। ज्वायेस का पति बिलकुल नामर्द था और बराबर दवा-दारू करता रहता था और ज्वायेस उससे बराबर असंतुष्ट रहती थी। ज्वायेस के अर्ध-गोलाई के रूप में फैले हुए कूल्हों पर बड़ी पतली कमर थी और जब वह चलती थी, तो कमर में सौ बल पड़ते थे और कुल्हे चक्की के पाट की तरह घूम जाते थे। 'काली है, तो क्या हुआ भीमा ने सोचा, 'सौ गोरी लड़कियां ज्वायेस की रोचकता पर कुर्बान हैं।'

सबसे छोटी नर्स का नाम डॉली शा। सभी उसे डॉली-डॉली कहते थे। उसकी शोखी, शरारत, चलत-फिरत में किसी अनछुई कुंवारी के-से भाव थे। आयु में भी वह सबसे छोटी दिखाई देती थी। उसे अस्पताल में नौकरी करते अभी दो वर्ष हुए थे। आज वह बहुत खुश थी। सेठ ने उसे इकट्ठे सौ रुपये दिए थे। कोई अमीर सेठ मालूम होता है। अधेड़ आयु का जोजफ अर्दली था। उसके सात बच्चे थे और एक लड़ाका बीवी थी। उसका सिर गंजा था और आंखें अन्दर को धंसी हुई। तीस रुपये एडवांस पाकर भी खुश न हुआ था। एक युग से उसने खुश होना छोड़ दिया था। खुश होना इस दुनिया में मूर्खता का सबसे बड़ा प्रमाण है, फिर जिसकी तनख्वाह सत्तर रुपये हो, उसे तो खुश होने का कोई अधिकार नहीं है। यह तीस रुपये तो बच्चों की फीस में चटनी हो जाएंगे।

सबसे आगे बॉक्स हाल वैगन वैन में बुड्ढा हंसाराम होठों ही होंठों में कोई प्रेम-भरा गीत गुनगुनाते हुए गाड़ी चला रहा था। वह साठ वर्ष का था और सदा खुश रहता था, क्योंकि उसकी दो बीवियां मर चुकी थीं और कोई औलाद नहीं थी। आजकल वह जोजफ की बड़ी लड़की केटी से इश्क लड़ा रहा था। गाड़ी चलाते-चलाते उसकी नजरों में केटी का जामुनी रंग का जवान शरीर घूमने लगता और वह हुमककर प्रेम-भरा गीत गुनगुनाने लगता।

तीसरे पहर तक वे पक्की सड़क क्रास करके कच्ची सड़क पर आ गए, जो भीमा के कहने के अनुसार उसके गांव को जाती थी। ज्यों-ज्यों वे आगे बढ़ते गए, रास्ता टेढ़ा होता गया और घना जंगल दोनों ओर

बढ़ता गया। मिस मंगतराय ने कुछ चिंतित भाव से कहा, "मगर हम तो बीहड़ में जा रहे हैं।"

लोहारी बोला, "बीहड़ के किनारे पर सेठ जी का गांव है।"

"अब कितनी दूर है?" ज्वायेस खत्रीजा बोली।

"यही कोई आधा मील।"

"तो समझो, आ गए।" डॉली चहककर बोली।

"हां," भीमा बोला, "अब तो समझो, आ गए।"

कोई एक सौ गज चलने के बाद हंसाराम ने गाड़ी रोक दी। बोला, "आगे तो रास्ता ही नहीं है।"

"ऐं?" जोजफ जैसे पीनक में चौंक पड़ा।

"हमारा गांव आ गया। गाड़ी से उतरो," सेठ भीमचन्द ने बड़ी प्रफुल्लता से मिस मंगतराय से कहा, "नीचे उतरो, लेडी डॉक्टर साहब।"

"मगर गांव है कहां? यहां तो पेड़ों के सिवा और कुछ नहीं है।"

"इन पेड़ों से परे हमारा गांव है। यहां से दिखाई नहीं देता। कुछ डग चलोगी, तो नजर आ जाएगा।"

उसकी आवाज बड़ी मीठी थी। मधुर और कोमल थी।

पहले जोजफ वैन से उतरा, फिर लेडी डॉक्टर मंगतराय, फिर ज्वायेस, फिर डाली। हंसाराम अभी गाड़ी में स्टियरिंग व्हील पर बैठा रहा। एकाएक चारों ओर से पेड़ों से निकलकर डाकुओं ने उन्हें घेरे में ले लिया। लोहारी ने रिवाल्वर निकालकर कहा, "अगर एक आवाज भी निकली, तो गोली सीने के पार होगी।"

भीमा ने मुस्कराकर कहा, "तुम भी गाड़ी से निकल आओ।"

हंसाराम चुपचाप गाड़ी से निकल आया। डाकुओं ने रस्सी से उसके हाथ बांध दिए और एक रस्सी उसकी कमर में डालकर अपने हाथ में ले ली। यही व्यवहार जोजक के साथ किया गया, मगर इससे पहले जचगी के लिए जितना सामान था उसे डाकुओं ने जोजफ और डॉली की मदद से बाहर निकलवा लिया और वैन को खाली कर दिया।

"लेडी डॉक्टर साहब!" भीमा बोला, "आपको किसी प्रकार का कष्ट नहीं होगा। सिर्फ आपकी आंखों पर पट्टी बांधी जाएगी और आपको

उठाकर वहां ले जाएगा, जहां जच्चा की डिलीवरी आपको करानी है। डिलीवरी के बाद आपको सुरक्षित इसी वैन में पहुंचा दिया जाएगा और आप आराम से अपने शहर चली जाना।"

तीनों औरतें कांप रही थीं। जोजफ और हंसाराम चुप थे, मगर अब कोई रास्ता नहीं था। तीनों औरतों की आंखों पर कसके पट्टी बांध दी गई और डाकुओं ने उन्हें उठा लिया, फिर जोजफ और हंसाराम को बांध-कर उनकी आंखों पर भी पट्टी बांध उन्हें दो घोड़ों की पीठ पर बांध दिया गया और वैन का सारा सामान बड़ी सावधानी से डाकुओं ने उठा लिया और बीहड़ में लोप हो गए।

जिस खोह में पुतलीबाई लेटी हुई कराह रही थी, उसमें मिस मंगतराय ने जाकर इधर-उधर देखा। नाक-भौं चढ़ाई, फिर कहा, "यह तो जानवरों का भट है, इन्सानों के रहने का कमरा तो नहीं। इसमें डिलीवरी नहीं हो सकती। इसमें तो हमारा लोहे का पोर्टेबल पलंग भी नहीं आएगा, जिसपर जच्चा को लिटाकर डिलीवरी कराई जाएगी।"

"तब क्या किया जाए?" सुलताना ने परेशान होकर पूछा।

"खोह के बाहर बहुत खुली जगह है।" मिस मंगतराय ने सुझाव दिया, "वहां पलंग लगा देते हैं। चारों ओर चादरें तान दी जाएंगी। डिलीवरी रूम बन जाएगा।"

सुलताना ने कृतज्ञ निगाहों से मिस मंगतराय की ओर देखा। मिस मंगतराय बहुत गोरी-चिट्टी थी और फ्राक पहनती थी। गोरी-गोरी पिंडलियां बहुत सुडौल और अनुपाती थीं। ऊंची एड़ी वाले सैंडल ने उनकी सुन्दरता में वृद्धि कर दी थी।

मिस मंगतराय ने सुलताना की ओर देखा। उसने बहुत कम ऐसे कड़ियल जवान देखे थे। उसकी स्वस्थ कलाइयों पर गहरे घने काले बाल थे। मिस मंगतराय का जी चाहा कि वह उन घने बालों के लहरिये पर हाथ फेरती जाए। उसके बदन में फुरेरियां-सी उठने लगीं। घबराकर उसने सुलताना से आंखें फेर लीं और ज्वायेस से बोली, "डिलीवरी का सामान तैयार करो। जच्चा को दर्द शुरू हो चुका है।"

खोह के बाहर खुली जगह पर बांस के डंडे गाड़कर उनके चारों ओर चादरें लपेटकर डिलीवरी रूम बना दिया गया। पलक झपकते ही जोजफ अर्दली, ज्वायेस और डॉली अपने काम में लीन हो गए।

डाकुओं ने इतने समय के बाद ऐसी हाई क्लास शहरी औरतें देखी थीं। ऊंची एड़ी के सैंडल पहने हुए जब वह टिप्-टिप् करते हुए चलतीं, तो उनका दिल डोलने लगता। भीमा तो काली ज्वायेस पर मर मिटा था, 'साली ने क्या कसा हुआ शरीर पाया है! कितनी पतली कमर है!' वह दौड़-दौड़कर ज्वायेस का काम कर रहा था। लोहारी को चंचल और हंसोड़ डॉली पसन्द आई थी और मिस मंगतराय से तो सभी प्रभावित थे। उसे हाथ लगाने का वे तो विचार भी नहीं कर सकते थे। हां, इन औरतों को देखकर एकाएक उन डाकुओं को ख्याल हुआ कि उनके अपने कपड़े और वेशभूषा कितनी गंदी और मलिन थी। जल्दी-जल्दी बहुत-से डाकुओं ने अपने कपड़े बदल डाले। मुंह-हाथ धोकर बालों में कंघी करने लगे और टूटे-फूटे आईनों के टुकड़ों में अपनी सूरत देखने लगे। आज सुन्दर ने भी सिर पर नई पगड़ी बांधी और नया कुर्ता पहना, जिसमें बटन की जगह मोटे धागे की डोरियां थीं। वह जब बन-संवरकर डॉली के पीछे-पीछे खांसता हुआ चला, तो शेखू डाकू ने आगे बढ़कर उससे कहा, "पीछे हट मुगल शहजादे, किधर चला आ रहा है!"

और इतना कहकर उसने सुन्दर की पगड़ी उछाल दी। पगड़ी के अन्दर से सुन्दर की गंजी चांद निकलते देखकर डॉली हंसने लगी और फिर मुस्कराकर रुई का पैड खोलने लगी।

रामऔतार ने ज्वायेस को इधर-उधर गुजरते देखकर खांसकर उसका ध्यान अपनी ओर खींचने की कोशिश की। ज्वायेस चलते-चलते रुक गई। कड़े स्वर में बोली, "क्या है?"

रामऔतार घबरा गया। खांसकर बोला, "कुछ नहीं। खांसी होती है खांसी।" वह फिर खांसा।

ज्यायेस आगे चली गई। आगे जाकर उसने भीमा से कहा, "मुझे एक बाल्टी पानी ला दो।"

भीमा उसके करीब जाकर उसकी आंखों में आंखें डालकर बोला,

"अभी लाता हूं।"

ज्वायेस जरा परे हटकर बड़े असन्तुष्ट भाव से बोली, "ओफ! तुम्हारे पास कितनी बदबू आ रही है!"

भीमा ने ढीठ होकर दांत निकाल दिए। बोला, "अभी नहाकर आता हूं और तुम्हारे लिए पानी की बाल्टी भी लाता हूं।"

"नहाना बाद में।" ज्वायेस बोली, "पहले जल्दी से पानी की एक बाल्टी मुझे ला दो।"

जैक डाकू को डॉली बहुत पसन्द आई थी। वह छठी कक्षा पास था। अच्छे दिनों का एक पुराना सूट उसके पास था। डॉली पर प्रभाव डालने के लिए उसने आज वही सूट पहन लिया, जिसपर जगह-जगह सलवटें पड़ी हुई थीं। यह सूट अब छोटा भी हो गया था और जैक इसमें बिलकुल फंसकर रह गया था। जब आम के एक पेड़ के नीचे स्टोव जलाकर इंजेक्शन का सामान डॉली स्टेरिलाइज करने लगी, तो वह उसके पास पहुंचकर कहने लगा, "सी ए टी कैट! आर ए टी रैट!"

डॉली ने भंवें चढ़ाकर कहा, "व्हाट इज दैट?"

जैक बोला, "आई नो दी इंगलिश, फिट फैट।"

"तो मैं क्या करूं?" डॉली को हंसी आने लगी।

जैक बोला, "यह सूट हमने आठ साल बाद पहना है।"

"किस खुशी में?" डॉली बोली।

जैक बोला, "आज हम तुमको प्रोपोज करने आया है।"

डॉली उसे छेड़ते हुए बोली, "प्रोपोज करना है, तो ठीक से करो। घुटने टेककर बैठो।"

"हम घटने टेककर नहीं बैठ सकता।"

"क्यों नहीं?"

"हम खड़े खानदान का है।"

"तो हम तुम्हारा प्रोपोजल कंसीडर नहीं कर सकता, जब तक तुम प्रोपोज नहीं करेगा घुटने टेककर, अंडरस्टैंड?"

जैक ने अपनी जबान होंठों पर फेरी। वह डाकुओं में बहुत पढ़ा-लिखा माना जाता था। लिखत-पढ़त का सारा काम वही करता था।

अखबार भी वही पढ़कर सुनाता था, मगर इस समय चंचल और धृष्ट डॉली के सामने अपनी सारी चौकड़ी भूल गया था। बोला, "अच्छा, तो हम घुटने टेककर प्रोपोज करता है।" उसे मालूम था, वह घुटने टेककर कितना मूर्ख लगेगा, मगर कोई रास्ता भी तो न था। वह जमीन पर घुटने टेककर बोला, "डॉर्लिंग, हम तुमको लव करता है और हमको चाहिए····" वह रुक गया, क्योंकि उसने अपने पीछे से एक विचित्र-सी आवाज सुनी थी। वह रुककर फिर बोला, "और हमको चाहिए··· हमको चाहिए····"

लोहारी उधर से गुजरते हुए उसके कोट और पतलून को पीछे से फटते देखकर बोला, "अब इसको चाहिए एक सूई और धागा।"

डॉली हंसते-हंसते लोटपोट हो गई।

कोई चौथे पहर चार बजे के करीब पुतली की बच्ची ने जन्म लिया और उसकी दर्द की चीखें बाहर वीराने में गूंज गईं। सेफ डिलीवरी पर मिस मंगतराय ने चैन की सांस ली। पुतली की चीखें अब बन्द हो गई थीं। मिस मंगतराय ने उसे सोने का इंजेक्शन दे दिया था और बारी-बारी ज्वायेस और डॉली की ड्यूटी लगाकर एक खोह के फर्श पर बिछी हुई सूखी घास पर लेटकर सो गई। लेटते ही उसे गहरी नींद आ गई।

जाने वह कब तक सोती रही। कब तक सोती रहती। एकाएक वह हड़बड़ाकर जागी। कोई उसे अपनी भुजाओं में लेकर भींच रहा था। एकाएक मिस मंगतराय का हाथ भींचनेवाले के हाथ पर पड़ा और उस बांह के घने बालों में उसकी उंगलियां उलझकर रह गईं और तन-बदन में बिजली की लहर-सी दौड़ने लगी।

खोह में अंधेरा था। हालांकि वह पहचान गई थी, फिर भी उसने भयभीत होकर पूछा, "कौन हो तुम?"

"मैं हूं सुलताना।"

"तुमको शर्म नहीं आती!"

"नहीं आती।"

"मैं पुतली से कह दूंगी।"

"कह देना। मैंने पांच महीने से उसे हाथ नहीं लगाया है। वह समझ जाएगी।"

"बेशर्म, मुझे छोड़ दो।" वह अपने-आप को छुड़ाने की कोशिश में हाथ-पांव चलाने लगी। इतने में सुलताना का हाथ उसके फ्राक की जिप पर पड़ गया। मिस मंगतराय अपने-आप को छुड़ाने की पूरी कोशिश करने लगी, मगर उसके दिल में भावनाओं के दोधारे बह रहे थे। वह अपने-आप को उससे छुड़ाना चाहती थी और उसका बदन था कि सुलताना के स्पर्श से अन्दर ही अन्दर पिघलता जा रहा था। कुछ क्षणों के हस्तक्षेप के बाद वह बेबस होकर हांफने लगी। फिर सुलताना के जोशीले चुम्बनों से उसके होंठ खुलकर मक्खन की तरह नर्म होते गए और एकाएक उसका सारा बदन कमान की तरह तनकर सुलताना से चिपट गया।

पुतली पोर्टेबल पलंग पर इंजेक्शन के प्रभाव में गहरी नींद में डूबी सो रही थी। उसके पास ज्वायेस बैठी उसकी आराम से चलती हुई सांस को देख रही थी। कभी-कभी वह सोती हुई बच्ची पर भी एक नजर डाल लेती। उसके सिर के ऊपर आम के पत्तों से अब धूप छनकर आने लगी थी। और ज्वायेस की आंखें नींद से बन्द हुई जा रही थीं। इतने में डॉली ड्यूटी बदलने को आ गई। ज्वायेस जब डॉली को ड्यूटी देकर चली, तो भीमा उसके साथ-साथ हो लिया। वह बावड़ी से नहाकर आया था और अब उसने साफ-सुथरे कपड़े भी पहन रखे थे और अब उसके शरीर से दुर्गंध नहीं आती थी। और आती भी थी, तो एक प्रकार की खट्टी, मर्द की गंध। ज्वायेस के सारे शरीर में नींद यूं रच गई थी कि चलते-चलते उसके कदम लड़खड़ा रहे थे। चलते-चलते भीमा ने उसे लडखड़ाते देखकर उसकी पतली कमर में बांह डालकर उसे सहारा दिया।

ज्वायेस चौंककर बोली, "हटो, मुझे छोड़ दो!"

भीमा ने हाथ हटा लिया। बड़े भोलेपन से बोला, "अगर मैं तुम्हें सहारा न देता, तो तुम गिर जातीं।"

"मुझे बहुत नींद आ रही है। जगह बताओ, मुझे कहां सोना

होगा?"

"मेरी बांहों में।" भीमा मुस्कराकर बोला।

"शट-अप!"

भीमा बोला, "मैंने किसी काली औरत को इतना सुन्दर नहीं देखा। ऐसी पतली कमर भी नहीं देखी। लगता है, दो औरतें चल रही है, एक पतली कमर के नीचे, दूसरी पतली कमर के ऊपर।"

ज्वायेस ने उसके गाल पर एक चांटा दिया।

भीमा गाल सहलाके चुप हो रहा। साथ-साथ चलता रहा।

"मेरे सोने की जगह कहां है?" ज्वायेस गुस्से से बोली। वह अपने पति से इतनी असंतुष्ट थी, कि वह दुनिया के सारे मर्दों को अपने पति जैसा ही समझती थी, इसीलिए भीमा भी उसकी निगाह में विश्वास योग्य न था।

"आगे है।" भीमा उसके साथ-साथ चलता हुआ उसे सब खोहों से दूर एक ऐसी जगह पर ले गया, जहां घने पेड़ों और झाड़ियों के बीच घास का एक नर्म गुदगुदा टुकड़ा था। ठंडा और छायादार।

"कहां सोऊंगी मैं?" ज्वायेस तिनककर बोली।

भीमा ने धक्का देकर उसे जमीन पर गिरा दिया।

दोपहर के समय ज्वायेस को ड्यूटी बदलने के लिए आना था। डॉली बार-बार घड़ी देखती थी, मगर ज्वायेस न आई। डॉली नींद में डूबी जा रही थी। कोई आधे घण्टे के बाद सुरमई और काकी उसके लिए खाना लेकर आई। जब वह खाना खा चुकी तो लोहारी उसके पास आया। बोला, "तुम आराम करना चाहती होगी।"

"हां, मगर दूसरी नर्स नहीं आई।"

"आती होगी।" लोहारी बोला, "जब तक सुरमई और काकी जच्चा-बच्चा को देख लेंगी। तुम मेरे साथ आओ, जहां तुम कुछ घण्टों के लिए आराम कर सकती हो।" डॉली कुछ हिचकिचाई। लोहारी ने नजर बचाकर काकी को आंख मारी।

काकी बोली, "चलो, मैं तुम्हें पहुंचा देती हूं, बेटी।"

डाली इत्मीनान से काकी के साथ हो ली। लोहारी वहीं खड़ा रहा। उसके चेहरे पर एक व्यंग्यात्मक, मुस्कराहट आई। डॉली ने कुछ कदम चलकर पीछे मुड़कर देखा। लोहारी वहां खड़ा था और अब बड़े संताप से सुरमई से बातें कर रहा था।

और अब चार दिन के बाद वे वापस जा रही थीं, जोजफ और हंसा राम के साथ। उसी तरह उनकी आंखों पर पट्टी बांधी गई थी। उसी तरह उन्हें जगंल और घाटियों की भूल-भुलैयों में से गुजारकर वापस वहीं तक पहुंचा दिया गया। जोजफ और हंसाराम को पांच-पांच सौ रुपये दिए गए थे। डॉली को डेढ़ हजार मिले थे। पांच सौ लोहारी ने अलग से दिए थे। दो हजार ज्वायेस को मिले थे। सात सौ भीमा ने अलग से दिए थे। और मिस मंगतराम को सुलताना ने चार दिन तक ठहरने और जच्चा-बच्चा की देख-रेख के लिए चार हजार रुपये दिए थे। सौदा किसी लिहाज से बुरा नहीं रहा।

वैन कच्चे रास्ते पर हिचकोले खाती हुई पक्के रास्ते की ओर जा रही थी और चारों ओर से जंगल छितरा हो रहा था। कहीं पर इस जगंल में यहां से दूर किसी घाटी की तराई में उन डाकुओं की खोहें थीं। मिस मंगतराय का शरीर इन चार दिनों में कितना निखर आया था। वह बासीपन उड़कर कहीं गायब हो गया था और त्वचा साफ और चम-कीली हो गई थी। जिम थोराट के जाने के बाद उसे मर्दों से नफरत हो गई थी और उसने किसी मर्द को छूने नहीं दिया था, मगर अब···अब उसे अनुभव हुआ कि वह गलती पर थी। दुनिया ने उसे मान दिया था और दौलत और एक प्रतिष्ठित पद लेकिन मर्द के बिना औरत की दुनिया अपूर्ण है। उसने आंखें बन्द कर लीं और पिछले चार दिनों को याद किया। सुलताना कितना अक्खड़ था! गंवार और जंगली और जालिम! लेकिन उसके जंगली व्यवहार में मिस मंगतराय को ऐसा आराम और संतोष मिला था, जो बरसों में उसे कभी प्राप्त नहीं हुआ था।

ज्वायेस भी खुश थी। ऊपर से देखने-भालने में भीमा भी उसे अपने पति की तरह नजर आता था, मगर बिल्कुल भिन्न निकला, बिल्कुल ही

भिन्न। उसके शरीर और आत्मा का पोर-पोर हरा-भरा और सिंचित था। न जाने बरसों तक वह उस चूहे जैसे बुजदिल मर्द के साथ क्यों रहती रही? जवानी की कितनी ही सुन्दर रातें उसने रो-रोकर गुजार दी, असंतोष और शोक में। पहले उसे अपने पति से अलग हो जाना पाप लगता था। अब उसे उसके साथ इतने वर्ष रहना पाप लगा। जितनी जल्दी हो सके, वह अब अपने पति से अलग हो जाएगी। उससे तलाक लेकर किसी दूसरे आदमी से शादी कर लेगी। किसी ऐसे से, जो मर्द हो।

डॉली को लोहारी बिल्कुल पसन्द न आया था। उसके व्यवहार में एक विचित्र तरह का असभ्य दुख देने की रुचि थी। जैसे वह कोई औरत न हो; नौजवान अनुभवहीन लड़की न हो, खरबूजे की जाति का कोई फल हो, जिसे काट-काटकर खाया जा सकता है या आम की तरह गुठली तक चूसा जा सकता है। उसका जोड़-जोड़, बन्द-बन्द दुख रहा था। उसे अपने हार जाने और निर्लज्ज होने का बड़ी तीव्रता से अनुभव हो रहा था। जैसे वह इन दोनों औरतों के सामने नंगी हो, जो इस समय वैन में उसके साथ बैठी थीं। ज्वायेस विवाहित थी और मिस मंगतराय का प्रेम भी लोगों को मालूम था। मगर डॉली तो अभी लोगों की नजरों में कुंवारी थी और उसके दो-एक ढके-छिपे रोमांस लोगों की दृष्टि से ओझल थे। वे रोमांस भी कितने कोमल और सूक्ष्म थे। सभ्य और शिष्ट चांदनी रातों में हाथ में हाथ डालकर घूमना। कभी हाथ कमर में, कभी उंगलियों-उंगलियों से बातें करती हुई। कभी डरते-डरते, घबराए-घबराए-से दो-चार चुम्बन, फिर शीघ्र अलग हो जाना। मुहब्बत की मीठी-मीठी लहरों का आत्मा में बहते जाना, आंखों की वाणी और सौन्दर्य और खामोशी जो कहानियां सुनाए जाती हैं, कभी एक दबी-दबी-सी आह। इस आह में चिंगारियां-सी दौड़ती नजर आती थीं। और होंठों पर फूल-से खिल जाते थे। और एक-दूसरे के करीब आते-आते इन्द्रधनुष के सातों रंग लहरा जाते थे।

लेकिन यह लोहारी किस तरह का मर्द था! उसका ख्याल आते ही वैन में बैठे-बैठे डॉली का सारा शरीर कांप गया। सिर से पांव तक एक

झुरझुरी-सी आई। चिड़ियाघर में एक बार उसने एक भेड़िया देखा था। वैसे ही उसकी खूनी आंखें थी। और कुछ ऐसे ही उसके दांत। जगंले से लगी खड़ी-खड़ी उसके सारे शरीर में ऐसी ही झुरझुरी-सी आई थी। कई बार रातों में भेड़िया उसे सपने में दिखा था और अब कई बार जीवन में उसे लोहारी का भयानक चेहरा, उसकी क्रूर हंसी और असभ्य व्यवहार एक भयंकर सपने की भांति दिखाई देगा। उसे ऐसा लगता था, जो उसका सारा शरीर गोदा गया है या भुरते में बदला जा चुका है। एकाएक उसकी आंखों में आंसू उमड़ आए। बेबसी से एक सिसकी-सी उसके दबे-दबे होंठों से निकल गई। ज्वायेस ने उसे गले से लगा लिया और वह उसके कंधे में सिर छुपाकर रोने लगी।

वैन अब कच्ची सड़क पार करके पक्की सड़क पर दौड़ने लगी और टोली ने सोचा, अब वह इस शहर में नहीं रहेगी। अपनी बदली किसी दूसरे स्थान पर करा लेगी।

"कमस खाओ।" पुतली बोली, "तुमने उन औरतों के साथ कुछ नहीं किया?"

"तुम्हारे पिण्डे को छूकर कसम खाता हूं।" सुलताना ने पूर्ण विश्वास से उसके सिर पर हाथ रखकर कहा, "जो मैंने उनमें से किसी को हाथ भी लगाया हो।"

"अपनी बच्ची की कसम खाओ।"

सुलताना बोला, "यह बच्ची तो मुझे अपनी और तुम्हारी जान से भी ज्यादा प्यारी है। इसकी कसम तो मैं कभी जिन्दगी-भर न खाऊंगा। न तुम इसके लिए मुझे कभी मजबूर करना।"

पुतली को जैसे आधा-सा भरोसा हो गया। वह देर तक सुलताना की ओर देखती रही, फिर पूछने लगी, "और दूसरे लोग?"

"उनकी कैसे हिम्मत पड़ सकती थी! वैसे मैं चौबीस घण्टे तो चौकसाई नहीं कर सकता, मगर इतना कहता हूं, वे यहां से खुश गई हैं। ढेर सारे रुपये उनको दिए हैं। अव्वल तो उनको ऐसी जगह का पता नहीं है, दूसरे, इतने रुपये उन्हें मिले हैं कि वे अब किसी से इसकी बात

तक न करेंगी कि उन्हें कौन कहां से ले गया था।"

पुतली बच्ची को दूध पिलाने लगी। बच्ची के सिर पर हाथ फेरते-फेरते उनकी निगाहें नर्म पड़ गईं। मधु-भरे स्वर में बोली, "जानते हो, मैंने इसका क्या नाम सोचा है?"

"क्या?"

"तन्नो।"

"तन्नो क्या नाम हुआ?"

"तन्नो, यानी तनुजा, मगर में प्यार से तन्नो ही कहूंगी। कहो, कैसा नाम है?"

"तन्नो! तन्नो!" सुलताना ने पुकारते हुए बच्ची के गाल को प्यार से छुआ। दूध पीती बच्ची मां की छाती से लगी चुसर-चुसर दूध पीती रही।

दूसरा अध्याय

चार साल की तन्नो के आगे सुलताना ने बहुत सारे खिलौने बिखेर दिए और पूछने लगा, “बोल मेरी बेटी, तुझे कौन-सा खिलौना पसन्द है?”

तन्नो ने बिखरे हुए खिलौनों की ओर गहरी नजरों से देखा। हाथी, गुड्डा, गुड़िया, रीछ, बन्दर, चाबी से चलनेवाली मोटर, पन्द्रह-बीस खिलौने उसकी निगाहों के सामने थे।

तन्नो ने प्लास्टिक की एक पिस्तौल उठा ली।

“शाबाश मेरी बेटी!” सुलताना ने खुश होकर तन्नो को हवा में उछाला, दूर तक ऊपर। पुतली का दिल हलक में आ गया, उसने ऊपर हवा में तन्नो को लुढ़कते देखा। तन्नो से ऊपर आम की डालियां थीं। आम के पेड़ के ऊपर शाम के बादल गुलाबी हो चले थे, फिर पुतली की निगाहें तन्नो के साथ नीचे आती गई। सुलताना ने अपनी बेटी को बाहों में दबोच लिया। तन्नो अपने बाप की गोद में खिलखिलाकर हंसने लगी।

"इसको इतना ऊपर मत उछाला करो। मुझे डर लगता है।" पुतली ने डरकर कहा।

"तू तो निरी डरपोक है।" सुलताना हंसकर बोला, "मगर तेरी बेटी बहादुर निकलेगी। देख, इसको खिलौना पसन्द आया भी तो पिस्तौल। ···देख लेना, एक दिन मां से भी अच्छा निशाना लगाएगी।"

"मेरी बात दूसरी है," पुतली कुछ कड़वे स्वर में बोली, "मगर मैं नहीं चाहती, मेरी बेटी मेरी तरह पिस्तौल या राइफल संभाले।"

सुलताना ने कुछ कहना चाहा। इतने में लोहारी आ गया। बोला, "रहमिया और गरजू, जो बोलांगी में डाका डालने गए थे, पुलिस के हाथों पकड़े गए हैं। जिन आदमियों ने पुलिस को हमारी खबर दी थी, उन्हें मैं पकड़कर ले आया हूं।"

"तुम्हें कैसे मालूम है, ये वही आदमी हैं, जो पुलिस के मुखबिर हैं?" सुलताना ने पूछा।

"गांव के दूसरे लोग, जो हमारे हिमायती है, यही बोलते हैं।" लोहारी ने कड़े स्वर में कहा, "और भीमा, सिकन्दर और फतेहसिंह, जो बचकर आ गए हैं, उनका भी यही ख्याल है।"

"हो सकता है, कोई गलतफहमी हो गई हो।"

"चलकर देख लो।" लोहारी ने कहा, "खुद देख लो।"

सुलताना ने तन्नो को पुतली की गोद में दे दिया और खुद लोहारी के साथ बाहर चला गया। लोहारी उसे बेरी के झाड़ के करीब ले गया। यहां दो आदमी अधेड़ आयु के काले, दुबले-पतले, आंखों में भय और होंठों पर पपड़ियां लिए हुए रस्सियों से बंधे घास पर लिटा दिए गए थे। हाथों की पुश्त पर नसें उभर आई थीं और नंगे पांवों में बिवाइयां फटी थीं। कपड़े मैले-कुचले और फटे-पुराने थे।

"इनकी रस्सियां खोल दो।" सुलताना ने आदेश दिया।

रस्सियां खोल दी गईं। वे दोनों उठ बैठे।

सुलताना ने एक से पूछा, "तुम्हारा नाम क्या है?"

"इद्धू।"

"और तुम्हारा?" उसने दूसरे से पूछा।

"सांगलू।"

"क्या करते हो?"

सांगलू बोला, "खेती-बाड़ी हैं।"

"मगर मेरे आदमियों ने तुम्हारा क्या बिगाड़ा था, जो तुमने पुलिस में मुखबिरी की?"

सांगलू और इद्धू दोनों हाथ जोड़कर बोले, "सरकार, हमने मुखबिरी नहीं की। ये हम पर झूठे इलजाम हैं।"

"हमको खुद पन्नामल महाजन ने बताया है।" लोहारी जोर से गरजा।

"वह झूठ बोलता है। पन्नामल महाजन के हम करजदार हैं। वह हमारी जमीन हथियाना चाहता है। बहुत दिनों से उसकी नजर हमारी खेती पर है।"

"गांव का पटवारी भी झूठ बोलता है?" भीमा ने सांगलू की पसलियों में एक ठोकर मारी।

इन बोला, "वह भी महाजन से मिला हुआ है।" फिर वह गिड़-गिड़ाकर कहने लगा, "सरकार, माई-बाप, हजूर, हम बेकसूर हैं। हमारे छोटे-छोटे बाल-बच्चे हैं। हम पर दया करो।"

"तेरे पास कितनी जमीन है?" सुलताना ने इद्धू से पूछा।

"ढाई एकड़ होगी।"

"और तेरे पास?" अब उसने सांगलू की ओर देखा।

"मेरे पास मुश्किल से दो एकड़ है। पांच बच्चे हैं। एक मेहरारू। मुश्किल से गुजर होती है।"

"पटवारी कहता है," भीमा बोला, "उसने तुझको खुद पुलिस इंस्पेक्टर से बात करते देखा है।"

सांगलू ने हाथ जोड़कर कहा, "उसके एक सिपाही ने मेरी बड़ी लड़की को छेड़ा था। मैं उसकी शिकायत लेकर गया था।"

"फिर उस इंस्पेक्टर ने क्या जवाब दिया?"

"उसने मुझे मुर्गा बनाकर मेरे सिर पर बीस जूते मारे।"

सुलताना जोर से हंसा, फिर एकदम गम्भीर होकर बोला, "देखो

हम डाकू जरूर हैं, मगर गरीबों से कुछ नहीं कहते। किसी गरीब का माल कभी नहीं लूटते। मेरे आदमी तुम्हारे गांव में शंकरदयाल बनिये के घर पर डाका डालने गए थे। डाका डालने से पहले जिन पांच गांववालों को हमने अपनी मुखबिरी के लिए रखा था, उनमें से तुम दो भी शामिल थे। तुम दोनों को बीस-बीस रुपये दिए गए थे कि नहीं?"

"हां सरकार, दिए गए थे।" इद्धू ओर सांगलू हाथ जोड़कर बोले।

"फिर डाका डालने से पहले पुलिस कैसे आ गई?"

"हमको नहीं मालूम मालिक। हम सच कहते हैं, हमने मुखबिरी नहीं की। शायद जो बाकी तीन हैं, उनमें से किसीने की हो या दारू पीकर किसीने किसी दूसरे को बता दिया और उसने पुलिस को…" सांगलू आगे कहता-कहता रुक गया। भीमा ने उसे जोर की ठोकर मारी थी।

सुलताना ने धीरे से लोहारी से कहा, "मुझं तो इन पर शक नहीं पड़ता है, फिर भी इन्हें मुर्गा बनाकर और पचास-पचास जूते लगाकर इनके गांव में छोड़ आओ।"

इतना कहकर सुलताना मुड़कर अपनी खोह की ओर जाने लगा। अभी वह खोह के मुंह पर पहुंचा ही था कि उसे पीछे से दो बार गोली चलने की आवाज आई, उसने फौरन पलटकर देखा।

लोहारी बेरी के झाड़ के करीब सीधा तना खड़ा था। रिवाल्वर उसके हाथ में था और वे दोनों किसान जमीन पर तड़पते हुए जीवन की आखिरी सांस गिन रहे थे। सुलताना भागकर उनकी ओर दौड़ा। झुककर उसने सांगलू के औंधे सिर को उठाया। सांगलू मर चुका था। फिर उसने इद्धू को सीधा किया। एकाएक इद्धू के मुंह से खून की एक धारा फूटी। सुलताना ने अपने दोनों हाथों से उस धारा को रोका। उसके दोनों हाथ खून से लाल हो गए।

सुलताना ने वहीं बैठे-बैठे दहकती हुई निगाहों से लोहारी की ओर देखकर पूछा, "मैंने तुमसे कहा था, इनको मुर्गा बनाकर छोड़ दो!"

लोहारी बोला, "कैसे छोड़ देता? मैंने इनकी झड़ती ली। दोनों की अंटी से सौ-सौ रुपये निकले। इतने गरीब किसानों के पास इतने रुपये

कहां से आए?"

सुलताना ने इद्धू का सिर छोड़ दिया। वह लुढ़ककर पास पर औंधा हो गया। उसके शरीर में एक आखिरी झुरझुरी आई, फिर उसका शरीर ठंडा हो गया। सुलताना को इद्धू की आखिरी निगाह पसन्द न आई थी। अजीब-सी कड़वाहट थी उस निगाह में। असंतोष और घुटन और दुर्गंध मुफलिसी की, जिसने उसे डाकुओं के खिलाफ मुखबिरी पर मजबूर किया था। सुलताना को मालूम था कि किसी नेक और पवित्र भावना ने इन दोनों को मुखबिरी पर मजबूर नहीं किया था, बल्कि मायूसी, भूख और गरीबी की तंग और अंधेरी भूलभुलैयों में खोए हुए इंसानों ने एक बार उनसे बाहर निकलने की कोशिश की थी और वे मर गए। वह किस-को पापी ठहराए, किस को नहीं? लोहारी बेशक हयछूट था, मगर क्या किया जाए? अगर मुखबिरों को इसी तरह क्षमा कर दिया जाए, तो डकैती का पेशा कैसे चलेगा? वह लोहारी को अपराधी नहीं ठहरा सकता था।

सुलताना उठकर खड़ा हो गया और बाजू लटकाए विचित्र-सी उदासी को दिल में लिए वापस खोह की ओर जाने लगा। खोह के मुंह पर पुतली तन्नो को गोद में लिए खड़ी थी। उसके हाथ में प्लास्टिक की पिस्तौल थी। अपने बाप को करीब आते देखकर मुस्कराकर तन्नो ने पिस्तौल हाथ में घुमाते हुए कहा, "मार डालूंगी।"

सुलताना मुस्करा उठा। दोनों हाथ बढ़ाकर बोला, "आओ, मेरी गोद में आ जाओ।"

पुतली धक् से पीछे हट गई। बोली, "अपने हाथ देखते हो?"

उस वक्त सुलताना ने अपने दोनों हाथ देखे जो खून से रंगे हुए थे। उसने फौरन घबराकर अपने दोनों हाथ पीछे कर लिए, और कुछ कहे बिना घूमकर बावड़ी की ओर चला गया, हाथ धोने के लिए।

उस रात देर तक पुतली को नींद नहीं आई। सुलताना ने पूछा, "तुम सोती क्यों नहीं?"

"उन दोनों बेबस किसानों के चेहरे मेरे सामने हैं।"

सुलताना ने गुर्राकर कहा, "अगर हम डाकू इसी तरह तरस खाने लगे तो काम हो चुका।"

बहुत देर तक पुतली चुप रही और एक बार उसके होंठों से आह-सी निकली, मगर सुलताना ने उसका कोई नोटिस नहीं लिया।

फिर एकाएक पुतली उठकर बिस्तर पर बैठ गई।

"क्या है?" सुलताना ने ऊबकर पूछा, "आज नेकी का भूत चढ़ा है तुम्हारे सिर पर!"

"नहीं।" पुनली तीव्र दृष्टि से उसकी ओर देखकर बोली, "मगर किस तरह की जिन्दगी होगी मेरी तन्नो की? यही मैं तुमसे पूछती हूं। धूल और खून में लिथड़ी हुई? आज इस खोह में तो कल उस नदी के किनारे, तो परसों उस जंगल में! लोमड़ी की तरह छिपती-छिपाती। जंगल के जानवरों से भी बुरी। उनका भी कोई घर होता है, कोई घोंसला होता है, जहां वे आराम और संतोष से रहते हैं। यहां एक दिन का आराम नहीं। रात के सन्नाटे में भी चलनेवाली गोलियों की आवाज सुनाई देती रहती है।"

"आखिर तुम चाहती क्या हो?" सुलताना ने पीड़ित होकर कहा, "आधी रात के समय यह खटराग शुरू कर दिया है। तन्नो-तन्नो-तन्नो! क्या करूं मैं तन्नो का? जैसा तुम्हारा जीवन है, वैसा ही तन्नो का होगा, बस।"

"नहीं, ऐसी उसकी जिन्दगी नहीं होगी।" पुतली ने निर्णयपूर्ण भाव से कहा।

"फिर कैसी होगी?" सुलताना ने पूछा।

"मैं उसको अपनी मां के पास छोड़ आऊंगी।"

"ताकि जवान होकर वह रंडी बन जाए?" सुलताना ने पूछा।

"नहीं, मेरी तन्नो रंडी नहीं बनेगी। वह उस बाजार में भी नहीं रहेगी। मैं उसे अपनी मां से कहकर ग्वालियर भिजवा दूंगी। वह किसी इंगलिश स्कूल में पढ़ेगी। किसी कानवेण्ट के बोर्डिंग में रहेगी।"

"तन्नो मेम साहब बनेगी?"

"एक शरीफ लड़की।" पुतली भड़ककर बोली, "मजबूरी ने मुझे

डाकू बना दिया, मगर मेरी लड़की डाकू नहीं बनेगी।"

"वह मेरी भी तो लड़की है।"

"तो सोचकर बताओ। तुम उसके लिए कैसी जिन्दगी चाहते हो?" पुतली ने सुलताना को चैलेंज किया।

सुलताना देर तक चुप रहा, फिर रात के गहरे सन्नाटे में उसकी गहरी गरजदार आवाज सुनाई दी, "मेरा ख्याल है, तुम ठीक कहती हो। तन्नो का यहां रहना ठीक नहीं, उसे मुरैना भेज देते हैं।"

"नहीं-नहीं, मैं खुद जाऊंगी अपनी मां के पास। उसे सब समझा दूंगी। तन्नो को वह किसी इंगलिश स्कूल में डलवा देगी। ग्वालियर में या आगरे में, जहां ठीक समझेगी। मेरी बेटी मुरैना बाजार में नहीं रहेगी। मुरैना की छाया तक उसपर नहीं पड़ेगी और जैसे तुम अब मेरी मां को मुझे भगा लाने का खर्चा भेजते हो, वैसे ही तन्नो की पढ़ाई-लिखाई के लिए भी भेजा करोगे।"।

"यह कोई मुश्किल नहीं है।" सुलताना बोला और रुक गया, जैसे वह कुछ कहना चाहता हो, मगर उसे कहने के लिए उचित शब्द न मिलते हों।

"फिर क्या मुश्किल है?"

"तुम्हारा जाना। कुछ साल पहले जब तुम दीवाली पर गई थीं, तो काबुलसिंह ने तुम्हारा यहां तक पीछा किया था, बल्कि मेरे गैंग के कुछ लोगों ने तो यहां तक कहा कि तुम खुद पुलिसवालों से मिल गई थी और तुम खुद ही उनकी मुखबिर बनकर उन्हें साथ लाई थीं।"

"मैं अगर मुखबिर होती तो काबुलसिंह थानेदार को अपने हाथ से मार देती?"

"इसी बात से तो सब चुप हो गए।" सुलताना बोला, "खैर, मैंने तो कभी इस तरह की बातों पर विश्वास नहीं किया, मगर एक बात तो सच है कि काबुलसिंह को तुम्हारे वापस आने का ठीक से पता चल गया और वह हमारे अड्डे तक पहुंच गया। इस बार भी अगर ऐसा हुआ···और तुम औरत हो, में उचित नहीं समझता कि तुमको तन्नो के साथ मुरैना भेजूं।"

"तो फिर तन्नो के साथ कौन जाएगा?"

"काकी दाई को भेज दूंगा।"

"नहीं, मां उसपर भरोसा नहीं करेगी। उसने तन्नो को आज तक देखा नहीं है। जब तक खुद जाकर अपनी बेटी को उसके हवाले न करूंगी, उसे यकीन न आएगा। दूसरी बात यह है कि उस समय मैं लड़की थी। मुझे कुछ मालूम न था। मैं इस पेशे के दांव-पेच नहीं जानती थी, इसलिए काबुलसिंह मेरा पीछा कर सका। अब ऐसा नहीं होगा।"

"तुम भेस बदलकर जाना।"

"हां, मैं किसी सरदारजी का स्वांग भर लूंगी, मगर जाऊंगी जरूर। इतने साल से मां को नहीं देखा है। तारा तो जवान हो गई होगी और वह राजू भी चार साल बड़ा हो गया होगा। उन्हें देखने को बहुत जी चाहता है।"

"तो चली जाओ। मैं दो-तीन दिन में सब तैयारी किए देता हूं।"

सुलताना ने इतना कहकर पुतली को अपनी ओर खींचा। संतोष की एक लम्बी सांस लेकर पुतली उसकी बांहों में आ गई।

दो

बीहड़ में सरदार उत्तम सिंह काण्ट्रैक्टर का काफिला गुजर रहा था। उसके चार नौकर राइफलें लिए चल रहे थे। सरदार उत्तम सिंह घोड़े पर सवार था। उसकी जेब में एक रिवाल्वर था। सिर पर पगड़ी थी। चेहरे पर दाढ़ी। दूसरे घोड़े पर काकी दाई सवार थी। उसकी गोद में तन्नो सो रही थी मजे से। उस घोड़े के साथ भी दो आदमी राइफलें लिए चल रहे थे। और सबसे आगे दो आदमी टार्च लिए चल रहे थे। टार्च तो केवल नाम के लिए थी, वरना ये दो आदमी बीहड़ में रात के सन्नाटे में आंखें बन्द किए रास्ता ढूंढ सकते थे। इसीलिए इस काफिले का रास्ता अंधेरे और सन्नाटे में कट रहा था। कहीं-कहीं दो-एक क्षण के लिए टार्च की रोशनी जंगल में घूम जाती, फिर अंधेरा छा जाता।

ज्यों-ज्यों वह मुरैना की ओर बढ़ती जाती, मनमोहन का चेहरा पुतली के सीने में उभरता जाता। पुतली के दिल में मनमोहन का चेहरा चांद की तरह घटता-बढ़ता रहा। कभी वह चेहरा घटते-घटते बिलकुल खत्म होने लगता। कभी दिनों-महीनों गायब रहता, फिर एकाएक याद के आकाश पर दूज के चांद की तरह दिखने लगता। और फिर बढ़ते-बढ़ते पूरे चांद का रूप धारण कर लेता। वह कभी मनमोहन को भूली नहीं थी। हालांकि उसके भूलने न भूलने से कोई फर्क नहीं पड़ता था। चांद घटता-बढ़ता रहता ही है। जीवन अपनी डगर पर चलता रहता है। किसी का इस रास्ते पर, किसी का उस रास्ते पर, मगर अलग-अलग रास्तों पर चलते हुए क्या चांदनी के पुल नहीं बनते हैं? शायद किसी भटके हुए क्षण में इसी तरह पुतली का चित्र भी मनमोहन के दिल में उभरता होगा। पुतली ने एक आह भरकर सोचा। मगर यों हो नहीं सकता। दूर पार सब लोग जानते हैं कि वह अब सुलतान सिंह के पास है। उसने काबुल सिंह थानेदार को अपने हाथ से मारा है। अगर वह पकड़ी जाएगी, तो उसकी सजा मौत होगी। कैसे मनमोहन मुझे याद कर सकता है? मगर क्या मनमोहन वे रातें और वे सवेरे भूल सकता है? चांद घटता और बढ़ता रहता है। और जब भोर हुआ और काफिला बीहड़ से बाहर निकलने लगा, तो भोर के उजाले में पुतली ने देखा कि पलाश के अगारे जैसे फूल काली मखमल की-सी पत्तियों के ऊपर डालियों पर चीनी लालटेनों की तरह झूल रहे हैं। पंछी अपने घोंसले छोड़कर हवा में उड़े जा रहे हैं और शहर से बाहर शिव जी के मन्दिर के कलश पर सूरज की पहली किरण आकर बैठ गई है।

जब चंबल के डाकुओं को खत्म करने के पुराने सब साधन बेकार हो गए, तो उच्चाधिकारियों ने मनमोहन सिंह सुपरिण्टेण्डेण्ट पुलिस की सहायता के लिए एक स्पेशल पुलिस की फोर्स नियुक्त की, जो डाकुओं से लड़ने के लिए हर तरह के शस्त्रों से लैस थी। मुरैना की पुलिस बैरकों में इतनी जगह नहीं थी और मनमोहन यह चाहता भी न था। उसका विचार था कि शहर में रहकर बीहड़ में घूमने वाले डाकुओं का सिर

कुचलना मुमकिन नहीं है। शेर का मुकाबला करने के लिए शेर के भट के पास जाना चाहिए। चुनांचे उसने अपना हेडक्वार्टर मुरैना की जगह बीहड़ के भीतर शहर से सात मील दूर एक पश्चिमी पहाड़ी घाटी की ढलान पर तैयार कराया। कच्ची-पक्की बैरकें थीं, जिनमें पांच सौ सिपाही रह सकते थे। बैरकों के बीच में टावर नुमा पुलिस स्टेशन की एक मजबूत बिल्डिंग थी और सामने ढोरी नाला बहता था, जो बरसात में बहुत फैल जाता था। ढोरी नाले के दूसरे किनारे ऊंचे-नीचे टीले थे और उनसे परे जंगल था। नाले को पार करने के लिए और पुलिसवालों की सहायता के लिए उस पर लकड़ी का एक पुल भी बना दिया गया था, जिस पर चौबीस घण्टे पहरा रहता था। पुलिस के स्पेशल टॉस्क फोर्स कैम्प की वजह से उसके आसपास कुछ दुकानें भी आ गई थीं और कुछ ढाबे, चायखाने। मुरैना के एक ठेकेदार ने, जो वहां दारू बेचता था, यहां भी एक शाखा खोल दी थी। यह दो मंजिल की बिल्डिंग थी। नीचे दारू बिकती थी, ऊपर उनमें मुरैना के बाजार से कुछ औरतें आ जातीं और यहां उनका धंधा अच्छा-खासा चलने लगा था, मगर ये गानेवालियां न थीं, बहुत ही घटिया वर्ग की वेश्याएं थीं। बड़ी और ऊची वेश्याओं के दाम यहां कौन देता?

मनमोहन अपने काम में बड़ी तत्परता दिखा रहा था, मगर परि-णाम शून्य था। यहां आए हुए सात महीने हो गए थे। नफरी भी काफी थी, शस्त्र भी बहुत थे। बहुत-से डाकू गिरफ्तार भी कर लिए गए थे, बहुत-से मारे भी जा चुके थे, मगर बड़े-बड़े डाकुओं के गैंग वैसे ही स्थिर थे और अपनी लूट-मार जारी रखे हुए थे। डाकुओं की नफरी में भी कोई अन्तर नहीं लाया था। अगर दो डाकू मरते, तो दस उनकी जगह लेने को आ जाते, "मैं अब कुछ दूसरी तरह सोचने लगा हूं।" एक दिन मनमोहन ने अपने उच्चाधिकारी डी॰ आई॰ जी॰ पुलिस से कहा, जो निरीक्षण पर आया था, 'जुर्म और पाप के दृष्टिकोण से काम करने से डाकुओं का यह हंगामा खत्म नहीं हो सकता।"

"डी॰ आई॰ जी॰ पुलिस जी॰ एम॰ शेख बोला, "तो फिर यह हंगामा किस तरह खत्म हो सकता है?"

मनमोहन सिंह बोला, "सर, डाकुओं की समस्या मेरी दृष्टि में जुर्म

और पाप की समस्या नहीं है। यह एक आर्थिक समस्या बन चुकी है। इस इलाके के लोग बहुत बहादुर और शूरवीर हैं, मगर यहां आसानी से जिन्दा रहने के साधन बहुत कम है। खेती-बाड़ी बहुत कम होती है। ज्यादा इलाका बीहड़ से पटा पड़ा है, बल्कि बीहड़ दिन-दिन बढ़ता जा रहा है। जिस तरह राजस्थान में रेगिस्तान बढ़ रहा है, उसी तरह चंबल क्षेत्र में बीहड़ बढ़ रहा है। कुछ लोग तो फौज में भरती हो जाते हैं, जो बच जाते हैं, वे बेकार रहने से डाकू बनना बेहतर समझते हैं।"

"तो तुम्हारे ख्याल में इसका इलाज क्या है? पुलिस कैम्प बन्द कर दिए जाएं या डाकुओं को पुलिस फोर्स में भरती कर लिया जाए?" शेख की आवाज में कटाक्ष था।

"नहीं जनाब," मनमोहन बोला, "मैं डाकुओं के सिर कुचलने के पक्ष में हूं, लेकिन डाकुओं को खत्म करने का यह एक बहुत ही सीमित तरीका है। वास्तव में कोशिश यह होनी चाहिए कि डाकू पैदा होने बन्द हो जाएं।"

"मां के पेट से तो कोई डाकू पैदा होता ही नहीं है। किसको मालूम हो सकता है, कौन किस उम्र में डाकू बन जाएगा? असल में यहां के लोगों की जहनियत ही मुजरिमाना बन चुकी है।"

"यह मेरे ख्याल में सच नहीं है। मां के पेट से कोई मुजरिम पैदा नहीं होता है, स्थितियां उसे बना देती हैं। इस इलाके में खेती-बाड़ी की कमी, बारिश की या सिंचाई के दूसरे साधनों की दुर्लभता इस परिणाम की जिम्मेदारी हैं। अगर हमारी सरकार उचित रूप से एक प्लान तैयार करे, तो पांच-दस बरस में यह फैला हुआ बीहड़ बुलडोजर से बराबर किया जा सकता है। और इसी बीहड़ से लाखों एकड जमीन खेती-बाड़ी के लिए हाथ आ सकती है। जिसकी सिंचाई के लिए कुएं खुदवाए जा सकते हैं, टयूबवेल लगाए जा सकते हैं और नदी-नालों पर बांध बांधे जा सकते हैं। पांच-दस बरस में इस इलाके का वातावरण ही बदल सकता है। सूखे और बंजर बीहड़ के गायब होते ही इसमें शरण लेनेवाले डाकू अपने-आप खत्म हो जाएंगे और लाखों एकड़ जमीन खेती-बाड़ी के लिए मिलने से लोगों को एक अच्छा जीवन बिताने के साधन मिल जाएंगे और वे अपने-आप

डाकू बनने से बचेंगे। जब कानून के अन्दर रहकर एक सुन्दर और सफल जीवन बिताने के साधन निकल आते हैं तो डाकू बनने की जरूरत क्या है?"

"मगर इसके लिए करोड़ों रुपये चाहिए।" शेख ने पूछा, "इतनी बड़ी रकम कहां से आएगी?"

"प्रान्तीय सरकार और केन्द्रीय सरकार दोनों मिलकर इस प्लान को क्रियात्मक रूप दे सकती हैं। अब तक पिछले तीस वर्षों से करोड़ों रुपया डाकुओं को गिरफ्तार करने पर खर्च हो चुका है। और चंबल में डाकुओं के अड्डे और उनका कारोबार पचास वर्ष से भी पुराना है बल्कि मेरे विचार में सैकड़ों वर्ष से चला आता है, परन्तु किसीने मूल समस्या की ओर ध्यान नहीं दिया। सम्भव है, उस समय ऐसे साधन नहीं हों। अब तो साइंस की प्रगति के युग में यह सब कुछ सरलता के साथ किया जा सकता है।"

शेख साहब बोले, "यह सब हवाई किले हैं, मियां, तुम अपने काम पर ध्यान दो और इस किस्म के ख्वाब देखना छोड़ दो। सदियों से यह बीहड़ ऐसे ही चला आ रहा है और बरसों से इसमें पुलिस और डाकुओं की टक्कर होती रही है और होती रहेगी। न बीहड़ खत्म होगा, न डाकू और इसमें अपनी ही फायदा है। अगर डाकू खत्म हो जाएं, तो हमारी क्या जरूरत रहेगी?" शेख साहब जोर से हंसने लगे।

इतने में डिप्टी सुपरिण्टेण्डेण्ट पुलिस इकबाल नारायण ने अन्दर आकर सैल्यूट मारा, फिर मनमोहन सिंह को सम्बोधित करके बोला, "वायरलेस पर खबर आई है, एक सदिग्ध गिरोह बीहड़ में सफर कर रहा है। सात आदमी हैं और एक सरदार जी हैं, जो वास्तव में सरदार जी नहीं हैं, नकली दाढ़ी लगाए हुए हैं।"

"यह कैसे मालूम हुआ?"

"हमारे मुखबिर का कहना है कि यह सरदार जी पिछले छः दिन से ताराबाई के कोठे पर ठहरे रहे। ताराबाई भागी हुई पुतलीबाई की छोटी बहन है और अब जवान हो गई है और अपनी बहन की जगह कोठे पर बैठती है।"

"हो सकता है, वह सरदार जी ताराबाई पर आशिक हों। हमें क्या हक पहुंचता है···" मनमोहन सिंह ने कहा।

"हमारे मुखाबिर का कहना है कि वह सरदार जी नहीं है। वह वास्तव में पुतलीबाई है, जो सरदार जी के भेस में अपने मायके वालों से मिलने के लिए आई थी।"

"पुतलीबाई!" मनमोहन सिंह का दिल बुरी तरह धड़का, "क्या वह चिंगारी अभी तक कहीं बाकी है?"

"हां, पुतलीबाई।"

"तो मुखबिर ने इससे पहले हमें खबर क्यों नहीं की?"

"मुखबिर को आज ही चम्पा तवायफ ने बताया। वह अक्सर ताराबाई के कोठे पर जाती रहती है। दोनों सहेलियां हैं, मगर तारा की सुन्दरता और हुस्न के सामने चम्पा का चिराग नहीं जलता। इसलिए वह अन्दर ही अन्दर कुढ़ती रहती है। चम्पा ने आज सवेरे ही उन सरदार जी को अपने कोठे की एक खिड़की से ताराबाई के एक कमरे में नकली दाढ़ी लगाते देखा और वह उसे पहचान गई।"

"मगर उन लोगों में आपस में बहुत बहनापा होता है। कैसे चम्पा ने पुतलीबाई का राज खोल दिया?"

"दस हजार का इनाम हमने मुकर्रर कर रखा है। अगर पुतलीबाई पकड़ी जाती है, तो···" इकबाल नारायण चुप हो गया

मनमोहन सिंह भी देर तक चुप रहा। फिर बोला, "पुतलीबाई का काफिला किस ओर को जा रहा है?"

"पश्चिमी और को···यहां···इधर···" इकबाल नारायण ने जेब से एक कागज निकालकर दिखाया, "मैंने मुखबिर की खबर के अनुसार एक रफ नक्शा तैयार किया है, देखिए।"

कुछ मिनट नक्शा देखने और गौर करने के बाद मनमोहन सिंह ने पूछा, "वे कितने है?"

"सात।"

"तो तीस आदमियों की सशस्त्र टुकड़ी तैयार करो। मैं खुद उस टुकड़ी की कमान करूंगा। पन्द्रह मिनट में यहां से चल देगे।"

मनमोहन सिंह ने अपने डी॰ आई॰ जी॰ पुलिस को सैल्यूट देते हुए कहा, "यू विल एक्सक्यूज मी, सर?"

"जाओ, खुदा तुम्हें कामयाबी दे।" शेख साहब बोले।

चेतराम मुखबिर इस समय एक तेज-रफ्तार घोड़े पर सवार बीहड़ में पश्चिमी दिशा की ओर भागा जा रहा था। वह बहुत दुबला-पतला था। उसकी आवाज बैठी हुई थी और उसके सांवले लम्बूतरे चेहरे पर पर खरगोश की-सी दुबली-पतली आंखें एक विचित्र भयभीत भाव पैदा करती थीं। वह चम्पा पर बुरी तरह आशिक था और जब भी उसके पास पैसे होते वह सीधा चम्पा के कोठे का मुंह करता। पैसे कमाने के लिए वह डाकुओं का मुखबिर भी बन गया। वैसे इस वास्तविकता से पुलिस और डाकू दोनों अज्ञात थे कि चेतराम डबल एजेण्ट है, जो एक ही समय में डाकुओं की मुखबिरी भी करता है और पुलिस की भी, 'अगर दोनों में से किसीको भी पता चल जाए?' चेतराम ने घोड़ा दौड़ाते-दौड़ाते सोचा और यह सोचकर उसके सारे शरीर में कुछ क्षणों के लिए भय की एक लहर-सी दौड़ गई, मगर उसने जल्दी उसे दबा दिया, 'ऊंह! बरसों से वह यही पेशा अपनाए हुए है और अब तो उसे डाकुओं और पुलिस दोनों का विश्वास प्राप्त है।'

सरपट घोड़ा दौड़ते-दौड़ते आखिर उसने पुतलीबाई के गैंग को जा लिया। सब डाकू एक घुड़सवार को अपने करीब आते देखकर खबरदार हो गए। जब वह बहुत करीब आया तो एक डाकू ने उसे पहचानकर संतोष की सांस ली और दिल ही दिल में कहा, 'अरे, यह तो चेतराम है!'

चेतराम बोला,"सत् सिरी अकाल, सरदार जी। अपनी जान बचाओ। पुलिस तुम्हारे पीछे आ रही है।"

"पुलिस से हमको क्या डर?" एक डाकू बोला, "हम लोग तो सरदार बहादुर के नौकर हैं और इनका ग्वालियर में बहुत बड़ा सरकारी ठेका है। हम लोगों को पुलिस से क्या डर?"

चेतराम बोला, "दो सौ रुपये दो तो सब बात बताता हूं।"

पुतलीबाई उसका मुंह देखने लगी। एक डाकू बोला, "मैं इसको जानता

हूं। इसको दो सौ रुपये दे दो। कोई काम की बात ही बताएगा।"

पुतलीबाई ने उसे दो सौ रुपये दे दिए। चेतराम बोला, "मैं ज्यादा देर यहां ठहर नहीं सकता। वे लोग कोई बीस मिनट में इधर चलने वाले थे। मैं सरपट भागा हुआ आया। वे लोग जानते हैं कि सरदार जी के भेस में पुतलीबाई है। वे लोग तुम्हें गिरफ्तार करने आ रहे हैं। अब तुम अपने बचाव का बन्दोबस्त कर लो।"

इतना कहकर चेतराम घोड़े पर सवार दिशा पलटकर घूम गया और कुछ मिनटों के बाद जंगल में गायब हो गया।

चेतराम के जाने के बाद पुतलीबाई ने शीघ्र ही एक निर्णय किया। पश्चिम की ओर बढ़ने में गिरफ्तारी का खतरा था और यह खतरा भी था कि पुलिस को उनका अड्डा भी मालूम हो जाएगा, इसलिए पुतली-बाई ने अपने घोड़े से उतरकर घोड़ा एक डाकू के हवाले किया और उसे समझाकर बोली, "तुम फुर्ती से अपने अड्डे पर जाओ और सुलतानासिंह को खबर कर दो। वह मुझे तिकोनी घाटी पर आकर मिले।"

डाकू घोड़े को एड़ लगाकर चलता बना। बाकी डाकुओं को सम्बो-धित करके पुतलीबाई बोली, "पुलिस कोई दम में यहां आया चाहती है। इसलिए पश्चिम की ओर बढ़ना खतरे से खाली नहीं, बल्कि यूं समझो कि पकड़ा जाना निश्चित है। इसलिए दक्षिण की ओर बढ़ना उचित है। मेरे ख्याल में तिकोनी घाटी की ओर जल्द से जल्द चल देना चाहिए। वहीं सुलतानासिंह भी आकर हमें मिल जाएगा। पुलिस को ख्याल रहेगा कि हम लोग पश्चिम की ओर बढ़ रहे हैं। इसीलिए उनका काफिला उधर चला जाएगा और हम दूसरी दिशा में यानी दक्षिण की ओर बढ़कर पुलिस से बच जाएंगे।"

डाकुओं ने पुतलीबाई के सुझाव पर हां की और पश्चिम से दक्षिण की ओर मुड़ गए। पुतली ने बचने के उपाय से दो डाकू बो फर्लांग की दूरी पर आगे भेज दिए, ताकि सामने से अगर कोई खतरा नजर आए, तो वे शीघ्र घूमकर खबर करें। चार डाकू अपने साथ रखे।

गिरधारी और सीमा आगे गए। गिरधारी चेन स्मोकर था। एक

के बाद दूसरा सिगरेट जलाता और तीन-चौथाई सिगरेट पीके या आधा सिगरेट पीके फेंक देता था। सोमा नसवार लेता था। दोनों में बहुत घुटती थी। दोनों बातें करते-करते बहुत जल्द पुतली के काफिले से निकल गए, पुतलीबाई ने अपनी दाढ़ी उतार फेंकी। अब भेस बदलना बेकार था। जो होगा सो देखा जाएगा।

मनमोहनसिंह तीस की नफरी लेकर जंगल में आगे बढ़ा। पश्चिम की ओर बढ़ते-बढ़ते और इधर-उधर घूमते-घुमाते आखिर उसे पुतलीबाई के काफिले का सुराग मिल गया।

अजीत जासूस ने दस-बारह मिनट की खोज के बाद मनमोहनसिंह से कहा, "एक घोड़े की टापों के निशान हैं और सात आदमियों के कदमों के निशान हैं। ये पश्चिम की ओर बढ़ रहे हैं।"

"तुम भी जल्दी आगे बढ़ो।"

अजीतसिंह को चलते-चलते रास्ते में अधजले सिगरेट का एक टुकड़ा मिला। अजीतसिंह ने उसे गौर से देखा, फिर उठाकर अपनी जेब में रख लिया। कोई सौ गज की दूरी पर उसे सिगरेट का दूसरा टुकड़ा मिला। यह भी उसी ब्रांड का था। अजीतसिंह ने उसे भी जेब में रख लिया। अब अजीतसिंह आगे-आगे तेज-तेज कदमों से चलने लगा। सुराग लगाना आमान हो गया था, मगर फिर भी बहुत समय लगता था। कहीं-कहीं बीहड़ में पगडंडियां दो-तीन दिशाओं में फूटती हैं। कभी दस-पन्द्रह मिनट गलत रास्ते पर चलते-चलते पलटकर दूसरा मोड़ ढूंढना पड़ता है। कभी किसी पेड़ की टूटी हुई डाल काफिले के गुजर जाने का पता देती है।

एक जगह पहुंचकर अजीतसिंह रुक गया, क्योंकि उसे आभास हुआ कि काफिला यहीं ठहरा था। कदमों के निशान गडमड थे। और एक जगह सिगरेट के तीन टुकड़े पड़े थे और बहुत-सी जगह रौंदी हुई मालूम होती थीं।

घोड़े का निशान पहचानकर अजीतसिंह पश्चिम की ओर बढ़ता गया। उसके पीछे-पीछे मनमोहनसिंह और उसकी नफरी आती रही। कोई दो-तीन सौ गज जाने के बाद अजीतसिंह ने माथे पर हाथ मारा।

"क्या हुआ?"

"दो-तीन सौ गज से सिर्फ घोड़े की टापों के निशान मिलते हैं।" डाकुओं के कदमों के निशान नहीं मिलते।"

"तो तुम्हारा क्या ख्याल है?"

"मेरा ख्याल है, यहां से डाकू दो टुकड़ियों में बंट गए हैं। सिर्फ एक घोड़ा इस रास्ते पर गया है, और बहुत तेजी से। दूसरी टुकड़ी कहीं और गई है।" वे लोग फिर वापस उसी जगह पहुंचे, जहां से अजीतसिंह भिन्न-भिन्न दिशाओं में घूमता रहा। आखिर कोई आधे घण्टे के बाद उसे दक्षिण की ओर सिगरेट का एक टुकड़ा मिला, फिर दूसरा और उसके साथ-साथ चार कदमों के निशान और उनके पीछे कुछ दूरी पर आठ कदमों के निशान।

"यहां से उन लोगों ने अपनी दिशा बदली है। शायद मदद लेने के लिए किसी को घोड़े पर भेजा है। यहां से दक्षिण की ओर दो डाकू और गए हैं। चार की टोली उनके पीछे-पीछे गई है। चार की इस टोली में दो औरतें है। एक जवान है, दूसरी अधेड़ आयु की।" इतना कहकर अजीतसिंह चुप हो गया।

"जवान औरत के कदम कौन-से हैं?" मनमोहनमिह ने पूछा।

अजीतसिंह ने इशारे से बताया। मनमोहनसिह देर तक घूमता रहा, ये पांव, जो उसके साथ चलते, अब उससे अलग होकर किधर जा रहे थे। दिल के रास्ते से तो शायद एक ही पगडंडी फूटती है, लेकिन स्थितियों के रास्ते से कितनी ही पगडंडियां अलग-अलग होकर चली जाती हैं। कुछ मिनट के बाद रेत के किसी बगूले से इस कदम के निशान मिट जाएगे, लेकिन दिल के रास्ते पर चलने वाले कदमों के निशान कौन मिटा सकता है?

"सर, किधर चलना होगा?" इकबाल नारायण डिप्टी सुपरिण्टेण्डेण्ड बोला।

मनमोहनसिंह ने धीरे से अपने सिर को झटक दिया, जैसे किसी आश्चर्यजनक याद को झटक दिया हो, फिर कठोर भाव से बोला, "घुड़-सवार का पीछा करना बेकार होगा। मेरे ख्याल में इधर जाने वाली

डाकुओं की टोली में एक औरत पुतलीबाई है। वह अपने मुंह पर तो दाढ़ी लगा सकती है, लेकिन अपने पांवों पर नहीं। कदम हर जगह पहचाने जाते हैं और चेहरे से ज्यादा कहते हैं।"

"दक्षिण की ओर बढ़ो।" मनमोहनसिंह ने आदेश दिया।

तीन

गिरधारी और सोमा बढ़ते-बढ़ते एक मोड़ पर जाकर रुक गए। यहां पर इमली और अमलतास के बहुत-से पेड़ थे और उन पेड़ों से बहुत-सी सूखी बेलें लिपटी हुई थीं और जमीन पर भी बहुत-सी झाड़ियां उगी हुई थीं। जिस चीज ने गिरधारी और सोमा को आगे बढ़ने से रोक दिया, वह एक हंसी की आवाज थी। उस आवाज को सुनकर गिरधारी और सोमा के कदम एकदम चलते-चलते रुक गए और दोनों सांस रोक-कर खड़े हो रहे, जैसे वे पत्थर के बुत बन गए हों। दोनों ने आंखों के आखिरी कोने से एक-दूसरे को देखा, फिर कोई आवाज किए बिना गिर-धारी और सोमा एक-दूसरे का इशारा समझकर घुटनों के बल जमीन पर झुक गए और गिरधारी ने अपने सामने की घनी झाड़ियों को धीरे से हटाकर देखा।

नीचे उनकी नजरों के सामने तिकोनी घाटी थी। यहां तीन बोर से ऊंची-ऊंची पहाड़ियां आकर मिल गई थीं, इसलिए चम्बल की वादी में इतना घना जंगल और कहीं न था। पहाड़ियां मिलकर एक तिकोनी ढल-वान के रूप में नीचे उतरते हुए एक तिकोनी उच्च भूतल बनाती थीं। उच्च भूतल से उतरकर चौथी ओर रेतीले बीहड़ के ऊंचे-नीचे असंख्य टोले थे, जिनमें से गुजरने के बहुत-से रास्ते थे। गुजरने और छुपने के भी। तीनों पहाड़ियों की अर्ध गोलाई के घने जंगल में भी छुपने की बहुत-सी जगहें थीं और यह तिकोनी घाटी इसलिए मशहूर थी कि यहां प्रायः डाकुओं के आपसी झगड़ों को निपटाने के लिए कांफ्रेंस हुआ करती थी और फैसले कर लेने के बाद हर गिरोह विपरीत रास्तों से गायब हो जाता था। पुलिस से बचने के लिए भी यह जगह श्रेष्ठ थी। तीन तरफ

घनी जंगली पहाड़ियां और चोथी ओर बीहड़।

गिरधारी की नजरें नीचे तिकोनी घाटी से ऊपर उठती हई घनी पहाड़ियों से फिसलती हुई एक जगह पर रुक गई जहां वह घुटनों के बल झुका था, उससे कोई तीस गज नीचे एक खुली तलहटी में बारह-पन्द्रह सशस्त्र डाकू आराम कर रहे थे। कुछ डाकू ताश खेल रहे थे। कोई सिगरेट पी रहा था। दो डाकू सबसे अलग हटकर पत्थरों का एक चूल्हा बनाकर उसमें आग सुलगाने और आग सुलगाकर खाना पकाने की कोशिश में लीन थे। आम के एक पेड़ के साये के नीचे गिरधारी की तेज नजरों ने कल्ला को कारतूसों की पेटी ढीली करके जमीन पर लेटकर आराम करते देखा।

गिरधारी ने कानाफूसी में सोमा से कहा, "कल्याणसिंह दादा है और उसके साथी।"

"अब इस रास्ते से तो नीचे तिकोनी घाटी में नहीं जा सकते।" सोमा बोला, "ये लोग रास्ते में बैठे हैं।"

"हां, वापस मुड़ना होगा।" गिरधारी धीरे से झाड़ी की डालियां वापस अपनी जगह पर ले आया, कोई आवाज पैदा किए बिना, फिर धीरे से उठा। सोमा भी, लेकिन सोमा उठते-उठते लड़खड़ा गया और लड़-खड़ाने से उसके पांव की ठोकर से एक पत्थर उखड़कर नीचे रवाना हो गया और लड़खड़ाता हुआ उस तलहटी में जा गिरा, जहां कल्ला और उसके डाकू आराम कर रहे थे।

कल्ला और उसके साथियों ने चौंककर ऊपर देखा। अमलतास और इमली के पेड़ों के पीछे उन्हें दो साये-से हिलते-डुलते नजर आए और फिर शीघ्र ही गायब हो गए। कल्ला ने उसी समय दो आदमियों को ऊपर जाकर मालूम करने का आदेश दिया और अब सब डाकू तैयार होकर बैठ गए और चूल्हे की आग भी बुझा दी गई।

गिरधारी और सीमा दबे पांव, लेकिन तेज कदमों से चलते हुए वापस अपने काफिले में जा मिले और उन्होंने पुतलीबाई को जाते ही सामने के खतरे से खबरदार किया। पुतलीबाई बोली, "तुम्हें ठीक से मालूम है, कल्याणसिंह था? कहीं अपने लोग तो नहीं थे?"

"नहीं," गिरधारी बोला, "मैंने अच्छी तरह से पहचान लिया।" पुतली ने सोमा की ओर देखा। उसने भी धीरे से सिर हिलाकर 'हां' में जवाब दिया।

"अब वापस मुड़ना होगा।" काकी दाई बोली।

"लेकिन वापस कहां जा सकते हैं" पुतलीबाई बोली, "पीछे से पुलिस आती होगी। सामने कल्ला के डाकू हैं।"

पुतलीबाई ने कुछ क्षणों के लिए सोचा, फिर बोली, "कुछ और पीछे को मुड़ना होगा, फिर कोई घनी और सुरक्षित ढलान देखकर कल्ला के गैंग से दूर रहकर नीचे तिकोनी घाटी पर किसी तरह पहुंच जाना होगा। वापस मुड़ जाओ।"

पुतलीबाई ने काफिले को आदेश दिया। वापस मुड़कर वे कुछ कदम ही चले थे कि पीछे से गोली चलने की आवाज आई। सोमा वहीं ढेर हो गया। बाकी काफिला जमीन पर लेट गया या झाड़ियों के पीछे छिप गया। इतने में गिरधारी ने विपरीत दिशा से निशाना मारनेवाले डाकू को अपना निशाना बना दिया। दोनों बार गोली चलने की आवाज सारे वातावरण में गूंज गई।

पुतलीबाई ने एक ढलान का रास्ता अपनाकर भागते हुए कहा, "इस वक्त गोली मत चलाओ। सीधे इस रास्ते से नीचे ढलान को भागो। हमें किसी न किसी तरह तिकोनी घाटी पर पहुंच जाना चाहिए।" पुतलीबाई तेजी से नीचे दौड़ने लगी। उसकी सुरक्षा करनेवाले डाकू भी नीचे भागने लगे।

दो बार गोली की आवाज सुनकर मनमोहनसिंह के कान खड़े हो गए। उसने दिशा का अनुमान करके जिधर से गोलियों की आवाज आई थी, उधर पन्द्रह सशस्त्र सिपाहियों की एक टुकड़ी इकबाल नारायण की कमान में भेज दी और स्वयं फौरन ऊपर के एक रास्ते से दूसरी टुकड़ी को लेकर चला गया। उपाय यह था कि डाकुओं की ओर ऊंचाई से नीचे की ओर एक अर्ध गोलाई के रूप में बढ़ा जाए और फिर उन्हें बीच में लेकर तीन तरफ से हमला किया जाए।

जहां तक घना जंगल रहा, पुतलीबाई और उसके साथी कल्ला और उसके गैंग की नजरों से सुरक्षित रहे, मगर केवल कुछ मिनटों तक ऐसा रहा। अगले मोड़ से अचानक पेड़ और झाड़ियां छितरी हो गईं। वे लोग बाईं ओर से कल्ला और उसके साथियों की निगाह में आ सकते थे। पुतलीबाई ने जमीन पर लेटे-लेटे देखा, फिर दाईं ओर मुड़कर उसने अपना फील्ड ग्लास घुमाया, तो उसे पुलिस नजर आई। वह एकदम भौंभक्की रह गई। कुछ क्षणों के लिए उसके माथे पर पसीना आ गया, फिर उसने फील्ड ग्लास नीचे तिकोनी घाटी की ओर घुमाया, तो उसे सुलताना और लोहारी और कोई दस डाकू तिकोनी घाटी से चढ़ते हुए दिखाई दिए। वे लोग सीधे उस तलहटी की ओर आ रहे थे, जो इस समय सुलताना और उसके डाकुओं की नजर से ओझल थी, मगर एक मोड़ काट लेने पर सुलताना और उसका गिरोह तलहटी पर पड़े हुए कल्याण-सिंह और उसके गिरोह की नजरों में आ जाएगा और फिर मरण निश्चित है।

"क्या किया जाए? किस तरह सुलताना को खबरदार किया जाए?" एक ही उपाय था और उस उपाय में जहां पुतली छिपी बैठी थी, उस जगह का विपरीत दिशा के डाकुओं को पता हो जाना निश्चित था, मगर पुतलीबाई के सामने और कोई रास्ता भी न था।

पुतलीबाई ने अपनी जगह से उठकर तीन बार हवा में फायर किया और चिल्लाती हुई नीचे बढ़ गई। "आगे मत आओ। आगे मत आओ।" पुतलीबाई चिल्लाते हुए नीचे तेजी से तिकोनी घाटी की ओर दौड़ते हुए कहने लगी, "सामने कल्ला का गैंग है।"

दौड़ती हुई पुतलीबाई को सुलताना ने भी पहचान लिया। उसने एककर रास्ता मोड़ दिया और पुतलीबाई की ओर बढ़ने लगा। इतने में कल्ला के आदमियों ने गोली बरसानी शुरू कर दी और सुलताना के आदमियों ने भी उसका जवाब देना शुरू कर दिया। पुतलीबाई के साथ जो डाकू थे वे भी अब गोलियां बरसा रहे थे। दोनों तरफ से कई डाकू मारे जा चुके थे, मगर कल्ला के गैंग की ओर से फायरिंग जोरदार थी।

पुतलीबाई कभी पेड़ों की आड़ लेती, कभी झाड़ियों में छिपती, कभी

घुटनों के बल घिसटती सुलताना के करीब जा रही थी। अब उसके और सुलताना के बीच कुछ गज की दूरी रह गई थी। बीच में कोई आड़ न थी। केवल एक सूखा नाला था, सूखे नाले से परे कुछ ऊंचे-नीचे टीले थे, जिनकी आड़ में विभिन्न जगहों में छिपे हुए सुलताना के आदमी गोलियां चला रहे थे, मगर कल्ला के गैंग की फायरिंग अच्छी थी। शायद उन्हें अच्छे शस्त्र कहीं से मिल गए थे।

पुतली ने एक फैसला किया। अभी तक वह घुटनों के बल झुकी बैठी थी। एकाएक वह सीधी हो गई और दौड़ती हुई सूखे नाले से गुजरने लगी। कल्ला ने फौरन गैंग की फायरिंग रोक दी। बोला, "कोई गोली मत चलाओ! सुलताना भी गोली नहीं चलाएगा, पुतली की जान बचाने के लिए यह मौका अच्छा रहेगा। जब दोनों ओर से गोलियां बन्द हों, हम भागकर सूखे नाले को पार करते हुए सुलताना के गैंग पर हमला कर देंगे। बहुत-से मारे जा चुके हैं। जो बाकी रह गए हैं उनका भी आज सफाया हो जाए, मगर खबरदार, पुतली पर गोली मत चलाना। अगर चलानी पड़े भी तो सिर्फ उसके टखनों पर।"

जोर का हल्ला बोलकर कल्याणसिंह के गैंग के डाकू भी पुतली के पीछे-पीछे निकल भागे। सुलताना ने इस डर से कि कहीं पुतली मारी न जाए, फायरिंग रोक दी थी, मगर अब दुश्मन करीब आ रहा था। सुलताना और कल्ला के गैंग में आमने-सामने मुकाबला होनेवाला था कि एकाएक उनके पीछे पुलिस ने गोलियां बरसानी शुरू कर दीं। पुलिसवाले एक मेहराब के रूप में गोली बरसाते, आड़ लेते और भागकर आगे बढ़ दूसरी आड़ लेकर दम लेते और इस तरह करीब आते जा रहे थे और दोनों डाकुओं के गैंग को मालूम न था कि पुलिस की नफरी कितनी है।

डाकुओं के गैंग में भगदड़ मच गई। कोई इधर भागने लगा, कोई उधर। जिधर जिसके सींग समाए, गायब होने की कोशिश करने लगा, मगर इस भगदड़ में पुतलीबाई ने भागकर सुलताना के हाथ पकड़ लिए। कल्ला और उसके साथी भी सुखा नाला पार कर चुके थे। सुलताना पुतलीबाई का हाथ पकड़कर इशारे से बोला, "इधर चलो। उस पार टीले के पीछे एक पेड़ से मैंने अपना घोड़ा बांध रखा है।" सुलताना और

पुतली भागने लगे।

वे दोनों मनमोहन के निशाने में थे। मनमोहन लिबलिबी दबानेवाला ही था कि पुतली को देखकर उसकी आंखों में धुंध छा गई। दूसरे क्षण उसने देखा कि सुलताना और पुतली मोड़ काटकर एक टीले के पीछे गायब होनेवाले ही हैं कि लोहारी ने एक छोटे से टीले के पीछे से उठकर सुलताना पर फायर किया और सुलताना जमीन पर गिरकर तड़पने लगा। पुतलीबाई नीचे झुक गई कि उसे पीछे से लोहारी और उसके पीछे से कल्ला दौड़ते हुए दिखाई दिए। कल्ला ने लोहारी को गोली का निशाना बनाना चाहा, मगर चूक गया, फिर एकाएक उसे जाना पड़ा कि उसका कारतूस भी चल चुका है। उसने अपनी राइफल के कुंदे से लोहारी पर वार किया।

लोहारी जमीन पर गिर पड़ा। कल्ला उसे पांव तले रौंदता हुआ पुतली के पीछे-पीछे मोड़ काटकर टीले के दूसरी ओर चला गया। उसने देखा कि पुतलीबाई सुलताना का घोड़ा खोलकर उसपर सवार हो रही है। कल्ला उचकर पुतली के पीछे घोड़े की पीठ पर आ रहा और पुतली के हाथ से लगाम छीनकर सरपट घोड़ा दौड़ाकर बीहड़ में गायब हो गया।

कुछ क्षणों में चारों ओर खामोशी छा गई। कुछ डाकू भाग गए थे। कुछ घायल अवस्था में पड़े कराह रहे थे। कुछ मर गए ये। मनमोहन-सिंह ने मरे हुए डाकुओं की लाशों को गिना। ग्यारह डाकू खत्म हुए थे। चार जख्मी हुए थे, उन्हें पुलिस ने हिरासत में ले लिया। मनमोहन अपने सहायकों की मदद से मुर्दा डाकुओं के चेहरे पहचानने की कोशिश कर रहा था और उनका नाम अपनी डायरी में लिखता जाता था। चलते-चलते वह सुलताना की लाश के करीब पहुंचा, जो रेत पर औंधा पड़ा था। उसकी पीठ पर लोहारी की गद्दारी का निशान था। खून बह-बहकर रेत में सूखता गया था।

मनमोहन ने धीरे से सुलताना की लाश को पलट दिया। सुलताना का चेहरा उसके सामने था। उसके तीखे आकारवाले चेहरे पर अब अचानक आश्चर्य की छाया कांप गई। मनमोहन ने उसका चेहरा उठाया,

गौर से देखा और फिर छोड़ दिया। सिर एक ओर को ढुलक गया। सुलताना मर चुका था। मनमोहन ने आदेश दिया, "सब लाशें पुलिस स्टेशन पर ले चलो।"

कल्याणसिंह ने एक हाथ पुतली की कमर में डालकर उसे कसकर बांध लिया था। दूसरे हाथ में घोड़े की लगाम थी। इस जाने-पहचाने बीहड़ में सैकड़ों शरण-स्थान उसे याद थे और पुतली को जुल देने की सैकड़ों पगडंडियां। कल्याणसिंह घोड़ा दौड़ाता अपने सारे दांव आजमाता अपने अड्डे पर तीसरे पहर पहुंच गया और पहुंचकर उसने पुतलीबाई को दो डाकुओं की हिरासत में रख दिया, फिर कमर खोलकर आराम करने लगा, क्योंकि उसे यकीन था, पुलिस अब उसके पीछे नहीं आएगी। वह घायलों को गिरफ्तार करेगी और लाशों को उठाकर पुलिस स्टेशन ले जाएगी और इस सारे काम में एक रात जरूर लग जाएगी। इसलिए आज की रात वह इस अड्डे पर सुरक्षित है। कल सवेरे ही यहां से चल देगा। किसी दूसरे शरण-स्थान की ओर।

पुतलीबाई को देखने के लिए डाकुओं की भीड़ जमा हो गई थी। तरह-तरह की बातें हो रही थीं, जो अब बढ़कर एक कड़वे विवाद का रूप धारण कर रही थीं। जब शोर ऊंचा हुआ तो कल्याणसिंह अपनी जगह से उठकर डाकुओं के बीच जाकर पूछने लगा, "क्या बात है? किस बात पर झगड़ा हो रहा है?"

"हम पूछते हैं, इस औरत का क्या होगा?" एक डाकू ने पूछा।

"पुतलीबाई का?" कल्याणसिंह बोला।

"हां"

"इसको हम अपनी टोली में शामिल कर लेंगे।" कल्याणसिंह ने जवाब दिया।

शमरा बोला, "नहीं, हम पुतलीबाई को अपनी टोली में नहीं रखेंगे।"

बख्तावर बोला, "यह बड़ी मनहूस औरत है।"

मांगरू ने कहा, "जहां जाती है, आफत आती है।"

"यह जनम-जली मंगलीक।" सूरजभान डाकू बोला। वह जन्म का ब्राह्मण था और ज्योतिष-विद्या में थोड़ा-सा ज्ञान रखता था, "मैंने मुरैना में सुना है कि जिस दिन यह पैदा हुई थी उसके तीसरे दिन इसकी दादी मर गई। चौथे दिन मामा मर गया, और···" पुतलीबाई ने बात काट-कर कहा, "सातवें दिन मेरा बड़ा भाई मर गया। यह बिलकुल ठीक है।"

"तू चुप रह।" कल्याणसिंह गरजकर बोला।

पांचवां डाकू बोला, "यह जब जवान हुई, तो जिस जमींदार के घर इसका पहला मुजरा हुआ, उसका दसवें दिन कत्ल हो गया। सुलतानसिंह इसको उठाकर लाया, तो वह भी खत्म हो गया।"

बख्तावर बोला, "मालिक, यह बड़ी मनहूस औरत है। हमारे टोले में रखोगे तो हम भी खत्म हो जाएंगे।"

कल्याणसिंह ने मुस्कराकर सूरजभान की ओर देखा। बोला, "क्यों वे पंडित, मनहूस औरत की क्या निशानी होती है?"

सूरजभान ने कहा, "मनहूस औरत के बायें हाथ में अंगूठे पर काला तिल होता है। ऐसा मेरा बापू कहता था। मेरा बापू बहुत बड़ा ज्योतिषी था।" पुतली अपने बायें हाथ के अंगूठे को देखकर बोली, "यह तो सचमुच मेरे बायें हाथ के अंगूठे पर काला तिल है।"

"इसको अभी खत्म कर दो।" गेसू डाकू आगे बढ़कर कहने लगा। कल्याणसिंह ने उसके जबड़े पर एक मुक्का दिया। वह धम से जमीन पर गिर पड़ा। कल्याणसिंह ने उसे बालों से पकड़कर उठा लिया और बोला, "अबे गेसू, हमीर टोले के उस्ताद! तेरे बायें हाथ के अंगूठे पर भी तिल है, तो क्या तुझे भी गोली मार दूं? क्यों सूरजभान, देख, इसके बायें अंगूठे पर काला तिल है कि नहीं?"

सूरजभान देखकर बोला, "हां, है तो सही।"

"तो बोल गेसू, तुझे भी पुतलीबाई के साथ गोली मार दूं?"

गेसू कांपकर कहने लगा, "ना···ना···मालिक, मैं तो तेरा गुलाम हूं। तू चाहे तो मेरी चमड़ी के जूते बना सकता है।"

कल्याणसिंह बेधड़क बोला, "जूते क्यों गेसू, अरे तेरी चमड़ी से तो पूरा सूटकेस बन सकता है।" कुछ डाकू हंसने लगे।

मगर बक्तावर बोला, "यह मजाक की बात नहीं है मालिक। हम कहे देते हैं साफ-साफ। यह मनहूस पुतलीबाई हमारे गैंग में नहीं रहेगी।"

"बख्तावर!" कल्याणसिंह गुस्से से चिल्लाया।

एकाएक शमरा और बख्तावर दोनों बोल पड़े, "हां, मालिक, या यह रहेगी या हम रहेंगे।"

कल्याणसिंह ने घूरकर दोनों की ओर देखा। देर तक उन लोगों को घूरता रहा। चारों ओर एक दुखदायक खामोशी छा गई थी। कल्याण-सिंह ने बड़े कोमल स्वर में, जिसके भीतर लोहे की धार छिपी हुई थी, धीरे से कहा, "जिसको जाना है, अभी हथियार छोड़कर जा सकता है और अपनी जान सलामत लेकर जा सकता है। उससे हम कुछ नहीं कहेंगे, मगर पुतलीबाई इसी टोले में रहेगी और इज्जत से रहेगी।"

इतना कहकर कल्याणसिंह ने पुतलीबाई को उठाकर अपने साथ खड़ा कर लिया। बख्तावर और शमरा ने कल्याणसिंह का कड़ा इरादा देखकर और यह देखकर कि दूसरे डाकू उनका साथ नहीं दे रहे हैं, अपना लहजा बदल दिया और बड़ी नम्रता से बोले, "हमसे भूल हुई मालिक, जाने दो। माफ कर दो।"

कल्याणसिंह ने गेसू की ओर देखकर कहा, "अरे गेसू, करीब के किसी गांव से किसी नाइन को उठा ला और उसे बोल कि आज रात मेरी पुतली को दुल्हन की तरह सजा दे।"

जब नाइन ने पुतलीबाई को दुल्हन की तरह सजा दिया, उस समय भी वह कुछ नहीं बोली। उसे ऐसा लगा, जैसे नाइन किसी लाश को सजा रही हो। जब उसके सामने शराब पीने के लिए लाई गई, उसने वह भी बिना किसी झिझक के पी ली। जब रात गए नाइन उसे अपनी जगह से उठाकर कल्याणसिंह की खोह की ओर ले जाने लगी, उस समय भी उसने कोई विघ्न नहीं किया। वह खामोशी से नाइन के साथ चली गई। खोह के करीब जाकर नाइन ने उसे अन्दर धकेल दिया और खुद वापस चली गई।

अन्दर जाकर पुतलीबाई खोह की दीवार से लगकर खड़ी हो गई।

एक कोने में लालटेन जल रही थी। पास में कल्याणसिंह खूब शराब पी रहा था। उसका चेहरा आंगारे की तरह लाल हो रहा था।

पुतलीबाई को देखकर वह अपनी जगह से उठा और दीवार से लगी पुतलीबाई के करीब जाकर, बहुत करीब जाकर बोला, "जानती है, आज तेरी सुहागरात है!"

पुतली बोली, "औरत की जिन्दगी में सुहागरात एक ही दफा आती है।" कल्याणसिंह ने उसकी बांह जोर से पकड़ ली और पुतलीबाई अपने-आप को छुड़ाने की कोशिश में असफल रहकर गुस्से से उसकी बांह चबाने लगी।

कल्याणसिंह हंसकर बड़ी कठोरता से बोला, "और काट···और काट! और काट! मुझे मीठी औरत बिलकुल अच्छी नहीं लगती, मुझे तेरे जैसी औरत अच्छी लगती है। कड़वी और करारी, जैसे नीम की निमौली। ले और काट!" अकस्मात् पुतली हांफकर उसके कदमों में गिर गई। भर्राई हुई आवाज में बोली, "मुझपर रहम करो। मेरे पेट में उसका बच्चा है।"

कल्याणसिंह गरजकर बोला, "उसका बच्चा! नहीं, नहीं, मेरे दुश्मन का बच्चा, हरगिज नहीं।"

पुतलीबाई ने हाथ उठाकर कहा, "ऊपरवाले को साक्षी करके कहती हूं, मेरे पेट में उसका बच्चा है।"

"यह झूठ है। यह झूठ है। पुतली कह दे यह झूठ है, वरना इस तलवार से तेरा सिर उड़ा दूंगा।"

पुतलीबाई बोली, "चाहे सिर उड़ा दे, चाहे गोली मार दे, मगर यह सच है।" कल्याणसिंह ने उसे धक्का देकर परे फेंक दिया। पुतली सूखी घास के फर्श पर जा गिरी और सिसकने लगी।

कल्याणसिंह ने दीवार पर टंगी हुई एक तलवार खींच ली और उसे अपने और सिसकती हुई पुतली के बीच रखते हुए बोला, "यह मेरे पुरखों की तलवार है। आज से यह तलवार हर रात को मेरे और तेरे बीच रहेगी। जब तक तेरा बच्चा एक साल का नहीं हो जाएगा, मैं तुझे हाथ नहीं लगाऊंगा। यह डाकू कल्याणसिंह का नहीं ठाकुर कल्याणसिंह का फैसला है।"

चार

दूसरे दिन सवेरे उठकर पुतली सुलताना के घोड़े पर जीन और काठी कसने लगी। कल्याणसिंह ने पूछा, "कहां जा रही है?"

पुतली ने कोई जवाब न दिया। उसने जीन-काठी कस दी और उचककर घोड़े पर सवार हो गई। कल्याणसिंह आश्चर्य से उसकी ओर 'देखने लगा, फिर बोला, "कहां?"

पुतली ने घोड़े की लगाम हाथ में लेकर कहा, "आज शायद उसे जला देंगे। आखिरी बार उसे देखकर आ जाऊंगी।"

"जाने में खतरा है।"

"मैं तो जाऊंगी, चाहे जान भी क्यों न चली जाए।"

कल्ला ने दांतों तले अपना निचला होंठ दबाया और फिर एक लम्बी सांस खींचकर बोला, "क्या मुझसे भागकर जा रही हो?"

"नहीं।" पुतली ने बड़ी मजबूरी से सिर हिलाकर कहा, "अगर बचकर आ गई, तो सीधी यहीं आ जाऊंगी। यह मेरा वचन है। एक वचन तुमने दिया था, एक वचन मैं देती हूं।"

"तो जाओ।''पुतली सरपट घोड़ा भगाकर जाने लगी। जब तक वह नजरों में रही, कल्ला उसे देखता रहा, फिर जो पलटा तो उसने बख्तावर को अपने सामने पाया।

"पुतली चली गई?" बख्तावर ने पूछा।

"जाने दो साली को।" कल्याणसिंह उकताकर बोला, "साली के पेट में मेरे दुश्मन का बच्चा है।"।

"तो गोली मार दी होती मालिक, उसे जाने क्यों दिया? क्या ठीक है, वह पुलिस से मिल जाए।"

"उसका इलाज मेरे पास है।" कल्याणसिंह बोला। कुछ मिनटों के बाद हम लोग यहां से चल देंगे, पुतली के पीछे-पीछे। देखेंगे क्या करती है, कहां जाती है।"

मगर पुतली हर खतरे से बेखबर एक जंगली घाटी पर अपना घोड़ा

बढ़ाए चली जा रही थी। चलते-चलते उसने एक जगह अपना घोड़ा रोक दिया, फिर घोड़े से नीचे उतरकर देखने लगी।

घाटी की ढलानों पर जंगल छितरे होते जाते थे। नीचे एक पक्की सड़क थी। सड़क के किनारे जरा दूरी पर दरिया के निकट पुलिस की बैरकें थीं। चिताओं से धुआं उठ रहा था। पुतलीबाई एकदम चौंक गई। एक गड़रिया बिना शब्द उत्पन्न किए कदमों से उसके पास आ गया था। उसका भेड़-बकरियों का रेवड़ पीछे फैला हुआ था। पुतलीबाई कुछ सोचने में इतनी मग्न थी कि न उसने गड़रिये के कदमों की चाप सुनी, न भेड़-बकरियों की आवाज।

गड़रिये ने करीब आकर कहा, 'वे लोग दरिया के किनारे डाकुओं की लाशें जला रहे हैं।" पुतली ने चौंककर उसकी तरफ देखा। गठे हुए शरीर का बलवान् गड़रिया था। पुतली चुप रही।

गड़रिया बोला, "बहुत-से वारिस अपने रिश्तेदारों की लाशें पहचानकर ले गए। जिनके लिए कोई रिश्तेदार नहीं आया, उनकी लाशें पुलिसवाले दरिया के किनारे जला रहे हैं।"

"सुलताना की भी?" पुतली के मुंह से निकला।

"नहीं, उसकी लाश नहीं जलाई गई। सुपरिण्टेण्डेण्ट पुलिस ने आदेश दिया है कि आज का दिन और देख लो, शायद कोई उसका रिश्तेदार आ जाए।" गड़रिये ने बड़ी गहरी नजर से देखा।

पुतली के सीने से एक आह निकली, वह पलटकर घोड़े पर सवार हो गई। उसने अपना घोड़ा नीचे घाटी की तरफ बढ़ा दिया, जहां पुलिस की बैरकें थीं, जहां एक पक्की सड़क बलखाती हुई जंगलों और घाटियों में से गुजरती जाती थी। गड़रिया अपने रेवड़ को हांकने लगा। उसके चेहरे पर विचित्र-सी मुस्कराहट थी।

अभी धूप पूरी तरह खिली नहीं थी कि मनमोहनसिंह ने आके डिप्टी सुपरिण्टेण्डेण्ट इकबाल नारायण से पूछा, "सुलतानसिंह की लाश को क्लेम करने के लिए उसके रिश्तेदार माए?"

"कोई नहीं।" डिप्टी सुपरिण्टेण्डेण्ड पुलिस ने इन्कार में सिर

हिलाया।

"मेरे ख्याल में कोई आएगा भी नहीं।" सब-इन्स्पेक्टर हनुमन्तसिंह कहने लगा, "अब तो लाश को दरिया के किनारे ले जाकर जला देना चाहिए।" मनमोहनसिंह ने दरवाजे पर खड़े होकर घाटी की ओर फील्ड ग्लास घुमाते हुए कहा, "मुझे लगता है, जैसे कोई आएगा। जरूर आएगा, मेरा दिल कहता है। कोई उसकी लाश क्लेम करने जरूर आएगा।" फिर उसने फील्ड ग्लास आंखों से हटाते हुए बड़ी धीमी आवाज में कहा, "कोई आ रहा है।"

पुतलीबाई घोड़ा दौड़ाते हुए घाटी से पक्की सड़क और पक्की सड़क से कच्ची बैरकों की ओर चली आ रही थी, सीधी पुलिस स्टेशन की ओर, इकबाल नारायण ने फील्ड ग्लास मनोमोहनसिंह के हाथ से लेकर उधर देखते हुए कहा, "यह तो···यह तो···पुतलीबाई है।" पुतलीबाई! पुतलीबाई! यह नाम एक से दूसरे पुलिसवाले के पास जा पहुंचा।

असंख्य कान्स्टेबल अपनी-अपनी बैरकों से निकल आए और पुतलीबाई की ओर देखने लगे, जो घोड़ा दौड़ाए सीधे पुलिस स्टेशन की ओर आ रही थी। उसके बाल हवा में उड़ रहे थे।

मनमोहनसिंह दरवाजे से मुड़कर जब अपने आफिस की तरफ जाने लगा, तो इकबाल नारायण से कहने लगा, "पुतलीबाई आ जाए तो हिरासत में लेकर मेरे सामने पेश करो।"।

पुतलीबाई ने पुलिस स्टेशन की दहलीज पर आकर एकाएक अपना घोड़ा रोका और घोड़े से उतरकर इकबाल नारायण से बोली, "मैं सुलतानसिंह की लाश लेने आई हूं।" इकबाल नारायण ने उसकी तलाशी ली और रिवाल्वर कब्जे में किया, फिर उसे मनमोहनसिंह के आफिस के बाहर ले जाकर बोला, "सुपरिण्टेण्डेण्ट साहब अन्दर बैठे हैं, उनसे जाकर कहो जो कुछ तुम्हें कहना है।"

पुतलीबाई चिक उठाकर अन्दर गई। अन्दर आते ही भौंचक्की-सी रह गई। उसके मुंह से निकला, "मनमोहन!"

मनमोहन संजीदा और गम्भीर अपनी मेज के सामने खड़ा था। उसने धीरे से कहा, "मेरा ख्याल था, तुम आओगी।"

"तुम्हारा ख्याल गलत है। मैं तुम्हारे लिए नहीं आई हूं।" पुतली बड़े कड़वे स्वर में बोली, "मैं सुलतानसिंह की लाश लेने आई हूं।"

"क्या वह···'वह तुम्हारा कोई रिश्तेदार था?" मनमोहनसिंह के होंठ कांपे।

"वह मेरा पति था।" पुतलीबाई ने गहरे स्वर में कहा।

मनमोहनसिंह ने पुतलीबाई की तरफ देखा, मगर पुतलीबाई ने आंखें नहीं मिलाई।

मनमोहनसिंह ने मेज पर खोला एक रजिस्टर उसके आगे बढ़ाकर कहा, "यहां पर दस्तखत कर दो और लाश ले जाओ।"

घाट पर सुलतानसिंह की चिता जल रही थी। डूबते हुए सूरज की लालिमा ने दरिया के पानी को गुलनार कर दिया था। शोलों की प्रतिच्छाया पुतलीबाई के चेहरे पर कांप रही थी। वह चिता से जरा दूर खड़ी थी। उसकी निगाहें दरियाई लहरों में गुम होती जा रही थीं। कुछ दूरी पर मनमोहन सिंह अपने पुलिस के आदमियों को लिए चुपचाप खड़ा था।

पंडित बोला, :'पुतलीबाई, अब तुम जा सकती हो।"

पुतलीबाई का सिर झुक गया। वह धीरे से मुड़ी और चलती हुई पुलिसवालों के ग्रुप के पास आई। सामने मनमोहनसिंह हथकड़ी लिए खड़ा था।

पुतली ने अपने दोनों हाथ आगे कर दिए और एक उदास मुस्कराहट से बोली, "क्या ये शादी के कंगन हैं?"

मनमोहनसिंह ने कुछ कहे बिना उसके दोनों हाथों में हथकड़ी पहना दी, और उसे पुलिस की जीप की तरफ ले गया।

पुतली को पक्की हवालात में बन्द किया गया था, जिसमें केवल एक दरवाजा था और एक खिड़की और चारों ओर पुलिस का पहरा था। हथियारों से लैस सिपाहियों का पहरा। रोशनदान और खिड़कियों में बड़ी-बड़ी लोहे की सलाखें थीं।

आज पुलिस के लोग बहुत खुश थे। एक समय के बाद उन्हें यह शानदार सफलता नसीब हुई थी। न सिर्फ सुलताना का गैंग टूटा, बल्कि उस गैंग का सरदार भी मारा गया था। कल्याणसिंह के गैंग के कुछ डाकू भी मारे गए थे। अब पुतलीबाई भी गिरफ्तार हो चुकी थी और इस

समय पुलिस की हिरासत में थी।

पुतली ने दरवाजे से मुंह फेर लिया था, और अब लकड़ी के एक बैंच पर बैठी सामने की दीवार को ताक रही थी। तरह-तरह के विचार उसके मन में उठ रहे थे, "अगर वह यहां न आती, तो आजाद होती। आकर उसने क्या प्राप्त किया, मुर्दे को तो पुलिसवाले भी जला सकते थे। सुलताना ने उसके साथ क्या भला व्यवहार किया था? वही तो उसे इस स्थिति में पहुंचाने का जिम्मेदार है। वह उस आदमी का अन्तिम बार चेहरा देखने को क्यों उतावली हुई? क्यों उसके लिए उसने अपनी जिन्दगी को खतरे में डाल दिया था?' सुलताना का तीखे आकारवाला चेहरा उसके सामने घूमने लगा। वह वास्तव में उसे प्यार नहीं करती थी, लेकिन पहली गलती के बाद जिस तरह पुतलीबाई से अपनी मुहब्बत और सहानुभूति जताई, क्या उसका कर्तव्य यह नहीं था कि वह उसके मरने के बाद आखिरी क्रिया-करम पूरा करती? आखिर तो वह तन्नो का बाप था। बहुत-बहुत सोचने के बाद उसने फैसला किया कि अगर वह आज यहां न आती, तो उम्र-भर के लिए अपनी नजरों में गिर जाती। अब जो हो सो हो। आखिर चलते वक्त उसने भी सब सोच लिया था। उसे मालूम था कि पुलिसवाले उसे फूल तो पहनाएंगे नहीं।

वह इसी उधेड़बुन में लगी हुई थी कि हवालात का दरवाजा धीरे से खुला, फिर एक जोरदार आवाज से बन्द हो गया। जोरदार आवाज सुनकर वह चौंकी। उसके सामने मनमोहनसिंह खड़ा था। पुतली उसके दुख-भरे चेहरे को देखकर विचित्र-सा अनुभव करने लगी। उसने मुंह फेरकर दीवार की ओर कर लिया।

"मैं तुमसे कुछ बातें करने आया हूं।" पुतली चुप रही। "क्या मैं इस बेंच पर बैठ सकता हूं?" पुतली चुप रही।

मनमोहनसिंह ने कहा, "दीवार से बातें करने के अवसर तुम्हें आनेवाली जिन्दगी में बहुत बार मिलेंगे, लेकिन अपना भला चाहती हो, तो एक बात मेरी भी सुन लो।"

"मेरा भला तो वह ऊपरवाला भी नहीं कर सकता अब," वह बड़े कड़वेपन से बोला, "तुम क्या करोगे?"

मनमोहनसिंह ने कहा, "अगर तुम मेरी मदद करो।"

'तुम्हारी मदद?" पुतली मुड़कर बोली।

"मेरा मतलब पुलिस की मदद।"

"वह किस तरह?"

"अगर तुम हमें सुलतानसिंह के गैंग के सब आदमियों के नाम बता दो। उनके अड्डे, चेहरे-मोहरे, पहचान के तरीके। इसी तरह कल्याण-सिंह के अड्डे और उसके साथियों के नाम और निशान, अता-पता सब कुछ तुम जो जानती हो, हमें बता दो, तुम्हें यकीन दिलाता हूं, मैं तुम्हें सरकारी गवाह बना लूंगा और फांसी के फन्दे से छुड़ा लगा।"

"मैं तुम्हें कुछ नहीं बता सकती।"

"देखो पुतली, क्या तुम्हें अपनी बेटी तन्नो का भी ख्याल नहीं?"

"तन्नो पल जाएगी। रंड़ियों को बेटी पैदा होने पर जितनी खुशी होती है, उतनी बेटा पैदा होने पर नहीं होती।"

"ठीक है, वह पल जाएगी, लेकिन उसे इस तरह की जिन्दगी नहीं मिलेगी, जिस तरह की जिन्दगी तुमने उसके लिए चाही है।"

"जिस तरह की जिन्दगी मैंने अपने लिए चाही थी, वह मुझे कहां मिली?"

मनमोहनसिह के होंठ भिंच गए। ललाट पर सिकुड़नें उभर आईं। गला सूखने-सा लगा, बड़ी मुश्किल से उसके होंठों से निकला, "तुम्हें मालूम है, मैंने अब तक शादी क्यों नहीं की?"

"मुझे तुम्हारी निजी जिन्दगी से कोई दिलचस्पी नहीं, सुपरिण्टेण्डेण्ट साहब!" पुतली ने बड़े कड़वे स्वर में कहा, लेकिन उसने अनुभव किया, अगर बातचीत इस ओर चल निकली, तो वह रो पड़ेगी। "मैं तुम्हारी जिन्दगी बचा लेना चाहता हूं।"

"और मुझे अपना फर्ज अदा करना है।"

"डाकुओं के लिए फर्ज कैसा? कातिलों के लिए तुम्हारे दिल में नमी क्यों?"

"तुम्हारा काबुलसिंह इन डाकुओं से हजार गुना बुरा था। जो सुलताना ने पहली बार मुझसे व्यवहार किया, उससे कहीं बढ़कर निर्ल-ज्जता से दुर्व्यवहार, काबुलसिंह ने मुझसे किया। अगर आज भी काबुल-सिंह जिन्दा हो जाए, तो में फिर उसे गोली मार दूं। रह गई डाकुओं की बात, तो सुलतानसिंह के गैंग में सिवाय एक के, मुझसे किसी ने दुर्व्य-वहार नहीं किया, न ही कल्याणसिंह ने मेरी इज्जत खराब की। जो मैं चाहती थी, वह न हो सका।"

"जो तुम चाहती थीं, वह अब भी हो सकता है, अगर···"

"अब कोई अगर-मगर नहीं सुपरिटेण्डेण्ट साहब।"

"तुम मेरा नाम तो जानती हो?" मनमोहनसिंह उसके स्वर की

काड़वाहट सहन न कर सका।

"जिस जीभ से मैं तुम्हारा नाम लेती थी, उसे दूसरों ने जूठा कर दिया।" पुतली की आवाज भर्रा गई।

"पुतली···पुतली!" मनमोहन हाथ मलते हुए बोला।

पुतली ने दीवार की ओर मुंह कर लिया। कुछ देर तक मनमोहन उसके करीब खड़ा रहा, जब पुतली की खामोशी न टूटी, तो वह हारे हुए कदमों से बाहर लौट आया और पुलिस के हवलदार से बोला, "गेंदा सिंह, गार्ड डबल कर दो, आज रात बहुत होशियारी की जरूरत है, सुबह-सवेरे हम लोग पुतली को शहर की सेण्ट्रल जेल में दाखिल कराने जाएंगे।"

मनमोहन सिंह के जाने के बाद पुतली दीवार से लगकर ऐसा रोई, ऐसा रोई कि लगता था, आंसूओं की यह झड़ी कभी बन्द न होंगी। जो कुछ वह मनमोहन से कहना चाहती थी वह सब उसने रो-रोकर पत्थर की दीवार से कह दिया।

मनमोहन सिंह ने रात को ही वायरलेस से बातचीत कर ली थी। दूसरे दिन पौ फटते ही तीन जीपें लदकर शहर की ओर रवाना हुईं। अगली जीप में पुलिस के सिपाही थे और सबसे आखिरी वाली जीप में भी। बीच वाली जीप में मनमोहन सिंह, सब-इस्पेक्टर हनुमन्तसिंह और पुतली-बाई बैठे थे। काफिला शहर की ओर जा रहा था और पक्की सड़क एक स्लेटी फीने की तरह पहाड़ियों की घाटियों में खुलती हुई, मोड़ खाती हुई चली जा रही थी।

मनमोहन सिंह की जीप में सब खामोश थे। पुतलीबाई भी चुप थी। हथकड़ियों से बंधे हाथ अपनी रानों पर रखे जीप के कोने में बैठी पथ-रीली निगाहों से वह बाहर देख रही थी। ठाकुर हनुमन्तसिंह सिगार पी रहा था। उसके एक हाथ में सिगार था, दूसरे हाथ से वह अपनी कमर की पेटी से बंधे रिवाल्वर को थपथपा देता था।

रास्ता फीते की तरह खुलता जा रहा था। चिनारों के पेड़ पुतली की नजरों से पीछे को भागते चले जा रहे थे। दस मिनट गुजर गए··· बीस मिनट गुजर गए···आधा घण्टा गुजर गया। मनमोहनसिंह बार-बार घड़ी की ओर देख रहा था। जितनी जल्दी वह इस पहाड़ी इलाके से गुजर जाए अच्छा है।

एकाएक मोड़ पर आगे की जीप जोर की ब्रेक लगाकर रुक गई।

सम्भव था कि पीछे से आनेवाली मनमोहन सिंह की जीप अगली जीप से टकरा जाती, मगर ड्राइवर ने सावधानी से काम लिया। पहली जीप से कुछ गज की दूरी पर अपनी जीप को रोक दिया। पीछे वाली जीप रुक गई थी।

मनमोहनसिंह ने ऊबकर और बेचैन होकर जीप के बाहर सिर निकालकर देखा। वह अगली जीप के ड्राइवर से पूछना चाहता था कि उसने गाड़ी क्यों रोकी कि इतने में उसे मोड़ पर से भेड़ों-बकरियों का एक लम्बा और घना रेवड़ आता दिखाई दिया। बहुत बड़ा रेवड़ था, मोड़ काटकर चला आ रहा था। सैकड़ों भेड़ और बकरियां मिमियाती-चिल्लाती चली आ रही थीं। कुछ क्षणों में वे सब तीनों जीपों के चारों ओर बिखर गई। रेवड़ इतना बड़ा था कि जीपों के लिए आगे बढ़ने को एक इंच जगह भी न थी।

मनमोहनसिंह ने बाहर नजर दौड़ाई। घाटी के उपर घना जंगल था जो सड़क तक चला आया था। नीचे गहरी खाई थी, जहां से बीहड़ के रेतीले टीले और झाड़ियां दिखाई दे रही थीं। इतने में रेवड़ का गड़रिया हाथ में लाठी लिए और गोद में एक मेमने को उठाए मोड़ से प्रकट हुआ। मनमोहनसिंह ने चिल्लाकर कहा, "रेवड़ हटाओ जल्दी, देखेते नहीं हो, सारा रास्ता रोक लिया है।"

"हुश्श···हां···बा···हाँ···।" गड़रिया लाठी हिलाते हुए भेंड़ बकरियों को हटाने की कोशिश करने लगा, मगर रेवड़ इस कदर बड़ा और घना था कि उसकी सारी कोशिश बेकार जा रही थी। गड़रिये ने जीप के करीब आकर झांका, उसने बड़ी नम्रता से कहा, "साहब, इस नन्हे मेमने की वजह से मेरे दोनों हाथ रुके हुए हैं। इसे जमीन पर भी नहीं छोड़ सकता। भीड़ में कुचल जाएगा। अगर आप इसे दो मिनट गोद में ले लें···" गड़रिये ने नम्र स्वर में ठाकुर हनुमन्तसिंह से कहा।

ठाकुर हनुमन्तसिंह ने सोचा, इस वक्त और कोई रास्ता भी नहीं है, वरना सम्भव है, पूरे रेवड़ को गुजरने में दस-पन्द्रह मिनट लग जाएं। उसने मेमना अपनी गोद में ले लिया। गड़रिये ने घूरकर पुतलीबाई की ओर देखा, पुतलीबाई ने उसकी ओर। एकाएक पुतलीबाई ने उसे पहचान लिया। यह वही गड़रिया था, जो कल उसे पुलिस स्टेशन की घाटी के ऊपर मिला था।

इसके पहले कि मनमोहनसिंह सोच सके कि क्या हुआ, गड़रिये ने एक मटके से पुतलीबाई को जीप की सीट से खींचकर भेड़-बकरियों में गिरा

दिया! पुतलीबाई भेड़-बकरियों की आड़ लेती हुई जंगल की तरफ भागने लगी।

ठाकुर हनुमन्तसिंह ने अपनी गोद के मेमने को जीप से बाहर फेंककर रिवाल्वर निकाला, मगर अब इन कुछ क्षणों की देरी में पुतलीबाई और गड़रिया भेड़-बकरियों की घनी भीड़ में घुसकर घुटनों के बल सड़क पर लेटे हुए घिसट रहे थे। मनमोहनसिंह और ठाकुर हनुमन्तसिंह रिवाल्वर निकालकर चिल्लाने लगे, जिससे भेड़-बकरियों में और भी डर और भय फैल गया और वे सब इधर-उधर विभिन्न दिशाओं में भागने-दौड़ने और एक-दूसरे से टकराने लगीं।

एकाएक एक तरफ ऊपर के जंगल में और दूसरी तरफ नीचे की खाइयों में छिपे हुए डाकुओं की ओर से गोलियों की बौछार पड़ने लगी। एक गोली मनमोहन सिंह के कंधे को छीलते हुए निकल गई। मनमोहनसिंह दर्द से कराह उठा।

उसने चिल्लाकर आदेश दिया, "जीप आगे बढ़ाओ और फायर करते जाओ। रेवड़ से बाहर निकलो।"

बहुत-सी भेड़-बकरियां जीपों के नीचे आकर कुचल गईं, मगर तीनों जीपों ने तेजी से मोड़ काट लिया। अगले मोड़ पर ही उन्हें सैकड़ों भेड़ें आती मिलीं। उन सबको रौंदती आगे बढ़ती जब तीनों जीपें निकलीं तो मनमोहन ने जीपें रोककर सब सिपाहियों को बाहर निकाला, वापस हो डाकुओं पर हमला बोलने का आदेश दिया। पुलिस की एक टुकड़ी अर्धगोलाकार होकर ऊपर के जंगल की तरफ बढ़ी, दूसरी नीचे खाई में कूद गई।

मगर अब बहुत देर हो चुकी थी। पुतलीबाई घिसटते-घिसटते जंगल में पहुंच चुकी थी। कल्ला ने उठाकर उसे अपने घोड़े की पीठ पर रख लिया। पुतली के दोनों हाथ अभी तक हथकड़ियों में जकड़े हुए थे। पुतली को पाकर कल्ला ने अपने साथियों को भाग जाने का आदेश दिया। दूसरे क्षण में बीहड़ खाली था और ऊपर के जंगल में भी केवल बेबस रेवड़ आतुर होकर सड़क पर दौड़ रहा था। गड़रिया, जो एक डाकू ही था, कल्याणसिंह के गैंग के साथ फरार हो चुका था।

मनमोहनसिंह के कंधे से बहुत खून जा रहा था। ठाकुर हनुमन्तसिंह ने मनमोहन के मना करने पर भी एक जीप में सुपरिण्टेण्डेण्ट पुलिस के साथ मनमोहनसिंह को शहर रवाना कर दिया। पुलिस का दस्ता घण्टों डाकुओं का पीछा करता रहा, मगर उन्हें कहीं भी उनका चिह्न तक नहीं मिला।

तीसरे पहर ठाकुर हनुमन्तसिंह ने दस्ते को वापस बीहड़ के पुलिस स्टेशन की ओर जाने का आदेश दिया।

आधी रात! कल्याणसिंह अपनी गुफा में गहरी नींद सो रहा था। उसके निकट पुतली सो रही थी। बीच में कल्याणसिंह की तलवार थी।

पुतली सो नहीं जाग रही थी। आंखें बन्द करके सोने की कोशिश करती, तो कल और आज दिन-भर के दृश्य उसकी आंखों के सामने घूमने लगते–लोहारी की गद्दारी···सुलतानसिंह का आश्चर्य में डूबा मुर्दा चेहरा···दरिया के किनारे जलती चिता···मनमोहनसिंह के चेहरे का दर्द और दुख···कल्याणसिंह की जीदारी और बहादुरी···आज कल्याणसिंह ने पुतली के लिए सब कुछ दांव पर लगा दिया था और इस समय भी··· हमेशा की तरह तलवार बीच में रखकर सो रहा था।

एकाएक पुतली अपनी जगह से उठी। उसने तलवार उठाकर जोर से परे फेंक दी और जाकर कल्याणसिंह से लिपट गई। कल्याणसिंह कुछ तो तलवार के दीवार से टकराने से जागा और कुछ पुतली की रेशमी बांहों के स्पर्श से। जब उसने आंखें खोलों, तो देखा कि पुतली उससे चिपटकर रो रही है।

"क्या हुआ?" कल्याणसिंह ने आश्चर्य से पूछा, "तुम्हें तो तलवार के उस तरफ होना चाहिए था।"

"मैंने तुमसे झूठ बोला।" पुतली उसकी कड़ी भुजाओं में मुंह छुपाकर सिसकते हुए बोली, "मेरे पेट में बच्चा नहीं है। उससे एक लड़की थी तन्नो, चार साल की, उसे मैं अपनी मां के पास छोड़ आई।"

"फिर?" कल्याणसिंह ने आंखें मलते हुए पूछा।

'आज मैं तुम्हारी हूं···बिलकुल तुम्हारी।"

कल्याणसिंह का बढ़ा खुरदारा हाथ पुतली के नर्म गालों पर घूमने लगा। पुतली बोली, "जो मुझे सुलताना चार सालों में नहीं बना सका, मैं वह बनना चाहती हूं।"

"क्या?"

"एक डाकू। सचमुच की डाकू। तुम मुझे ब्रेनगन, स्टेनगन, मशीनगन, पिस्तौल, सब कुछ चलाना सिखा दो। सिखा दोगे न?"

"हां-हां, सिखा दूंगा।" कल्याणसिंह की उंगलियां पुतली के पतले होंठों को छूने लगीं, "मगर क्या करोगी?"

"मैं लोहारी की जान लूंगी।"

"क्योंकि उसने···" कल्याणसिंह ने वाक्य अधूरा ही रहने दिाय। उसकी उंगलियां पुतलीबाई की गर्दन के घुमाव पर फिरने लगीं।

"हां, क्योंकि उसने···" पुतली ने जवाब दिया। उसने कल्याणसिंह की सांसें अपने चेहरे के बिलकुल करीब अनुभव कीं। पहले वह खुद उसकी बांहों से लिपटी थी, अब कल्याणसिंह ने खुद उसे अपनी बांहों में ले लिया था।

"तुम्हें सुलताना से इतनी मुहब्बत थी?"

"मेरी जिन्दगी में मुहब्बत आई नहीं।"पुतली ने भावनाओं के खाली स्वर में कहा, "लेकिन मैं तुम्हारी गुलाम बनकर रहूंगी···अगर तुम मुझे डाकू बना दो तो···"

"तुम सबसे बहादुर बनोगी···चम्बल की रानी।"

कल्याणसिंह ने जोर से पुतली को अपने सीने से लगा लिया, फिर उसके होंठ पुतली के होंठों में घुल गए। पुतली सिसकने लगी। मनमोहन सिंह के होंठ उसके होंठों पर थे। नहीं, यह तो कल्याणसिंह के वहशी, खुरदरे होंठ थे। नहीं, यह तो मनमोहन के मीठे होंठ थे। उसने जोर से अपनी आंखें बन्द कर दी और अपने-आप को मनमोहन के हवाले कर दिया।

बाद में देर तक मनमोहन के चेहरे को अपने ख्यालों में लिए उससे प्यार करती रही, मगर वह इस भावना से अलग न हो सकी कि इस मिलन का मजा कड़वा था और मीठा भी। कभी तो वह मनमोहन की स्नेह-भरी आंखें अपने चेहरे पर झुकी देखती, कभी कल्याणसिंह की धौंकनी की तरह चलनेवाली जंगली सांसों का अपने गालों पर आभास पाती। वह यह सोचकर अपने गालों में लज्जा के अंगारों की लपट-सी अनुभव करती।

फिर रेवड़ में रेंगते-रेंगते जब उसने मुड़कर देखा, तो मनमोहन जीप के कोने से टिका कितना चुप और फक-सा लग रहा था। कन्धे से खून बह रहा था। उसके अन्तर में एक कामना ने सिर उठाया कि वह वापस जीप में चली जाए और उसके कन्धे की मरहम-पट्टी करे। उसके और मनमोहन के बीच कुछ भेड़ों की दूरी थी, मगर नहीं, कई मीलों की दूरी थी और अब शायद कई जन्मों की। अब तो वह उससे इसी तरह मिल सकती थी कि किसी दूसरे के होंठों के स्पर्श में उसका स्पर्श पा ले और किसी दूसरे की बांहों में उसकी बांहों गर्मी की और उसके भाव की नर्मी ढूंढ़ ले।

'यह भी एक तरह की डकैती है।' उसने अपने दिल में सोचा।

फिर कुछ दिन के बाद जब उसे पता चला कि मनमोहन शहर के अस्पताल में जख्मी पड़ा है, तो उसका जी अस्पताल में जाने को चाहा, मगर नहीं, अब वह नहीं जाएगी। एक बार अपने दिल की आवाज सुनकर सुलताना की लाश लाने पर अपनी गलती की सजा पा चुकी थी। अब वह ऐसी गलती कभी न करेगी।

कुछ दिन बाद जब काकी दाई और सुरमई उसे ढूंढते-ढूंढ़ते कल्याण सिंह के अड्डे पर पहुंच गईं तो पुतली को बड़ा सन्तोष हुआ और कल्याण सिंह भी बहुत खुश हुआ।

एक दिन पुतलीबाई ने बहाना बनाकर काकी दाई को शहर भेज दिया। दूसरे दिन मनमोहन सिंह को नर्सिंग वार्ड में अपने कमरे में फूलों का एक गुलदस्ता मिला, उसके साथ एक कार्ड बंधा था। उसपर लिखा था, 'तुम्हारी तन्दुरुस्ती की ईश्वर से प्रार्थना करती हूं।' नीचे कोई नाम नहीं था। मनमोहन ने नर्स से पूछा, "मारिया, यह फलों का गुलदस्ता कौन लाया था?"

"एक अधेड़ उम्र की काली औरत थी।"

"अधेड़ उम्र की?"

"हां।"

"उसने अपना नाम बताया?"

"नहीं।"

"तुमने पूछा भी नहीं?"

"नहीं, उसने इतना कहा, 'इस गुलदस्ते को मनमोहनसिंह जी के कमरे में पहुंचा दो, यह बहुत दूर से आया है।"

मनमोहनसिंह चुप हो गया। देर तक उस गुलदस्ते को अपने हाथों में लिए रहा, फिर उसने अपना चेहरा उन फलों में छिपा लिया। उन फूलों में पुतली की खुशबू थी।

पांच

नदी की गीली रेत पर लेटे-लेटे पुतली को मुरैना में अपना घर याद आया। अपना बचपन, अपनी जवानी के किशोर दिन, वह दिन जब वह पहली बार नाची थी। वह दिन जब मनमोहन ने उसका हाथ अपने हाथ में लिया था। वह दिन जब सुलतानसिंह ने उसका अपहरण

किया था, फिर धीरे-धीरे उसके मन में वह पांच साल उभरते गए, जो उसने कल्याणसिंह के साथ बिताए थे।

आकाश के नीले कांच में कोई दाग न था। उसके पांव नदी में डूबे हुए थे और उसकी यादें धीरे-धीरे बह रही थीं, जैसे किसी घायल शरीर से खून बहता है।

पहला साल

एक बस शिवपुरी से ग्वालियर जा रही थी। शाम का समय था और शिवपुरी में लोगों ने मना भी किया था कि शाम के समय शिवपुरी से ग्वालियर जानेवाली सड़क पर यात्रा करना खतरे से खाली नहीं है, लेकिन बस में जानेवाले कुछ आदमी आज रात ही ग्वालियर पहुंचना चाहते थे, इसलिए ड्राईवर के आनाकानी करने के बावजूद आज ही ग्वालियर पहुंचना चाहते थे।

बस चोर गांव से आधा मील इधर ही थी कि रास्ते में सड़क पर पत्थरों की एक बड़ी शिला सड़क को रोके हुए नजर आई। सड़क के दोनों ओर खड्ड थे। ड्राइवर को मजबूरन बस रोकनी पड़ी। बस रुकते ही डाकुओं ने बस को दोनों ओर से घेर लिया।

कल्याणसिंह बस के अन्दर दाखिल होकर कहने लगा, "तुममें से बिरला कौन है?" एक दुबला-पतला सांवले रंग का मारवाड़ी, जिसके रेशमी कुर्त्ते पर सोने के बटन टंके थे और एकदम साफ-सफेद धोती पहने हुए था, कल्याणसिंह की स्टेनगन को देखकर अपनी जगह से उठा और कांपते स्वर में बोला, "मैं ही अचरज बिरला हूं।"

"तुम अकेले ही हो या तुम्हारे साथी भी हैं कोई?" कल्याणसिंह ने उसके बाद पूछा।

बिरला ने सीटों पर बैठे हुए आदमियों की ओर इशारा किया, "यह पूरी बस मेरी है। हम सब लोग ग्वालियर जा रहे हैं।"

"तुम सब लोग नीचे उतरो।"

"मगर···।" अचरज बिरला ने विरोध करने की कोशिश की कि कल्याणसिंह ने स्टेनगन घुमाई। कुछ क्षणों में सारे यात्री बस से नीचे उतर गए। कल्याणसिंह ने गोलियां मार-मारकर बस के सारे टायर पंक्चर कर डाले। फिर ड्राइवर से बोला, "तेरी और क्लीनर की जान बख्शता हूं, मगर बस के नम्बर नोट कर लिए है। अगर तूने पुलिस को खबर करने कोशिश की तो अच्छा नहीं होगा।"

कल्याणसिंह की आवाज में ऐसी गहरी धमकी थी कि ड्राइवर ने वहीं हाथ जोड़ दिए। कल्याणसिंह के साथ दस डाकू और थे। उन्होंने सारे काफिले को एक पहाड़ी रास्ते पर चलने को कहा। थोड़ी देर में वे सब लोग ड्राइवर और क्लीनर की नजरों से ओझल हो गए। रास्ते-भर कल्याणसिंह ने उनसे बात नहीं की। बस, उन्हें तेजी से अलग-अलग रास्तों पर चलाता रहा और भूल-भुलैयों में घुमाता रहा।

आखिर एक घण्टे की यात्रा बस के यात्रियों ने डाकुओं के कहने पर अपनी आंखों पर पट्टी बांधकर की। रात के कोई आठ बजे के करीब कल्याणसिंह अपने दस डाकुओं और चौबीस यात्रियों के साथ अपने अड्डे पर पहुंचा। वह आज बहुत खुश था। आज का डाका उसके जीवन का सबसे बड़ा डाका था, सबसे महत्वपूर्ण।

आज दोपहर ही उसे वायरलेस से शिवपुरी से खबर मिल गई थी कि सेठ मायादास बिरला का एक रिश्तेदार सेठ अचरज बिरला इस बस से यात्रा कर रहा है। कल्याणसिंह को इसपर कोई आश्चर्य नहीं हुआ था, क्योंकि जब से इस इलाके में डाकुओं की सरगर्मी बढ़ी, प्राय: बड़े-बड़े साहूकार भी अपनी-अपनी कारों में यात्रा करने की जगह साधारण मामूली आदमियों की तरह बसों में यात्रा करते थे। कुछ समय के बाद डाकुओं को इस बात का पता लगा, तो उन्होंने मोटरों से ज्यादा बसों पर ध्यान देना शुरू कर दिया।

सेठ अचरज बिरला, जाने-माने मायादास बिरला के रिश्तेदार। अब तो वह उस पार्टी को अगवा करके बड़ी आसानी से दस लाख रुपया धरवा लेगा। एक ही दांव में। कल्याणसिंह आज बहुत खुश था। ज्योंही डाकू अपने अड्डे पर पहुंचे, पुतली अपनी गुफा से बाहर निकल आई। उसकी गोद में एक साल-भर का बच्चा था। कल्याणसिंह ने अपने बेटे का नाम बहादुरसिंह रखा था। वह प्राय: कहा करता था कि मेरा बच्चा बड़ा होकर राजा मानसिंह से भी बड़ा डाकू बनेगा। और अपने बाप का नाम रोशन करेगा।

पुतली ने पूछा, "काम बन गया?"

कल्याणसिंह खुशी से ऊंची आवाज में बोला, "न सिर्फ बिरला, बल्कि उसके साथियों को भी उठा लाया हूं। बिरला से कम से कम दस लाख लूंगा। और बाकी तेईस यात्रियों से मिला-जुलाकर चार-पांच लाख और हो जाएंगे। हिन्दुस्तान की अमीर पार्टी को घेर लाया हूं।"

कल्याणसिंह ने पुतली की कमर में हाथ डालकर कहा, "इसके बाद हम

लोग रिटायर हो जाएंगे। फिर डाके डालने की जरूरत नहीं पड़ेगी।"

"तुम्हारे मुंह में घी-शक्कर।" पुतलीबाई खुशी से बोली।

कल्याणसिंह की तरफ देखकर एक साल के बहादुर ने हाथ फैला दिए। कल्ला ने अपने बेटे को बांहों में ले लिया। उसे चूमता हुआ अपहरण किए यात्रियों की ओर चला।

अचरज बिरला अपनी सोने की अंगूठी, जिसमें नीलम का नग जड़ा हुआ था, उंगली पर परेशानी से घुमा रहा था, जब कल्याणसिंह ने उसके सामने खड़े होकर कहा, "तुम्हीं अचरज बिरला हो न?"

हां।''

"सेठ मायादास बिरला के रिश्तेदार?"

"जी हां।"

"वह तुम्हारे दस्तखत पहचानता है?"

"हां, कभी-कभी चिट्ठी-पत्र आते रहते हैं।"

"तो तुम आज ही अपने हाथ से एक चिट्ठी लिखो और जब तक जवाब नही आ जाए, तुम सब मेरी कैद में रहोगे।"

"चिट्ठी में क्या लिखूं?" अचरज बिरला बोला और अपनी जेब से कलम निकाला।

"लिखो कि तुम डाकुओं की कैद में हो, रिहाई के लिए दस लाख रुपया देना होगा। आज से पांचवें दिन शिवपुरी में।"

अचरज बिरला ने कलम रख दिया। "आपको गलतफहमी हो रही है···वह मेरे नाम से···मेरे लिए दस लाख क्या दस रुपये भी नहीं देगा। मेरा-उसका झगड़ा है। वह मुझे बिजनेस में डालना चाहता था, लेकिन मैंने कहा, मैं कविता लिखूंगा।"

"तुम···तुम···।" कल्याणसिंह ने आश्चर्य से कहा, "तुम कवि हो?"

"हां" अचरज बोला, "अपने खानदान में मैं अकेला कवि हूं और न सिर्फ में कवि हूं, मेरे साथ ये चौदह यात्री जा रहे हैं, सब कवि सम्मेलन में शामिल होने के लिए।"

"और ये बाकी के लोग कौन हैं?" कल्याणसिंह की आवाज के सुर एकदम गिर गए थे।

इसके पहले कि अचरज बिरला जबाब देता, काले पट्टों और गोल दाढ़ी वाला गोरी रंगत का एक आदमी एक काली शेरवानी और चूड़ीदार पाजामा पहने हुए आगे बढ़ा। उसकी शेरवानी पर बहुत-से पैबंद लगे हुए थे। वह आगे बढ़कर आदाब बजाकर कहने लगा, "हुजूर, खाकसार को

माहिर जौनपुरी कहते हैं।" फिर बाकी साथियों की ओर इशारा करते हुए बोला, "ये उस्ताद बरकत अली मानिकपुरी हैं, गजल में इनका जवाब नहीं है। ये सिराज फर्रुखाबादी, हास्य-रस की कविताओं में इनका जवाब नहीं, छछून्दर तखल्लुस रखते हैं। ये रंजक बुरहानपुरी हैं। राधे-किशन 'धीरज', लम्बी नजमें कहते हैं, और ऐसे धीरज से सुनाते हैं कि मुशायरे में सुनते-सुनते लोगों को नींद आने लगती है, ये…"

मगर कल्याणसिह ने उसे रोक दिया, बस-बस।" यह बताओ तुम कौन हो, कहां से आए हो और कहां जा रहे हो?"

"जी।" माहिर जौनपुरी आदाब बजा लाते हुए बोले, "वही अर्ज कर रहा था मैं। हम लोग इन्दौर के एक मुशायरे से होकर आ रहे हैं और अब आगरे के एक मुशायरे में जा रहे थे कि शिवपुरी के मुकाम पर हमारी बस फेल हो गई। भला हो अचरज बिरला साहब का कि इन्होंने अपनी बस में जगह दे दी। क्या बताऊं हुजूर, हमारा कितना नुकसान हुआ है। हमें आज रात ही मुशायरे में पहुंचना था।"

"और हमें आज ही रात कवि-सम्मेलन में।" अचरज बिरला बोला। पुतलीबाई को बेअख्तियार हंसी आ गई। हंसते-हंसते दोहरी हो गई। कल्याणसिंह की निराशा देखने योग्य थी।

पुतली ने उसकी बांह पकड़कर कहा, "अब जो हो गया सो हो गया। बेचारे गरीब कवि और शायर हैं, इनसे हमें क्या मिलेगा! अच्छा यही है कि इन्हें आज की रात आराम से यहीं रोका जाए, सवेरे विदा कर देना।"

फिर उसने आगे बढ़कर बस यात्रियों को सम्बोधित किया, "आप लोग किसी तरह परेशान न हों। आराम से खाना खाइए। इसके बाद मिला-जुला कवि-सम्मेलन और मुशायरा होगा, यहीं पर। इसके बाद सुरक्षा के साथ इसी तरह विदा कर दिया जाएगा, जिस तरह लेके आए थे। आप लोग जरा भी चिंता न करें।"

खाना खाकर जब वे लोग निंश्चित हुए, तब तक पुतलीबाई ने एक तलहटी में चादरें बिछा दी थीं और गावतकिये लगवा दिए थे। पान और सिगरेट का भी प्रबंध था। और पेट्रोमैक्स भी रोशनी की बहार दिखा रहे थे। मुद्दतों के बाद पुतलीबाई को ऐसी खुबसूरत महफिल नसीब हुई थी। उसने भी दो-तीन चीजें गाके सुनाई जिनकी कवियों और शायरों ने बहुत प्रशंसा की।

फिर मिला-जुला कवि-सम्मेलन और मुशायरा शुरू हुआ। पुतलीबाई

बीच-बीच में दाद देती जाती। और उसकी देखादेखी बाकी डाकू भी दाद देने लगे और अच्छे शेरों पर झूमने लगे। अचरज बिरला चकित होकर बोला, "भाई कमाल कर दिया आप लोगों ने। यानी आप लोग डाकू होकर बड़े-बड़े काबिल मिनिस्टरों और नेताओं से बढ़कर ठीक अवसर पर दाद देते हैं।"

'वल्लाह! ऐसे खुश-मिजाज लोग तो मैंने दिल्ली और लखनऊ में भी नहीं देखे।" माहिर जौनपुरी सिर हिलाके बोले।

कोई दो बजे के करीब महफिल समाप्त हुई। आखिरी गजल माहिर जौनपुरी ने सुनाई। माहिर जौनपुरी के दो शे'र पुतली को पसन्द आए :

"बड़े दिलचस्प वादे थे, बड़े रंगीन धोखे थे,
गुलों की आरजू में जिन्दगी शोले उठा लाई।
बताओ तो अंधेरों की फसीलों से परे आखिर,
कहां से काफिला गुजरा कहां तक रोशनी आई।"

पुतलीबाई ने झूम-झूमकर दाद दी। फिर कहने लगी, "माहिर साहब, यह शेर आपके हैं?"

"जी हां

"मुझे कुछ ऐसा ख्याल होता है।" पुतलीबाई सोचते हुए बोली; "जैसे यह शे'र खुरशीद अहमद जामी के हैं।"

"शुरू में उन्हीं के थे।''माहिर जौनपुरी शीघ्र बोल उठे, "बाद में मैंने इन्हें हथिया लिया।"

"क्या मतलब?" पुतलीबाई ने आश्चर्य से पूछा।

"मतलब यह कि सिर्फ रुपये पर डाका नहीं पड़ता। शे'रों पर भी डाका डाला जाता है। कोई हुस्न का डाकू होता है, मैं शेरों का डाकू हूं।" पुतलीबाई ने अजीब उदासी से सिर हिलाकर कहा, "लगता है डाकेजनी जीवन के हर क्षेत्र में होती है।"

"बजा फरमाया मोहतरमा आपने। बजा फरमाया।"

"फिर हमें ही जेल में क्यों डाला जाता है? हमें ही फंसी क्यों दी जाती है?" पुतली ने जैसे हवाओं से पूछा।

किसी ने कोई जवाब न दिया। अब रात के दो बज रहे थे। कवि-सम्मेलन और मुशायरे की महफिल समाप्त हुई। कल्याणसिंह ने घड़ी देखकर पुतली से कहा, "अपने मेहमानों से कहो, दो-तीन घण्टे आराम कर लें। सुबह-सवेरे ही यहां से जाना होगा।"

"मगर हमें इन्हें कुछ देना भी होगा।" पुतलीबाई बोली।

"हमें देना होगा?" कल्याणसिंह आश्चर्य से बोला, "हम तो डाकू हैं। हम लेते ही लेते हैं, देते कुछ नहीं।"

"हम डाकू हैं, मगर ये तो कवि और शायर हैं। इन बेचारों का तो नुकसान हुआ। जिस महफिल में कविताएं पढ़ने जा रहे थे, वहां इन्हें इनकी रोजी मिलती।"

"चलिए कोई बात नहीं। वहां न हुआ यहां हमारा कवि-सम्मेलन हो गया।" अचरज बिरला बोले।

"हमें एक कवि-सम्मेलन में भाग लेने के ढाई सौ मिलते हैं।"

पुतली ने कल्याणसिंह से कहा, "इन्हें पांच सौ अभी दे दो और रेल का किराया अलग से, फर्स्ट क्लास का।"

कल्याणसिंह ने आश्चर्य से पुतली की ओर देखा, फिर उसकी मर्जी समझकर बोला, "ठीक है, तुम जिसको जितना देना चाहती हो, दे दो। हंसी-खुशी इनको विदा करो।" जब चौबीस कवियों और शायरों को उनकी फीस से दुगने दाम मिल गए, तो वे लोग बहुत खुश हुए। यह तो उन्होने सपने में भी न सोचा था।

अचरज बिरला जी बोले, "पुतलीबाई जी, मेरे ख्याल में तो आप साल में एक बार हमें जरूर याद किया कीजिए। हम बेहद बढ़िया कवि-सम्मेलन किया करेंगे।"

माहिर जौनपुरी ने कहा, "और एक सालाना मुशायरा। मैं हिन्दुस्तान के तमाम बड़े-बड़े शायरों को लाने का जिम्मा लेता हूं। शेर और साहित्य के सही कद्रदान तो हमें चम्बल की वादी ही में मिले।" पुतलीबाई हंसकर बोली, "आपका सुझाव बहुत अच्छा है। मैं इस पर विचार करूंगी। अभी तो आप आराम कीजिए, सवेरे-तड़के उठकर चलना होगा।"

सवेरे-तड़के जब पार्टी उठकर चलने के लिए तैयार हुई, तो चलने से पहले शायर और कविजन गिने गए। मालूम हुआ, चौबीस की जगह तेईस ही की गिनती है। कौन गायब है? मालूम करते-करते पता चला कि माहिर जोनपुरी गायब हैं।

उन्हें इधर-उधर गुफाओं में ढूंढा गया। वे कहीं न मिले। आस-पास की घाटियों में देखा गया, किन्तु वे कहीं न मिले।

सिराज फर्रुखाबादी बोले, "रात को मेरे करीब सो रहे थे। कोई सुबह चार बजे के करीब जरा आहट-सी हुई। मैंने देखा, माहिर साहब

दबे पांव बाहर जा रहे हैं। मैंने धीरे से आवाज देकर कहा, 'कहां जा रहे हो, उस्ताद?" बोले, 'जरा रफा हाजत के लिए जंगल जाता हूं।"

हो सकता है किसी बाघ ने उन्हें खा लिया हो।" माईल भोपाली बोले। माईल और माहिर में सदा ठनी रहती थी।

"हो सकता है किसी पेड़ के नीचे काव्य-रचना में तल्लीन हों।" धीरज ने दूसरी राह सुझाई।

"कुछ भी हो, आप लोग अब ज्यादा देर रुक नहीं सकते।" कल्याण-सिंह बोला, "खतरा बढ़ जाएगा। मैं आपको सुरक्षित सड़क तक पहुंचा देता है। आपके जाने के बाद अगर वे साहब कहीं मिल गए, तो उन्हें भी आपके बाद रवाना कर दिया जाएगा।"

तेईस कवियों और शायरों की टोली कल्याणसिंह के दस डाकुओं के साथ पुतलीबाई और कल्याणसिंह का धन्यवाद कहके रवाना हो गई। उनके जाने के दो घण्टे बाद माहिर जौनपुरी अपने पट्टे संभालते, शे'र गुनगुनाते और अपनी डिबिया खोलकर मुंह में पान की एक गिलौरी रख-कर नीचे जंगल से आते दिखाई दिए।

पुतलीबाई ने आगे बढ़कर सभ्य भाव से उनसे पूछा, "कहां चले गए थे? यहां चारों तरफ ढुंढिया पड़ी, मगर आप कहीं नहीं मिले?"

"मैं रास्ता भूल गया था।"

"मगर आप गए क्यों?"

"मेरी आदत है, सुबह-सवेरे शे'रो-सुखन की फिक्र में घूमने निकल जाता हूं। एक गजल के दो शेर हुए हैं। वल्लाह! कयामत के हैं। बस, दो शे'र हुए हैं, मगर बहुत-से शायरों के संकलन पर भारी हैं। अगर इजाजत पाऊं, तो अर्ज करूं?"

"फरमाइए।" पुतली ने जल-भुनकर हामी भरी। हालांकि इस समय उसका जी बिलकुल शे'र सुनने के मूड में नहीं था।

"अर्ज किया है।" माहिर जौनपुरी मकर बोले :

"सहर का, मौसमे गुल का, गजल का नाम देना है :
तुम्हें भी खूबसुरत-सा कोई इल्जाम देना है।
सितारे शामे-गम इतने करीब आए कि मैं समझा,
निगाहे-यार का शायद कोई पैगाम देना है।"

पुतलीबाई कूल्हों पर हाथ रखकर बड़ी अदा से मुस्कराकर बोली, "क्या बात है! ज़मीन से आपकी कोई पुरानी दुश्मनी है? आपने आज फिर उसकी गजल चुरा ली।"

"नहीं, यह बात नहीं।"

"फिर क्या बात है?"

"बात यह है कि वह बहुत अच्छा शायर है।" माहिर मुस्कराकर कहने लगे।

"खैर, अब मैं आपको इस स्थान पर ज्यादा डाका डालने के लिए लालच न दूंगी। आप अब जल्दी से जाने के लिए तैयार हो जाइए।"

"कहां?" माहिर ने भौहें सिकोड़कर पूछा।

"जहां भी आपको जाना है।"

"मुझे तो कहीं नहीं जाना है।" माहिर ने बड़े दृढ़ भाव में इन्कार करते हुए कहा, "मेरी तो मंजिल आ गई।"

"क्या मतलब?"

"मतलब यह कि साल-भर मुशायरों में घूमता रहता हूं। कहीं से पचास मिल गए, कहीं पर चालीस, कहीं यूंही टरका दिया जाता हूं और यहां आते ही मुझे आपने एक मुशायरे के दो सौ रुपये दे दिए। ऐसे कद्र-दान मुझे कहां मिलेंगे! मैंने तो सारी जिन्दगी आपकी खिदमत में गुजारने का फैसला किया है।"

"अरे!" पुतलीबाई हैरान होकर बोली।

"जी हां, मैं आपको शे'र कहना सिखा दूंगा। आप मुझे राइफल चलाना सिखा दीजिए।" माहिर ने प्रार्थी होकर कहा, "शे'र व शायरी में खाक धरा है! जिन्दगी-भर शेरवानी के पैबंद नहीं जाते।"

कल्याणसिंह हंसकर बोला, "मगर डाकू की जिन्दगी कोई अच्छी जिन्दगी नहीं होती। उसके ऐश-आराम की मुद्दत बहुत थोड़ी है; आखीर में फांसी का तख्ता है या पुलिस की गोली।"

"कोई हर्ज नहीं।" माहिर जौनपुरी ने कहा, "मरना तो एक ही दिन है, लेकिन आपके यहां जब तक जिएंगे ऐशो-आराम से तो जिएंगे। क्या बताऊं कल्याणसिंह जी, इस मुल्क में शायरों और कवियों की वह कदर नहीं है, जो डाकुओं की है। बस, मुझे आप अपने गैंग में शामिल कर लीजिए। जिन्दगी-भर आपको दुआ दूंगा।"

कल्याणसिंह ने पुतलीबाई की ओर देखा। पुतलीबाई बोली, "पड़ा रहने दो। हमारा क्या जाता है! कभी-कभार पुरानी आदत की वजह से मेरा जी भी शे'र सुनने को चाहता है।"

दूसरा साल

कल्ला पुतली को प्रतिदिन घण्टों निशानेबाजी और चांदमारी की

प्रैक्टिस कराता था, विभिन्न शस्त्रों से। राइफल से, माउजर से, ब्रेनगन से, स्टेनगन से, पिस्तोल से, नोजर से, पीस मेकर कोल्ट से और स्मिथ ऐंड वेल्सन से।

मगर पुतली को हर दिन की प्रैक्टिस करने के बाद पीस मेकर कोल्ट बहुत पसन्द आया था। उसकी तेज गति, राकेट जैसा फौलादी खोल, जिससे बुलेट बिजली की गति से निकलकर एक बहुत ही छोटा-सा सूराख बनाते हुए शरीर में घुसकर फैल जाता है और मांस व हड्डी का कीमा कर देता है, दुश्मन पर वार के लिए बहुत श्रेष्ठ है। यह असम्भव है कि इसकी गोली अगर कहीं टांग पर लगे, तो आप इसके बाद जीवन-भर बैसाखी के बिना चल सकें। टांग काटनी पड़ती है। किसी कोमल जगह पर लगे, तो बचने का कोई प्रश्न ही पैदा नहीं होता। पुतली अब कुर्ता और शलवार पहनती थी और कमर पर पेटी, जिसमें हर समय एक पीस मेकर कोल्ट रहता था। पीस मेकर कोल्ट को चलाने के लिए हाथ बलवान् और निशाना जमा हुआ होना चाहिए और अब पुतली का हाथ गोली चलाते समय चट्टान की तरह बलवान् और दृढ़ हो जाता था मुश्किल से उसका निशाना चूकता था। धीरे-धीरे कल्ला ने उसे अलग टुकड़ी देकर डाके डालने पर भेजना आरम्भ किया, जहां उसने ऐसी तत्परता और वीरता दिखाई कि थोड़े दिनो ही में पुतलीबाई का नाम चंबल के सारे बीहड़ में मशहूर हो गया। बड़े-बड़े सेठ साहूकार उसके नाम से थर-थर कांपते थे, क्योंकि थोड़े ही समय में अपने भय और जलाल का सिक्का उसने सब पर जमा दिया था। अब वह बहुत तेज रफ्तार से घोड़ा दौड़ाती और घोड़ा दौड़ाते-दौड़ाते चूके बिना ठीक निशाना लगा सकती थी, जिसके लिए बहुत अभ्यास और महारत की आवश्यक्ता है, मगर जिस लगन और शौक से पुतलीबाई ने नृत्य सीखा था, उसी लगन और शौक और एक प्रतिशोध की भावना से भरपूर रहकर उसने गोली चलाना सीख लिया।

यही कोल्ट इस समय नाजीपुरा के सेठ चम्पक मेहता के सीने के सामने था। पुतलीबाई ने अपने गिरोह की मदद से सेठ की हवेली का घेराव कर दिया था और अब वह सेठ से पूछ रही थी, "तेरे बेटे का नाम शंकर मेहता है?"

"हां, मेरे बेटे का…"

"और क्या यह सच है कि उसने तेरे गांव की हरिजन औरत पुन्नी की बेटी बजिया की बेइज्जती की?"

"बजिया के बाप ने काल के जमाने में अपनी बेटी को दो सौ रुपये के

बदले मेरे पास बेच दिया था।" सेठ चम्पक मेहता की आवाज में कंप-कंपी थी और वह जवाब देते-देते बार-बार कोल्ट की ओर देख लेता था, जिसकी नाल का बारीक सूराख उसके सीने को निशाना बनाए हुए था। पुतली ने निशाना हटाए बिना जरा-सी गर्दन घुमाकर अपने करीब खड़ी बूढ़ी हरिजन औरत पुन्नी को देखा। पुन्नी ने सिर हिलाकर 'हां' की।

पुतली बोली, "तो क्या दो सौ रुपये के बदले तू किसी लड़की की इज्जत ले सकता है?"

"मैंने कुछ नहीं किया। देवी जी···बजिया हमारे घर में काम-काज करती थी, पर बड़े लड़के शंकर को वह भा गई और इसमें कोई नई बात नहीं है। देवी जी, हर गांव में हरिजन लड़कियों के संग यही होता है··· इसमें क्या नई बात है, जो आप इतनी खफा हैं?"

"तेरी कोई बेटी है?"

"चार बेटियां हैं।"

"जवान?"

"एक की शादी हो चुकी है। दो शादी के लायक हैं। चौथी अभी सात साल की है।"

"तो जो शादी के लायक हैं उनके बदले में दो सौ की जगह दस हजार देती हूं और उन्हें अपने डाकुओं के हवाले कर देती हूं, ठीक है?" पुतलीबाई ने पूछा।

"ना-ना···"

"क्यों, ना-ना?"

"हे हे···तुम तो मसखरी करो हो।"

"यह मसखरी नहीं है।" पुतली गरजकर बोली, "सुन, क्या तू अपने बेटे शंकर की शादी बजिया से करने को तैयार है?"

"वह हरिजन है। हम सेठ लोग हैं। यह कैसे हो सकता है?"

पुतली ने कोल्ट सेठ चम्पक मेहता के सीने पर रख दिया और लिब-लिबी पर उंगली रखकर बोली, "मैं दस तक गिनती हूं। तू ठीक से जवाब दे।" सेठ चम्पकलाल कांपने लगा।

"एक।" पुतली बोली, "दो-तीन···" सेठ के माथे पर पसीने की बूंदें उभरने लगीं··· "चार-पांच-छः!"

सेठ का गला सूखता जा रहा था। आंखें बाहर उबली पड़ती थीं। वह कुछ कहने की कोशिश कर रहा था। पुतली बोली, "सात!··· आठ!···नो!"

"हां-हां-हां···" एकाएक सेठ फट पड़ा, "कर दूंगा। कर दूंगा।

पुतलीबाई, मुझपर दया करो!"

"तो जल्दी से शादी की तैयारी करो।"

"मुझे थोड़ा-सा टाइम दो।" सेठ हाथ जोड़कर कहने लगा।

"अभी दो घण्टे में शादी होगी।"

"शंकर बाहर कहीं गया हुआ है।"

"तुम झूठ बोलते हो। उसे मेरे आदमियों ने रस्सी से बांधकर दूसरे कमरे में रखा है। कहो तो दिखा दूं।" मेहता सेठ के गले का कंठ ऊपर-नीचे चढ़ने-उतरने लगा, मगर उसके सूखे होंठों से कोई आवाज नहीं निकली, वह इतना भयभीत था।

पुतली बोली, "तुम शादी की फौरन तैयारी कर लो। मेरे पास ज्यादा समय नहीं है। पंडित को मैं साथ लाई हूं। शादी में तुम दिल खोलकर दहेज दोगे और अपने बेटे को उसका हिस्सा भी दे दोगे, ताकि वह किसी दूसरी जगह जाकर अपना कारोबार शुरू कर सके और याद रखो, अगर तुमने या तुम्हारे बेटे ने बजिया को कभी कोई दुःख दिया तो, मुझसे बुरा कोई न होगा।"

शाम होते-होते बजिया और शंकर मेहता की शादी की गई। चम्पक मेहता ने अपनी मंझली लड़की के लिए जो दहेज रखा था वह उसने बजिया को दे दिया। बेटे को कारोबार शुरू करने के लिए बीस हजार रुपया दिया। शहनाई बजी। औरतों ने गीत गए। ढोलक की ताल पर पुतली बड़े शौक से नाची। सज-सजाकर बजिया दुल्हन इस समय सचमुच किसी बड़े घर की बहू लग रही थी।

नाचते-नाचते एकाएक पलटकर पुतली ने तमाशा देखनेवालों में से एक आदमी पर फायर किया। वह आदमी उसी समय धम से नीचे गिर पड़ा। पुतलीबाई दौड़ती उसके पास गई और उनके हाथ से पिस्तौल छीनकर बोली, "कौन था यह?"

सेठ चम्पकलाल मेहता थरथराने लगे।

"यह जागू पहलवान है, बल्कि था। इसको मैंने हवेली का रखवाला रखा हुआ था। पिस्तौल का लाइसेन्स भी लेकर दिया था।"

"यह मुझपर हमला करनेवाला था, मगर मैं कुछ पहले ही ताड़ गई। वरना अब तक ढेर होती।"

चम्पक मेहता हाथ जोड़कर बोला, "मगर देवी जी; मैंने···गंगा जी की कसम खाके कहता हूं···मैंने इससे ऐसा कुछ नहीं कहा।"

"ठीक है, नहीं कहा होगा। या कहा भी होगा तो आइंदा के लिए खबरदार रहना। पुतलीबाई की नजरों से बचकर कोई नहीं जा

सकता```" फिर उसने अपने गिरोह पर नजर डाली जो चारों ओर बिखरा हुआ था। और बोली, "चलो जवानो``` !"

अब वे लोग बीहड़ में घोड़े दौड़ाते जा रहे थे। रूपा डाकू बोला, "पुतलीबाई, तुमने सेठ चम्पकलाल को बहुत सस्ता छोड़ दिया। उससे दस-बीस हजार रुपया हम भी उगलवा सकते थे आसानी से। तुमने सिर्फ पांच हजार लेकर छोड़ दिया।"

''फिर कभी उगलवा लेंगे। एक ही हल्ले में किसीको खोखला करके छोड़ देना अकलमन्दी नहीं है। बस, इतना लो जितना वह सहन कर सके। वरना ये सारे सेठ-साहूकार हमारे खिलाफ हो जाएंगे और पुलिस से मिल जाएंगे।"

रूपा चुप हो गया। कुछ देर के बाद फिर बोला, "कल्याणसिंह बहुत निराश होगा, पांच हजार रुपया पाकर।"

"फिर?"

"मेरे कहने का मतलब यह है कि यहां से दो कोस पर सरागी है। वहां पर एक बहुत बड़ा फार्म है। सुना है, वहां एक बुढ़िया औरत अपनी नौकरानी के संग रहती है। दो नौकर पहरा देने के लिए हैं। उनको आसानी से काबू किया जा सकता है। सुना है, उस बुढ़िया के पास काफी दौलत है।"

पुतली खुश होकर बोली, "तो चलो।"

डाकुओं ने सरागी फार्म पर यूं दबे-पांव छापा मारा कि पहरेदारों को कानोंकान खबर न हुई। दोनों पर पीछे से हमला करके उनके हथियार छीन लिए गए और उन्हें रस्सियों से बांधकर पशुशाला में बन्द कर दिया गया।

फार्म के बीचोंबीच एक बड़ा-सा बंगला था, जिसके सामने एक सुन्दर बगीचा था। बाईं ओर एक छोटा-सा शिवालय था।

शिवालय के किवाड़ बन्द थे और बंगले के भी। डाकू बंगले के चारों ओर फैल गए, बेआवाज कदमों से, फिर पुतली ने बरामदे में बढ़कर बड़े दरवाजे को अपनी राइफल के कुन्दे से जोर-जोर से खटखटाया। थोड़ी देर के बाद अन्दर बंगले में रोशनी हुई और नौकरानी हाथ में लालटेन लिए दरवाजे पर दिखाई दी और फिर पुतली को देखकर एक जोर की चीख मारकर पीछे हट गई।

पुतली ने अन्दर आकर चारों और देखते हुए कहा, "घबराओ मत।

मैं तुम्हें कुछ न कहूंगी। मालकिन कहां हैं?"

इतने में मालकिन अपने कमरे से निकली। काले किनारेवाली सफेद धोती में लिपटी हुई। सफेद दूध-सा चेहरा। दुःख और दर्द के होते हुए भी एक विचित्र-सी पवित्रता उस चेहरे पर बिखरी पड़ती थी। उस चेहरे पर कोई घबराहट नहीं थी, कोई परेशानी नहीं थी।

"क्या है, बेटी?" उस औरत ने पुतलीबाई की ओर देखकर कहा।

पुतलीबाई ने कहा, "तुम्हारा सेफ कहां है?"

"मेरा सेफ?"

"हां।" मालकिन ने अपनी धोती से चाबियों का गुच्छा निकालकर उसमें से एक चाबी पर उंगली रखके खामोशी से उस गुच्छे को पुतलीबाई के हाथ में दे दिया।

"ये तो चाबियां हुईं।" पुतली कड़े स्वर में बोली, "यह बताओ, सेफ कहां है?"

"अन्दर आओ।" मालकिन बोली और पुतली को अपने कमरे में ले गई। कमरे में अंधेरा था।

"उजाला करो।" उसने उजाला किया। उजाला करते समय भी उस औरत के हाथ नहीं कांपे।

उजाले में पुतलीबाई ने एक कोने में पड़े सेफ को चाबी की मदद से खोल लिया, सेफ के अन्दर ज्यादा रकम नहीं थी। सात हजार के नोट थे और बहुत-से पुराने ढंग के गहने, हैदराबादी और जयपुरी जड़ाऊ काम के कीमती नगीनों से जड़े गहने। पुतली ने सारे गहने उठाकर एक पोटली में बांध लिए और नोट गिनकर अपने पास रख लिए और जब चलने लगी तो वह औरत बोली, "इस घर में और भी बहुत-सी कीमती चीजें हैं। वह सब तुम ले जा सकती हो, मगर इन गहनों को मत ले जाओ।"

"क्यों?"

"ये गहने मेरे पति की निशानी हैं।"

"सभी गहने पति की निशानी होते हैं, या अपने मां-बाप की।" पुतलीबाई बोली।

"मगर मैंने इन गहनों को अपने बेटे की दुल्हन के लिए रखा हुआ है। गहने मेरी बहू के लिए हैं।"

"तुम्हारा बेटा कहां है?" पुतली ने पूछा।

बुड्ढी औरत ने नौकरानी के हाथ से लालटेन लेकर उसे एक दीवार की ओर ऊंचा किया और बोला, "यह देखो।"

दीवार पर एक नौजवान का बड़ा फोटोग्राफ फ्रेम किया हुआ टंगा

था। पुतली उस दीवार के करीब गई। सिर ऊंचा करके उसने गौर से फोटोग्राफ की ओर देखा। उसके सामने मनमोहन पुलिस की वर्दी में खड़ा था। वह उसकी ओर देखकर मुस्करा रहा था।

जाने कितनी देर तक पुतली वहां खड़ी रही। जाने कितने सौं वर्ष बीत गए और घूंघट में लिपटी हुई जाने कितनी सुन्दर दुल्हनों ने अपरिचित प्यारे हाथों से लगकर अपनी जिन्दगी के साथ फेरे ले लिए, फिर हजारों शहनाइयों के स्वर बूंद-बूंद करके अतीत की रेत में किसी विस्मृत याद की तरह जज्ब होते गए और सपनों का संसार मिट गया और कामनाओं के शहर खंडहर हो गए और दिल के बीहड़ में कोई थकी-हारी बाल खोले वैरागिन एक अंधेरी गुफा से दूसरी अंधेरी गुफा में जाते हुए गुजरी। मुहब्बत के आखिरी क्षणों को पुकारती रही, "रोशनी···रोशनी··· रोशनी··· !"

एकाएक उस औरत ने सिर पर आंचल लेकर लालटेन नीचे कर ली। एक अंधकार-सा पुतली की निगाहों पर खिंचता चला गया। एकाएक उसे चक्कर-सा आने लगा और वह वहीं खड़ी की खड़ी रह गई।

लालटेन फिर ऊंची हुई और अब वह बिलकुल उसके चेहरे के सामने थी और वह औरत गौर से उसे देख रही थी, जैसे उसके चेहरे का एक-एक चिह्न गौर से पढ़ रही हो।

फिर उसने धीरे से पूछा, "क्या तुम पुतलीबाई हो?"

पुतलीबाई ने पलटकर बड़े कड़वे भाव से उससे कहा, "क्या तुमने इसलिए मुझे पहचान लिया कि चंबल की वादी में एक ही तो औरत है?"

"नहीं।" वह औरत बोली, "मैंने इसलिए पहचाना कि मैंने अपने बेटे की जेब में तुम्हारी तस्वीर देखी थी।"

पुतलीबाई धक् से रह गई, "मेरी तस्वीर?"

''हां, तुम्हारी। कई बरस की बात है···नाचते हुए किसी जमींदार के घर में····''

पुतलीबाई ने एकाएक आगे बढ़कर गहनों की पोटली उस औरत के हाथ में देकर कहा, "लो मां जी, तुम इन गहनों को अपने बेटे की दुल्हन को दे देना।"

फिर पुतली एकाएक उस औरत के कदमों में झुक गई। झुककर उसने उन कदमों की धूल ली। उसे अपने माथे से लगाया और उस कमरे से बाहर यूं चली, जैसे कहीं सती होने जा रही हो।

बाहर जाकर देर तक वह अंधेरे बरामदे में अकेली खड़ी रही और अपने आंसुओं को पीती रही। वह नहीं चाहती थी कि बाहर खड़े हुए

डाकू उसकी आंखों में आंसुओं की एक बूंद भी देख सकें।

तीसरा साल

पुतली राइफल साफ कर रही थी। उसका तीन साल का बच्चा बहादुरसिंह पुतली की गोद में था। सुरमई गुफा के बाहर खड़ी पहरेदार अर्जुनसिंह से ठिठोली कर रही थी। वसंत ऋतु के दिन थे। वसन्त के पेड़ पर गुलाबी फूल खिले थे। 'कुछ दिनों में ये फूल गहरे लाल हो जाएंगे।' पुतली ने सोचा और राइफल साफ करते-करते गुनगुनाने लगी। इतने में सुरमई उसके पास आके बैठ गई। बहादुरसिंह कभी जमीन पर लोट लगाता, कभी अपने चारों ओर बिखरे हुए खिलौनों से खेलता। कभी खुशी से किलकारियां मारता। सुरमई ताली बजाकर हंस पड़ती। पुतलीबाई ने देखा, सुरमई की जवानी इन दिनों उत्थान पर है। वह बे-बात की बात और बिना कारण ही हंस पड़ती है।

''तू शादी क्यों नहीं कर लेती?'' पुतली ने सुरमई से पूछा, ''इतने गबरू डाकू यहां हैं।''

''शादी में बड़ा झंझट है।'' सुरमई ने जवाब दिया।

''क्या झंझट है?'' पुतली ने पूछा।

''किसी एक का होकर रहना पड़ता है।'' सुरमई बोली, ''वह चाहे मारे, चाहे प्यार करे, चाहे गहने-पाते से लाद दे, चाहे भूखा मारे। किसी एक के खूंटे से बंध जाना मुझे पसन्द नहीं।''

''अब मैं किसी की गुलाम नहीं हूं बीबी जी, सब मेरे गुलाम हैं। हर एक मेरी खुशी पाने के लिए तरसता है। एक मुस्कराहट के लिए गिड़गिड़ाता है। पांव पड़ता है। पैसे भी बहुत मिलते हैं, गहने-दागीने भी। कोई पति नहीं। इसीलिए किसी की डांट भी नहीं सहती हैं। शादी में एक कमाकर खिलानेवाला होता है। इस जिन्दगी में दस हैं, फिर मैं किसी एक की होकर क्यों रहूं?'' सुरमई ने भंवें नचाते हुए पूछा, ''रोज-रोज वही···वही दाल-भात कौन खा सकता है?''

''चल हट मुर्दार! क्या बातें बनाती है!'' पुतली ने हंसते हुए चंचल भाव से कहा और राइफल उसको देकर बोली, ''ले, इसे जल्दी से तू साफ कर दे और मुझे वह लूगर उठा दे। मैं इसके सेफ्टी कैच में तेल दे दूं।

सुरमई और पुतली अपने काम में लीन हो गई। इतने में माहिर जौनपुरी पेंसिल और कापी लिए आते दिखाई दिए।

पुतली ने पूछा, ''क्या हो रहा है, उस्ताद?''

‘‘एक गजल का मतला हुआ है।”

“किस शायर की शामत आई है अब?” पुतली ने हंसकर पूछा।

माहिर जौनपुरी ने बड़े गम्भीर भाव से कहा, “मैंने अब हिन्दुस्तानी शायरों को माफ कर दिया है। आजकल सिर्फ पाकिस्तानी शायरों को नवाजता हूं। एक तो पाकिस्तानी पत्रिकाएं बहुत कम यहां आती हैं, इसीलिए पकड़े जाने का भय बहुत कम है, फिर आजकल पाकिस्तानी शायर गजल में नये तलाजमें (अलंकार), नई ‘उपमा’, नये प्रतीकों का प्रयोग कर रहे हैं। इसका भी रोब पड़ता है। मतला सुनिएगा।”

“फरमाइए।”

“अर्ज किया है।” माहिर जौनपुरी ने खंखारकर गला साफ किया और मतला पढ़ा :

“क्या क्या गुलाब खिलते हैं अन्दर की धूप में,
आ देख मुझको मिल के दिसम्बर की धूप में।”

“किसकी गजल का मतला है?”

“जफर इकबाल का है।”

“यह अन्दर की धूप क्या होती है?” पुतली ने पूछा।

“इस मतले में ही तो नई बात है। अब तक हम शायर लोग बाहर की धूप का जिक्र करते हैं और उस धूप के जिक्र से एहतराज करते रहे हैं, जो दिल के अन्दर फैल जाती है, और जिसके लिए किसी सूरज की जरूरत नहीं पड़ती।”

पुतली की समझ में कुछ न आया। उसने ध्यान से माहिर जौनपुरी की ओर देखा, फिर बोली, “आप बाहर धूप में क्यों खड़े हैं? इस पेड़ की छांव में आ जाइए न।”

“शुक्रिया।” कहकर माहिर जौनपुरी पुतली के करीब आके बैठ गया।

पुतली ने पूछा, “गजल के बाकी शे’र कैसे हैं? दूसरा शे’र कैसा है?”

“उसमें मुझे थोड़ा सुधार करना पड़ेगा। मगर वह यूं है :

“काले अक्स हविस की हवाओं के,
आए नहीं के अरसूये महशर की धूप में।”

“समझ में नहीं आया।” पुतली बोली।

सुधारने के बाद कुछ-कुछ समझ में आने लगेगा।” माहिर जौनपुरी ने विश्वास दिलाया।

पुतलीबाई पूछने लगी, “आपको यहां आए तीन साल हो गए। क्या

आपको कभी अपने शायर भाइयों की याद नहीं आती?"

''लाहौल विला कुव्वत! आपने भी किन लोगों का जिक्र छेड़ दिया। पुतलीबाई जी, आप शायरों और कवियों की नस्ल से वाकिफ नहीं हैं। ये लोग इतने घटिया, छिछोरे, तंग-नजर, ईर्ष्या से जलनेवाले और एक-दूसरे की काट करनेवाले होते हैं कि उनसे कहीं ज्यादा और उदार तो मुझे अपने डाकू भाई लगे। मुझे कवियों और शायरों के मुकाबले में इन डाकुओं में कहीं ज्यादा भाईचारे, त्याग, दर्द और इन्सानियत की स्पिरिट नजर आई।"

"मालूम होता है, आप अपने हमपेशा लोगों में बहुत खफा हैं।" पुतलीबाई हंसकर बोली, "मगर कभी-कभी तो आपको मुशायरों की याद सताती होगी।"

"मुशायरों में क्या रखा है, पुतलीबाई जी! बीस बरस मुशायरों में शिरकत करने के बाद भी मेरी शेरवानी के पैबन्द नहीं गए। इधर तीन साल में मैंने अपने डाकू भाइयों की मदद से अपनी बीबी के नाम बीस बीघे जमीन खरीद ली है और बड़े लड़के को कालेज भेज दिया है और बीवी के नाम सत्रह हजार रुपये बैंक में डलवा दिए हैं और तीन-चार सौ रुपया माहवार अलग से भिजवा देता हूं। शायरी में क्या मिलता मुझे? मैं समझता हूं, चम्बल के इलाके में डाकेजनी से बेहतर पेशा कोई नहीं है। इण्डियन एडमिनिस्ट्रेटिव सर्विस भी इसके आगे हेच है।" पुतली हंसते-हंसते दोहरी हो गई। बोली, "मजे की बातें करते हैं आप, माहिर साहब।"

इतने में कल्याणसिंह तेज-तेज कदमों से चलता हुआ आया और पुतली को सम्बोधित करके बोला, "लाखन महाराज यादव और ठाकुर नाहरसिंह मिलने के लिए आ गए हैं। जल्दी से तैयार हो जाओ।"

"कहां हैं वे?" पुतली ने पूछा।

"पुरानी बावडी पर इन्तजार कर रहे हैं। हरकारे ने अभी बताया है। मैंने उन्हें अब से आधे घण्टे के बाद मिलने का समय दिया था, मगर वे जरा जल्दी आ गए।"

पुतलीबाई ने अपनी घड़ी देखकर कहा, "हम भी वहां आधे घण्टे में पहुंच जाएंगे।"

पुतलीबाई सुरमई और माहिर जौनपुरी के हाथ में बाकी के काम देकर उठ खड़ी हुई। बोली, "किस काम से आए हैं?"

कल्याणसिंह मुस्कराकर बोला, "वे दोनों इलेक्शन में खड़े हो रहे हैं, विधानसभा के लिए।"

कल्याणसिंह ने पुरानी बावड़ी के चारों ओर चार-चार फर्लांग तक अपने डाकू फैला दिए थे कि कहीं आनेवाले लोग पुलिस को खबर करके न आए हों और घोड़े भी तैयार रखे थे।

मगर ऐसा कोई खतरा न था। वह लाखन महाराज यादव और नाहरसिंह को बहुत दिनों से जानता था, फिर भी पूर्ण सावधानी और दूरदर्शिता जरूरी है।

जब पुतलीबाई और कल्याणसिंह अपने घोड़े से उतरे तो उन्हें पुरानी बावड़ी के किनारे पत्थर की एक पुरानी सिल पर वे दोनों बैठे नजर आए। दोनों खाए-पिए, मोटे-तगड़े-चिकने और नर्म-नर्म मालूम हो रहे थे और यादव जी तो बहुत तोंदियल दिखाई देते थे।

नाहरसिंह और यादव जी ने पुतलीबाई को हाथ जोड़कर नमस्ते की और बड़े जोर से कल्याणसिंह से हाथ मिलाया और हाथ मिलाने के बाद पत्थर की सिल पर रखा हुआ कागज में लिपटा हुआ एक पार्सल कल्याण-सिंह के हाथ में दे दिया।

"यह क्या है?"

"इसमें स्काच ह्विस्की की छ: बोतलें हैं, शीवाज रोगल की।" यादव जी बोले, "हमने सुना है, आपको शीवाज रीगल बहुत पसन्द है।"

"खासतौर पर बम्बई से मंगाई है।" नाहरसिंह ने मुस्कराकर कहा।

"हां, पसन्द तो बहुत है, शुक्रिया।" कल्याणसिंह बोला, "मेरे पास ज्यादा समय नहीं है।" उसने अपनी घड़ी पर एक फिसलती हुई नजर डाली, "आधे घण्टे के बाद एक और अपाइंटमेण्ट है।"

"एक और अपाइन्टमेण्ट, यानी एक और डाका!" यादव जी की तोंद हंसी की फुरेरियों से बार-बार हिलने लगी।

"यही समझ लो।" कल्याणसिंह ने मुस्कराए बिना कहा, "अब मतलब की बात करो।"

वे दोनों भी गम्भीर हो गए। कुछ क्षणों तक चुप रहे। दोनों ने एक-दूसरे की ओर देखा। फिर यादव जी बोले, "आपको तो मालूम ही है कि मैं और नाहरसिंह जी इस इलाके से असेम्बली के उम्मीदवार हैं। इलेक्शन में आपकी मदद चाहते हैं। हम जानते हैं, आपकी मदद के बिना हम कामयाब नहीं हो सकते। इसलिए आपकी शरण में आए हैं।"

"और किसीसे मिले आप?"

"हां, राजा मानसिंह से मिल चुके हैं।"

"वे तो हम सब डाकुओं के गुरु हैं।"

"उन्होंने मदद का वायदा किया है?" पुतली ने पूछा।

"जी हां, उन्होंने भरपूर मदद का वायदा किया है।"

"और?"

"और महरसिंह ने मदद का वायदा किया है और लोहारी से मिले हैं, जो अब सुलताना की मौत के बाद उसके गैंग का सरदार है। उसने भी मदद का वादा किया है। अगर सब डाकू मिलकर हमारी मदद करेंगे तो इलेक्शन में हमारी कामयाबी अवश्य होगी।"

"मगर आपके इन दोनों हलकों से और भी उम्मीदवार खड़े हो रहे है?" कल्याणसिंह ने पूछा।

पुतलीबाई बोली, "हमें अंकूराम शास्त्री और कामताप्रसाद जी ने भी अपरोच किया है।" पुतलीबाई ने 'जान-बूझकर अंग्रेजी का 'अपरोच' शब्द प्रयोग किया, क्योंकि वह पिछले तीन साल से माहिर जौनपुरी से अंग्रेजी पढ़ रही थी।

"अजी," नाहरसिंह घबराकर बोले, "आपने उन्हें कहीं मदद देने का वायदा तो नहीं दिया है?"

''वायदा तो नहीं किया है, मगर सोच रहे हैं।" पुतलीबाई ने जवाब दिया।

"भगवान् के लिए ऐसा कभी न सोचिए। वरना आपको भी मुश्किल पड़ेगी और हमें भी।" यादव जी घबराकर बोले।

"वह कैसे?" कल्याणसिंह ने पूछा।

"अंकूराम शास्त्री तो एस॰ एस॰ पी॰ के मेम्बर हैं और कामता-प्रसाद तो खरे कम्यूनिस्ट हैं। अगर वे लोग पावर में आ गए तो सारे प्रांत में अफरा-तफरी फैला देंगे। क्या आप इसके हक में हैं?"

"नहीं," पुतली ने सिर हिलाकर कहा, "हम तो ला ऐंड आर्डर के हक में हैं।"

"अगर वे लोग एसेम्बली के मेम्बर बन गए, तो साहूकारों और जमींदारों का खात्मा कर देंगे।"

"चच्-चच्…" कल्याणसिंह बोला, "अगर साहूकार और जमींदार खत्म हो गए तो हम डाकू लूटेंगे किसको?"

"इसीलिए तो कहता है कि हम जमींदारों और आप डाकुओं का फायदा इसी में है कि हमें वोट दिलवाएं और कामयाब बनाएं।" नाहरसिंह बोला।

'आप लोग किसके टिकट पर खड़े हैं?" पुतलीबाई ने पूछा।

"हम लोग आजाद उम्मीदवार हैं।"

"यह तो बहुत ही अच्छा है।" कल्याणसिंह बोला, "आपके लिए हर

तरफ जाने के रास्ते खुले हैं। जिधर भी चाहें, बहक जाएं, जिससे जी चाहे, सौदेबाजी कर लें।"

"राजनीति को खूब समझते हैं आप, ही-ही-ही!" यादव जी जोर से हंसे।

पुतलीबाई बोली, "अब सौदे की बात कीजिए। आप हमें क्या देंगे?"

"पहली बात तो यह है।" यादव जी बोले, "जब तक हम एसेम्बली में रहेंगे, इस बीहड़ के तोड़ने की हर कोशिश का विरोध करेंगे। हर साल एसेम्बली में यह सुझाव आता है कि इस बीहड़ को मिटा देना चाहिए। बुलडोजरों से जमीन को बराबर करके इस इलाके में नहरों का जाल बिछा देना चाहिए, ताकि गरीब किसानों को सिंचाई की सहायता मिल सके। मगर हर साल यह सुझाव इसीलिए रद्‌द कर दिया जाता है कि सरकार के पास पैसा नहीं है और याद रखिए, जब तक हम मेम्बर रहेंगे, सरकार के पास इस सुझाव के लिए पैसा नहीं होगा।"

कल्याणसिंह बोला, "बेशक, यह तो बहुत ही अच्छा विचार है आपका। अगर बीहड़ मिट गया, तो समझो, हम मिट गए, मगर इतना ही काफी नहीं है।" इतना कहकर कल्याणसिंह ने गौर से उन दोनों की ओर देखा, फिर अपने अंगूठे और उसके साथवाली उंगली को मिलाकर यूं चटखाया, जैसे हवा में सिक्का उछाला जाता है।

यादव जी ने अपने कुर्त्ते के अन्दर हाथ डालकर नोटों की दो गड्डियां निकालकर कल्याणसिंह के हाथ में दे दी, "वे पन्द्रह हजार रुपये हैं।"

नाहरसिंह ने अपनी जेब में हाथ डालकर एक मुड़ा-तुड़ा रुमाल निकालकर उसे खोला, और उसमें से नोटों की गड्डियां पुतलीबाई के हाथ में देकर बोले, "ये दस हजार रुपये हैं देवी जी, इस इलाके की औरतों पर आपका बड़ा प्रभाव है। बाप तो हमेशा गरीब औरतों की मदद करती हैं। आप अगर हां कर देंगी, तो हमें विश्वास है, इस इलाके की हर औरत का वोट हमारे हक में ही जाएगा।"

कल्याणसिंह बोला, "आप बेफिक्र रहें। इस इलाके का एक वोट भी एस० एस० पी० या कम्यूनिस्ट पार्टी को नहीं जाएगा। हम लोग शरीफों का साथ देते हैं।"

"इसमें क्या सन्देह है। हमें आपसे यही उम्मीद थी।" नाहरसिंह बोले।

"हम जो कुछ भी कर रहे हैं, बीहड़ की भलाई के लिए कर रहे हैं।"

"और बीहड़ की सलामती में हम सबकी सलामती है।"

इतना कहकर पुतलीबाई आंख मारकर मुस्करा दी। सब हंस पड़।

वापसी में दम लिए बिना वे दोनों घोडे दौड़ाते बीहड़ में से गुजरते रहे। डाकुओं की एक टुकड़ी आगे थी, एक पीछे। बीच में पुतली और कल्याणसिंह के घोड़े थे। कई घण्टे चलते रहने के बाद जब घोड़े बेदम होने लगे तो कल्याणसिंह ने रुकने का इशारा किया।

नीम के एक झुंड के नीचे पुतली और कल्याणसिंह तनों से टेक लगाकर बैठ गए। पुतली देख सकती थी कि कल्याणसिंह को बहुत भूख लगी है। उसने अपने हाथ की पोटली में से एक छोटा-सा नाश्तेदान निकाला और एक रोटी और आम का अचार कल्याणसिह को दे दिया। और एक रोटी पर अचार की एक फांक रखकर खुद भी खाने लगी। खाने के बाद जब कल्याणसिंह ताजादम हुआ तो बोला, "यह धंधा तो बहुत अच्छा है, बहुत अच्छा बिजनेस है, अगर खून न करना पड़े।"

"मगर यह तो हर बिजनेस में होता है।" पुतलीबाई बोली, "बड़ी मछली छोटी मछली को खा जाती है। बड़ी फर्म छोटी फर्म को खा जाती है। बड़ी कौम छोटी कौम को गुलाम बना लेती है। बड़ा नेता छोटे नेता को गुमनामी में धकेल देता है। बड़े शायर के आगे छोटे शायर का चिराग नहीं जलता।"

कल्याणसिंह ने हंसकर पूछा, "तुमको ये सब बातें किसने सुझाई? क्या खुद से?"

"नहीं" पुतलीबाई मुस्कराकर बोली, "एक दिन माहिर साहब से बातचीत हो रही थी। उन्होंने ये बातें मुझे बताईं।"

"वह तो सब ठीक है।" कल्याणसिंह बोला; "मगर डाका डालने वाले की उम्र ज्यादा नहीं होती। बहुत से बहुत दास साल या पन्द्रह साल की सर्विस होती है।"

पुतलीबाई बोली, "मगर दस पन्द्रह सालो में कमाई कितनी हो जाती है, यह भी तो सोचो। किसी गवर्नमेंट सर्विसवाले को इतना पैसा मिलता है? और फिर कई डाकू, जो पुलिस की नजरों में ज्यादा नहीं आते, ज्यादा देर तक चल जाते हैं। सुलताना के गैंग में अबूहरसिंह था। उसे डाकू डालते हुए बीस साल हो गए थे।"

कल्याणसिंह बोला, "ऐसे तो हमारे गैंग में चेतराम है, उसे पच्चीस साल से ऊपर हो गए हैं काम करते हुए। आज तक पकड़ा नहीं गया।"

"मेरे ख्याल में तो अब उसे पेंशन देकर रिटायर कर देना चाहिए।" पुतलीबाई हंसकर कहने लगी, "उस्ताद माहिर कह रहे थे कि अगर

बीहड़ के सभी डाकू मिलकर एक को-आपरेटिव बना लें, तो दस-दस साल के बाद हर डाकू रिटायर किया जा सकता है।"

"मगर रिटायर होकर जाएगा कहां?" कल्याणसिंह ने पूछा।

"कहीं छुप-छुपाके खेती-बाड़ी शुरू कर दे।"

"हुश्त!" कल्याणसिंह इन्कार में सिर हिलाकर बोला, "यह विनोबा भावे के विचार बीहड़ में नहीं चलेंगे। जिसे खून की चाट एक बार लग जाती है वह फिर कभी इस पेशे से अलग नहीं हो सकता। डाकू और भेडिये की जात एक होती है।" कल्याणसिंह ने रोटी का आखिरी कौर तोड़कर अचार के टुकड़े को उसमें लपेटकर अपने मुंह में डालकर कहा, "एक रोटी और अचार और दो।"

चौथा साल

पुतली दो दिन से बुखार में तप रही थी। इसीलिए वह कल्याणसिंह के साथ डाके पर नहीं जा सकी थी। कल्याणसिंह ने बहुत बड़ा डाका प्लान किया था और पुतलीबाई जाने के लिए बहुत बेकरार थी, मगर ठीक समय पर उसे बुखार आ गया और कल्याणसिंह चार आदमियों की गारद छोड़कर अपने बाकी सब आदमी लेके चला गया। उसे गये हुए दो दिन गुजर चुके थे। दस्तूर के अनुसार उसे आज सुबह आ जाना चाहिए था, मगर अब तीसरा पहर ढल चुका था और वह अभी तक न आया था।

वह यही सोच रही थी कि इतने में काकी बहादुरसिंह को उठाए हुए अन्दर आई। नन्हे बहादुरसिंह ने उसके कान का बाला जोर से अपनी उग-लियों से पकड़ रखा था और जिद कर रहा था कि उसे उतार दे। 'मैं खेलूंगा।' वह उसका कान खींच रहा था। काकी दर्द से बेताब होते हुए भी हंसने की कोशिश कर रही थी। पुतली से बोली, "देखो तो मालकिन, तुम्हारा मुन्ना अभी डकैती करने लगा। मेरे कान का बाला छोड़ता ही नहीं किसी तरह से।"

पुतली ने कहा, "कान से निकालकर दे दे। यह अपने बाप की तरह जिद्दी है, वरना कान की लौ फाड़ डालेगा।"

काकी बहादुर को पुचकारकर कान से बाला निकालने लगी।

पुतली बोली, "घबरा नहीं। यह तो चांदी का है। अगर इसने खो दिया तो सोने का बनवा दूंगी···और देख, मुन्ना कितना गन्दा मालूम हो रहा है। इसे बावड़ी पर ले जाकर नहलाकर साफ-सुथरे कपड़े पहना दे।"

काकी मुन्ने को लेकर गुफा से बाहर निकल गई।

लेकिन जब दो घण्टे बीत गए और काकी वापस न आई, तो उसे

जरा चिन्ता-सी हुई। उसने दो पहरेदारों को काकी की खोज में भेजा। बावड़ी पन्द्रह मिनट की दूरी पर थी, लेकिन जब दोनों पहरेदार आधा घण्टा बीत जाने के बाद भी नहीं लौटे, तो पुतलीबाई दो पहरेदारों को गुफा की रक्षा का काम सौंपकर हाथ में एक पिस्तौल लेकर खुद बाहर निकली और इधर-उधर सावधानी से देखती हुई दबे पांव चलती झाड़ियों और पेड़ों की आड़ से झांकती हुई एक चट्टान के करीब पहुंची, तो वहां से उसने जो नीचे बावड़ी की ओर निगाह डाली तो उसे दोनों पहरेदार निहत्थे और बंधे हुए दिखाई दिए। काकी और उसके बच्चे का कोई पता न था।

पुतलीबाई का माथा ठनका। बावड़ी के पीछे कुछ ऊंची-नीची चट्टानें थीं और उनसे परे जंगल था। बावड़ी के सामने रेतीली धरती का एक टुकडा था। पुतली उसे पार करके बावड़ी के करीब जा सकती थी। मगर पुतली को कुछ ऐसा आभास हुआ जैसे कहीं बहुत-सी निगाहें उसे घूर रही थीं। वह देर तक चट्टान के पीछे छुपी बावड़ी की ओर घूरती रही। फिर चट्टान से आगे निकलकर दबे पांव बावड़ी की ओर चली। इतने में आवाज आई, "पुतली!"

और बावड़ी से परे चट्टानों के पीछे से उसे लोहारी का चेहरा निकला दिखाई दिया। पुतली पलटकर चट्टान के पीछे छुप गई और पलटते-पलटते उसने लोहारी पर पिस्तौल से एक फायर कर दिया जो खाली गया, क्योंकि लोहारी का चेहरा चट्टान के पीछे छुप गया था।

चट्टानों के पीछे से एक राइफल उभरी, फिर लोहारी के चेहरे का रुख, जरा-सा। लोहारी बोला, "घबरा नहीं पुतली। मैं तुझे मारने नहीं लेने आया हूं। मैं तुमसे कुछ नहीं कहूंगा। बस, मेरे साथ चली आ। तुझे सुलताना और कल्याण से ज्यादा ऐश व आराम से रखूंगा।"

पुतली अपने चेहरे के आगे पिस्तौल रखकर बोली, "पुतली तेरे जैसे नमकहराम के साथ जाएगी, इससे पहले खुद गोली खाके नहीं मर जाएगी?" लोहारी ने उधर से हंसकर कहा, "ऐसे नहीं मानोगी तो जबरदस्ती उठाकर ले जाऊंगा।"

"हिम्मत है तो पकड़ ले।" पुतली गरजकर बोली, "जीते-जी तो तेरे हाथ आऊंगी नहीं।" कहने को तो उसने ऐसा कह दिया मगर उसका दिल कांप रहा था। उसकी समझ में नहीं आ रहा कि काकी उसके बच्चे को लेकर कहां गायब हो गई है, संभव है, लोहारी को आते देखकर जंगल में किसी कोने में छुप गई हो।

लोहारी बोला, "देख, तू आज मेरे हाथ से बचकर कहीं नहीं जा

सकती। आज चारों ओर मेरे आदमियों का घेरा है और कल्याण गायब है।" फिर हंसकर बोला, "जिद मत कर पुतली।"

पुतली ने पिस्तौल से फायर करते हुए कहा, "कुत्ते!"

मगर लोहारी का चेहरा चट्टान के पीछे जा चुका था और अब की बार जो उभरा तो पुतली ने भयभीत होकर देखा कि चट्टान के पीछे से पहले दो ऊंचे हाथ उभरे और वे हाथ अपनी पकड़ में उसके बच्चे को लिए हुए थे और उनके पीछे लोहारी का चेहरा मुस्करा रहा था। पुतली के मुंह से एक चीख निकल गई। "पुतली, देख तेरा बहादुरसिंह मेरे हाथ में है, अच्छी तरह से देख ले। पहचान ले।"

पुतली सांस रोककर खड़ी थी। लोहारी बच्चे को अपने आगे रखे थोड़ा-सा ऊपर उठा और बोला, "तेरे बच्चे की जान मेरी मुट्ठी में है। तुझे दो मिनट की मोहलत देता हूं। पिस्तौल फेंककर दोनों हाथ ऊपर उठाए हुए मेरे पास आ जा और मेरे साथ सीधे-सीधे चली चल। नहीं तो तेरे बच्चे का अभी गला घोंट दूंगा।"

चट्टान के पीछे दुबकी पुतली का रंग उड़ गया। सांस तेज-तेज चलने लगी। फिर जैसे हलक में रुकने लगी, जब उसने लोहारी के बड़े-बड़े खुरदरे हाथों को बहादुरसिंह की गर्दन के चारों ओर अपनी पकड़ जमाए हुए देखा। एकाएक वह पिस्तौल फेंककर चट्टान के पीछे से निकल आई और दोनों हाथ ऊपर उठाकर तड़पते हुए स्वर में कहने लगी, "छोड़ दे। मेरे बच्चे को छोड़ दे। तू जहां कहेगा, तेरे साथ चली जाऊंगी। मगर मेरे बच्चे की जान बख्श दे।"

इतना कहकर पुतली दोनों हाथ ऊपर उठाए हुए बावड़ी की ओर बढ़ने लगी। एकाएक दाई ओर से बहुत-से घोड़ों की टापों की आवाज आई और साथ ही कल्याणसिंह की आवाज भी।

"अरे कौन घुस आया है हमारे अड्डे में?···लोहारी···।"

लोहारी एकदम चट्टान के पीछे दुबक गया। एकाएक पुतली ने पलट-कर कल्याणसिंह को देखा और चिल्लाकर बोली, "लोहारी पर गोली मत चलाना। मेरा बच्चा मर जाएगा।"

"कौन बहादुरसिंह?"

"हां, वह लोहारी के हाथ में है।"

अब कल्याणसिंह के बहुत-से साथी आगे आ चुके थे।

कल्याणसिंह ने कुछ देर सोचने के बाद अपने साथियों से कहा, "फायर रोके रखो।"

फिर उसने बावड़ी की ओर मुंह करके चट्टान के पीछे दुबके हुए

लोहारी की ओर ऊंची आवाज में कहा, "बोल, क्या चाहता है?"

लोहारी बच्चे को अपने सीने के आगे रखकर उठा और बोला, "पुतलीबाई।"

"मिल जाएगी।" कल्याणसिंह ने कड़े स्वर में कहा।

पुतली आश्चर्य से उसकी ओर देखने लगी।

"मगर एक शर्त पर।" कल्याणसिंह ने कहा।

"क्या!" कल्याणसिंह ने घोड़े-से उतरकर अपनी राइफल जमीन पर रख दी और बोला, "मैं अपनी राइफल छोड़ता हूं। तू बच्चा छोड़ दे। और अगर मर्द का बच्चा है तो दो-दो हाथ कर ले। जो जीत जाए वह पुतलीबाई को ले जाए।"

लोहारी ने कुछ क्षणों के लिए संकोच किया। उसने देख लिया था कि कल्याणसिंह के आदमी उसके गैंग के आदमियों से गिनती में ज्यादा हैं। अगर उसने बच्चे का गला घोंट भी दिया तो वे सब लोग उसपर और उसके साथियों पर पिल पड़ेंगे और उन्हें कुछ क्षणों में घेरकर भून देंगे, फिर उसने सोचा, "एक चांस लेना चाहिए। कल्याणसिंह ठाकुर है। अपने कौल का पक्का है। सम्भव है···" और लोहारी को अपने बल पर बहुत घमंड भी था और वह देखने में कल्याणसिंह से भारी-भरकम दिखाई देता था। इसलिए कुछ क्षणों के विलम्ब के बाद लोहारी ने बच्चे को अपने दोनों हाथों से नीचे उतारकर जमीन पर रख दिया और खुद बावली के आगे के रेतीले टुकड़े की ओर बढ़ते हुए कहने लगा, "मुझे स्वीकार है।"

दूसरी ओर से कल्याणसिंह आगे बढ़ा। कल्याणसिंह ने आगे बढ़कर टंगड़ी मारकर लोहारी को गिराना चाहा, मगर लोहारी ने पलक झपकते ही पीछे हटकर एक इतने जोर का घूंसा कल्याणसिंह के जबड़े पर रसीद किया कि उसे दिन में तारे नजर आ गए और वह लड़खड़ाकर नीचे गिरने लगा। दूसरा वार करने के लिए लोहारी उसके ऊपर बढ़ा तो गिरे हुए कल्याणसिंह ने अपनी दोनों टांगें उठाकर इतने जोर से लोहारी के सीने पर मारी कि लोहारी चकराता हुआ बावली के पास पथरीली सिल से टकरा गया। वहां से जो उठा तो भूखे शेर की तरह कल्याणसिंह पर लपका और फिर कल्याणसिंह के करीब आते हुए एकाएक वह झुककर उसकी टांगों में घुस गया। और जोर से जो सर मारा तो एक चीख के साथ कल्याणसिंह पलट गया। अब लोहारी उसके ऊपर था और कल्याण-सिंह उसके नीचे। फिर लोहारी उसके नीचे था और कल्याणसिंह उसके ऊपर, फिर दोनों जमीन पर लोटने लगे। वे रेतीली जमीन के उस टुकड़े

से आगे निकलकर बावली के पीछे की चट्टानों के नीचे चले गए। एकाएक दांव लगाकर लोहारी सीधा खड़ा हो गया। कल्याणसिंह उसके कदमों में गिरा हुआ था। लोहारी ने उसके सिर को कुचलने के लिए अपना भारी जूतेवाला एक पांव ठोककर मारने के लिए उठाया। पुतली का दिल हलक में आ गया।

मगर दूसरे क्षण ही उसने देखा कि कल्याणसिंह ने लोहारी के दोनों पांव बड़ी ताकत से अपनी बांहों में कस लिए हैं। लोहारी जैसे अपने पीछे की चट्टान से कसा बंधा खड़ा था। कल्याण की पकड़ इतनी मजबूत थी, लोहारी ने बहुत कोशिश की कि वह अपनी दोनों टांगों को कल्याणसिंह की पकड़ से आजाद करा सके, मगर सफल न हुआ। धीरे-धीरे अपने दोनो बाजुओं से लोहारी की टांगों को जकड़े कल्याणसिंह ऊपर उठता गया। फिर उसके सीने तक, फिर एकाएक उसने दोनों हाथ छोड़कर एक ही वार से लोहारी के दोनों कंधों को पकड़ लिया।

लोहारी के पीछे पत्थर की चट्टान थी। सामने उसके सीने से लगा हुआ कल्याणसिंह का पथरीला शरीर था। कल्याणसिंह उस समय अपने पूरे तेज में था। उसने लोहारी के शरीर को जैसे चट्टान में किसी लोहे की कील से ठोक दिया था। उसने लोहारी के कंधे जोर-जोर से हिलाए तो लोहारी का सिर पीछे चट्टान से टकराया। और अब लोहारी को आभास हुआ कि अगर कल्याणसिंह दूसरी बार उसके सिर को चट्टान से टकराने में सफल हो गया तो उसका सिर टुकड़े-टुकड़े हो जाएगा। इस खतरे का अन्दाजा करके लोहारी के शरीर मे अथाह शक्ति आ गई। हालांकि कल्याणसिंह उसे चट्टान से दबाए जा रहा था, मगर लोहारी का सिर एक ओर को झुक गया था और एक हाथ कल्याण को पकड़ से आजाद होकर नीचे कुरते की ओर बढ़ रहा था।

कल्याणसिंह ने आखिरी दांव से लोहारी के सिर को झटका देने की कोशिश की। दूसरे क्षण में डाकुओं ने देखा कि लोहारी के कुरते से चाकू का एक लम्बा फल निकला और कल्याणसिंह की पसलियों में खुब गया। पुतली ने जोर की चीख मारी।

कल्याणसिंह गिरते-गिरते घुटनों के बल हो गया। इससे पहले कि उसके डाकू लोहारी पर फायर करते, वह चट्टानों के पीछे से भागता हुआ घोड़े पर सवार होकर सरपट भाग गया था। कुछ क्षणों में दूसर बहुत-से घोड़ों के दौड़ने की आवाज आई, फिर कुछ क्षणों में सन्नाटा हो गया। डाकू लोहारी के पीछे भागनेवाले ही थे कि कल्याणसिंह ने हाथ क इशारे से उन्हें रोक दिया और चाकू का फल पसली से निकालकर बोला, "जाने

दो बुजदिल को। उससे फिर निपट लेंगे। इस वक्त जल्दी से किसी डाक्टर को बुलाओ।"

पुतली दौड़कर उसके करीब आ गई। "चोट कहां लगी है?" वह चिन्तित स्वर में बोली। "दाईं ओर की पसली में।" कल्याणसिंह बोला। उसने अपना हाथ घाव पर रखा हुआ था। धीरे से कहने लगा, "शुक्र करो, दाई पसली में चाकू लगा। अगर बाईं ओर होता तो दिल के अन्दर चला गया होता, मगर अब घबराने की कोई बात नहीं है। मेरा बेटा कहां है?

काकी ने बहादुरसिंह को आगे किया। बहादुरसिंह रोता हुआ अपने बाप की ओर बढ़ा। कल्याणसिंह ने एक हाथ से अपने बेटे को प्यार किया, दूसरे हाथ से पुतली को, फिर रुक-रुककर बोला, "कोई सेठ श्यामकिशन अग्रवाल के पास मुरैना चला जाए। वह फौरन किसी डाक्टर का बन्दो-बस्त कर देगा।''दो सवार मुरैना की ओर भागे। कल्याणसिंह पुतली की बांहों में बेहोश हो गया।

पांचवां साल

पुतलीबाई ने माहिर जौनपुरी से कहा, "परसों मेरे मुन्ने की पांचवीं सालगिरह है। उस मौके पर एक अच्छी-सी नज्म हो जाए।

''हो जाएगी।" माहिर जौनपुरी ने बड़ी आकांक्षा से सिर हिलाकर कहा और पूछा, "मगर यह सालगिरह कहां मनाई जाएगी?˙˙˙क्या इस जंगल में?"

"नहीं, इस सालगिरह के लिए बाददोही गांव के सेठ जेठामल अग्रवाल ने हमें अपनी हवेली में निमंत्रित किया है। वहीं दावत होगी। नाच-गाना भी होगा, और सालगिरह की रस्म भी वहीं अदा होगी। सेठ जेठामल अग्रवाल कल्याणसिंह जी के पुराने दोस्त हैं और पार्टनर भी।"

"एक सेठ डाकू का पार्टनर! यह कैसे?"

पुतलीबाई मुस्कराकर बोली, "लूट का माल जो हम लोग जमा करते हैं, उसे दूसरे-तीसरे महीने निकालना भी तो होता है। नकदी तो हम लोग आपस में बांट लेते हैं। गहने-दागीने, कीमती कपड़े आदि हम सेठ जेठामल अग्रवाल के हाथ बेच देते हैं।"

"किस भाव पर?"

"सोना-चांदी का जो भाव चल रहा होता है, उस हिसाब से गहने-दागीने की कीमत लगाकर उसका चालीस टका हमको मिल जाता है। साठ टका सेठ लेता है।"

"गोया आपकी और सेठ की पार्टनरशिप चालीस-साठ की है। यानी सौ रुपये के माल में से डाकू को चालीस रुपये मिलते हैं और सेठ को साठ।"

"हां।"

"मगर सेठ को ज्यादा क्यों मिलते हैं? सारी मेहनत तो डाकू करता है। अपनी जान को खतरे में भी वही डालता है।"

"मगर खतरा तो सेठ भी मोल लेता है। वह चोरी के गहने-पाते उठाता है। जेठामल ने इस काम के लिए एक सुनार रखा हुआ है। जिस दिन माल उसके हाथ में आता है, रातोंरात सोने-चांदी के जेवर गला दिए जाते हैं और उनकी टिकियां बना ली जाती हैं। जेवर में से खोट निकलती है। उस खोट का नुकसान भी सेठ ही के जिम्मे होता है, फिर कपड़े के थान जो उठाए जाते हैं उनकी केवल एक-तिहाई लागत हमें मिलती है। साड़ियों की उससे भी कम। मगर इधर-उधर बेचने से किसी एक ही सेठ से धंधा करने में फायदा रहता है, फिर सेठ कभी-कभार पुलिस की मुट्ठी भी गर्म करता रहता है। इसीलिए अगर वह साठ प्रतिशत लेता है, तो कुछ ज्यादा नहीं लेता है। इसके अलावा जब हमें नकदी की जरूरत पड़ती है–कभी-कभी बीच में कई-कई महीने डाका डालने से हाथ रोक देना पड़ता है और पुलिस से बचने के लिए बीहड़ में लगभग प्रति-दिन जगह बदली करनी पड़ती है, उन दिनों में भी गैंग को चलाने के लिए, खाने-पीने के लिए सेठ से उधार मिल जाता है जो बाद में अदा कर दिया जाता है।"

"गोया बाकायदा धंधा है जिसके डांडे एक तरफ सेठ से, दूसरी तरफ पुलिस से, तीसरी तरफ जमींदार से और चौथी तरफ मुखबिरों से मिले हुए हैं। जो आपको हर रोज पुलिस की गश्त से आगाह करते हैं।"

"बीच-बीच में सियासी नेताओं से भी साज-बाज रहती है।" पुतली कहने लगी, "इस बात को मत भूलो। इतने सारे लोग अगर हमारी मदद पर न हों तो हमारा काम कैसे चले?"

"बेशक, बेशक।" माहिर जौनपुरी सिर हिलाके बोला, "इंसानियत का तकाजा भी है। हम लोग एक-दूसरे की मदद न करें तो इंसानी तहजीब दो रोज में मिट्टी में मिल जाए।"

सेठ जेठामल ने अपनी हवेली में बड़ी भव्य दावत का इंतजाम किया था। सेठ जेठामल की इसी गांव में दस साल पहले एक छोटी-सी परचून की दुकान थी, जैसी गांव में सभी बनियों की होती हैं। पिछले दस सालों में

गांव के कच्चे घरों और झोंपड़ी की आकृति में तो कोई अंतर नहीं आया, हां, जेठामल की किस्मत का सितारा धीरे-धीरे उभरने लगा और उसके कच्चे घर की जगह अब एक भव्य दो-मंजिली हवेली खड़ी है। गांव नीचे एक तलहटी में था और हवेली ऊपर घाटी पर थी जिसके पीछे जंगल था। सेठ जेठामल ने बहुत सोच-समझकर हवेली की जगह पसन्द की थी। इस हवेली से बहुत-से रास्ते भिन्न-भिन्न दिशाओं को जाते थे। दो मिनट में आदमी जंगल में लोप हो सकता था।

आज सेठ जेठामल ने यों प्रबंध किया जैसे उसके अपने बेटे का जन्मदिन हो और उसने मशहूर भी यही किया था कि उसके तीन साल के बेटे जीवन और उसके बचपन के दोस्त ठाकुर बचनसिंह के बेटे का जन्मदिन एकसाथ मनाया जाएगा। इस अवसर पर सेठ जेठामल ने अपने विशेष मित्रों को निमंत्रित किया था और ये वे लोग थे जिनका संबंध किसी न किसी रूप में कल्याणसिंह से या डाकुओं के किसी दूसरे गैंग से बन रहा था। आज इस अवसर पर ये सब लोग बहुत बड़ी संख्या में आए थे। इन सब लोगों ने कल्याणसिंह के बेटे बहादुरसिंह को अपनी परिस्थिति के अनुसार कीमती उपहार भी दिए थे। बहादुरसिंह आज पांच साल का हो गया था। वह अपने बाप के साथ कुर्सी पर बैठा हुआ था। आज उसे कीमती कपड़े की शेरवानी पहनाई गई थी और चूड़ीदार पाजामा। सिर पर छोटी-सी राजपूती पगड़ी। और उसपर कलगी। बिलकुल किसी राज्य का राजकुमार लग रहा था। पुतली कभी-कभी उसे बड़े गर्व से देख लेती।

सेठ जेठामल अग्रवाल की हवेली में पहुंचकर सबसे पहले लूट के माल का सौदा हुआ था। सत्रह हजार रुपये पर फैसला हो गया था। कल्याणसिंह इस सौदे से खुश था। जेठामल को उसने हमेशा ईमानदार और खरा पाया था। सबसे बड़ी बात यह थी कि सेठ जेठामल दोगला नहीं था। कई बार कल्याणसिंह रात को उसके घर में सोया। उसने आज तक पुलिस को खबर न की और करता भी क्यों? आखिर सेठ को इसमें फायदा क्या होता? उसे क्या मिलता। कुछ हजार रुपये का इनाम। जबकि पिछले दस वर्षों में कल्याणसिंह से अच्छे सम्बन्ध रखने पर उसे लाखों का फायदा हो चुका था।

सौदा तय हो जाने पर वे लोग मर्दाने में आ गए। सबके जाम भर दिए गए और नाच-गाना शुरू हो गया। पुतलीबाई उससे पहले ही जनाने में चली गई जो मर्दाने से मिला हुआ था। बीच में एक दीवार थी और दरवाजा और दरवाजे के पीछे सीढ़ियां और सीढ़ियों से ऊपर एक छूते

हुए बरामदे पर चिलमन पड़ी हुई थी। इस चिलमन की ओट में पुतलीं और सेठानी और सेठानी की सहेलियां और दूसरी औरतें बैठकर नीचे मर्दाने में नाचनेवालियों को देख सकती थीं।

इस समय रतनबाई का ठुपकेदार नाच चल रहा था। रतनबाई को सेठ ने बड़े अनुरोध से बुलाया था। किसी जमाने में कल्याणसिंह रतनबाई का बड़ा आशिक था। जब कभी ग्वालियर जाता, उसका मुजरा जरूर सुनता और रात को उसके कोठे पर ही रहता। अब तो बरसों से वह उधर नहीं गया था, फिर भी रतनबाई को देखकर उसकी आंखों में एक नई ज्योति आ गई और रतनबाई भी हर मुमकिन अदा से उसे रिझा रही थी।

इतने में सेठ का एक आदमी दौड़ा-दौड़ा बाहर से अन्दर आया और सीधा जाकर सेठ के कान में कुछ कहने लगा। सेठ ने उसी समय झुककर कल्याणसिंह के कान में कुछ कहा। सुनते ही कल्याणसिंह ने अपने साथियों को इशारा किया। उसी समय रतनबाई का नृत्य रोक दिया गया और वे सब लोग सेठ जेठामल के साथ अन्दर जनाने में चले गए। भिन्न बरा-मदों और कमरों से घूमते हुए आखिर में वे एक किचिन जसे कमरे में पहुंचे। कमरे के फर्श के बीचोबीच एक बहुत बड़ी देग रखी हुई थी। कल्याणसिंह ने उस देग को हटाकर परे किया। नीचे कंक्रीट के फर्श पर एक कंडा लगा हुआ था। एक लोहे का हुक। कल्याणसिंह ने जोर लगाके उसे अपनी ओर खींचा, तो कंक्रीट की एक पूरी सिल ऊपर उठ गई और उसके नीचे एक जीना नजर आया। कल्याणसिंह ने अपने सब साथियों को उसके भीतर जाने का आदेश दिया। इतने में पुतलीबाई भी आ गई। वे सब लोग जब जीने से नीचे अंधेरे में गायब हो गए, तो सेठ ने धीरे से हुक ढीला करते हुए कंक्रीट की सिल, फिर वहीं रख दी और उसके कार तांबे की बड़ी देग और फिर नौकरों को बुलाकर उसने उस किचिंन में काम शुरू करवा दिया। उसके बाद वह तेज तेज कदमों से वापस महफिल में चला गया और रतनबाई को नृत्य आरम्भ करने के लिए कहा। रतनबाई को दोधारा नृत्य आरम्भ किए मुश्किल से तीन-चार मिनट हुए होंगे कि बाहर भारी जूतों की चाप सुनाई देने लगी और थोड़ी देर के बाद ठाकुर मनमोहनसिंह उसे अन्दर आता हुआ दिखाई दिया। उसके पीछे-पीछे पुलिस की एक बड़ी गारद थी।

सेठ जेठामल मुस्कराकर अपनी जगह से उठा और आगे बढ़कर कहने लगा, “आप कब वापस आए?”

“परसों।” मनमोहन ने जवाब दिया।

"मगर आप तो लंदन चले गए थे न?" सेठ जेठामल ने पूछा।

"हाँ, मुझे तीन साल के लिए ट्रेनिंग के लिए भेजा गया था। तीन साल इंग्लैंड में रहा। वहीं अधिक ट्रेनिंग प्राप्त की। वहीं मेरे बाजू की प्लास्टिक सर्जरी भी हुई। वहां से लौटा तो दो साल के लिए ग्वालियर ट्रेनिंग सेंटर का इंचार्ज रहा। वहां से अब मेरी पोस्टिंग फिर इस इलाके में हुई है! आफीसर आन स्पेशल ड्यूटी।"

"यह तो बहुत अच्छा हुआ।" सेठ जी खुशी से चहककर बोले, "आपके आने से पुलिस फोर्स में नई जान आ जाएगी और हम लोग भी डाकुओं के अत्याचार से बचकर चैन की सांस ले सकेंगे। इस इलाके को आप जैसे बहादुर, निडर और ईमानदार अफसर की जरूरत है।"

"शुक्रिया।" मनमोहनसिंह साधारण रूप में बोला, फिर बड़ी गम्भीरता से पूछने लगा, "हमारे मुखबिर ने बताया है कि डाकू कल्याणसिंह और पुतलीबाई अपने गैंग को लेकर इधर आते देखे गए हैं।"

"हमारे गांव में?" सेठ जेठामल ने आश्चर्य से पूछा।

"जी हां।" मनमोहनसिंह मीठे स्वर में कहने लगा, "और उसी मुखबिर ने यह भी बताया कि वे लोग आपकी हवेली की ओर बढ़ रहे थे।"

"जरूर उससे गलती हुई है। लोग तो आज यहां बहुत-से जमा हैं, जिन्हें आप खुद देख सकते हैं, क्योंकि आज मेरे बच्चे की तीसरी साल-गिरह है। इसी खुशी में यह दावत हो रही है।

मनमोहनसिंह ने इधर-उधर देखकर कहा, "माफ कीजिए सेठ जी, मगर मुझे मजबूरन आपकी हवेली की तलाशी लेनी पड़ेगी। उम्मीद है, आप बुरा न मानेंगे।"

"इसमें बुरा मानने की क्या बात है ठाकुर जी? मैं तो आपका दास हूं। ऐसे मौकों पर हमेशा पुलिस का साथ देता हूं। आप लोगों के सहारे ही तो हम लोग चंबल में जिन्दा हैं। आइए, आइए। एक-एक कमरा देख लीजिए।

चुनांचे एक-एक कमरा दिखाया गया। ऊपर से नीचे तक। मनमोहनसिंह और उसके साथियों ने हवेली का कोना-कोना छान मारा। मगर डाकू वहां होते तो मिलते। कुछ क्षणों के लिए मनमोहनसिंह ने किचिन में भी झांककर देखा था। मगर वहां देंगे चढ़ी हुई थीं और तरह-तरह के पकवान तैयार हो रहे थे।

मनमोहनसिंह निराश होकर सेठ जी के साथ वापस मर्दाने में आया जहां महफिल जमी हुई थी। कुछ मिनट के बाद उसने सेठ जी से विदा

चाही। "नहीं साहब, मैं आपको ऐसे जाने नहीं दूंगा। खाना खाके जाइ-एगा। तब तक नाच-गाना देखिए। दूर-दूर से तवायफें मंगाई हैं।" सेठ जी ने बड़े आसक्त भाव में कहा।

मगर मनमोहन सिंह ने माफी चाही, "इस समय मैं ड्यूटी पर हूं।" वह बोला, "फिर हाजिर हूंगा।"

"अच्छा, शर्बत तो पीकर जाइए। देखिए, मुझे निराश मत कीजिए, आज मेरे बच्चे का जन्मदिन है।"

मनमोहनसिंह और उसके साथियों की सेवा में शर्बंत पेश किया गया। उन्हें पान खिलाये गए। मनमोहनसिंह ने सेठ के बच्चे के हाथ में दस का नोट रखा और वहां से विदा हुआ।

उसके जाने के आधे घंटे बाद तक नाच और मदिरापान की महफिल जमी रही। फिर सेठ ने उठकर अपने दोस्तों से कहा, "आप लोग मह-फिल जारी रखिए। मैं जरा खाने का बन्दोबस्त कर लूं।"

उसके आधे घंटे में सेठ ने वह किचिन खाली कराके सब सामान दूसरे बड़े किचिन में भिजवा दिया और फिर उसने देखा कि अब कोई नहीं देख रहा है, तो उसने कुछ मिनट के बाद फिर वापस उसी किचिन में आकर दरवाजा अन्दर से बन्द करके, देग हटाके, लोहे के हुक खींचकर कंक्रीट की सिल को देग का सहारा देकर खड़ा किया, और नीचे के जीने से अन्दर उतर गया।

कल्याणसिंह उसी जीने के नीचे ही हाथ में रिवाल्वर लिए मिल गया। कल्याणसिंह ने अंधेरे ही में उसके सोने पर पिस्तौल रख दिया।

"जेठामल हैं। मैं जेठामल हैं।"

"वे लोग कहां है?" कल्याणसिंह ने पूछा।

जेठामल माथे का पसीना पोंछते हुए बोला, "उन लोगों ने सारे घर की तलाशी ली। किसी मुखबिर ने खबर दी थी। तलाशी के बाद वे चले गए।"

"कौन अफसर आया था?" कल्याणसिंह ने पूछा।

"ठाकुर मनमोहनसिंह, जो विलायत ट्रेनिंग के लिए गया हुआ था और आज से पांच साल पहले इसी इलाके में तैनात था, अब फिर यहीं ड्यूटी पर लगा दिया गया है। परसों आया है।"

पुतली दीवार से लगी खड़ी की खड़ी रह गई। अच्छा हुआ, अंधेरे में किसीने उसका चेहरा नहीं देखा।

"बड़ा अड़ियल और जिद्दी ठाकुर है।" कल्याणसिंह बोला, "उसे किसी रिश्वत पर खरीदा नहीं जा सकता।"

"मगर अब तो वह चला गया है। अब ऊपर चलो। पहले गाना सुनो, फिर खाना खाओ।" सेठ ने कहा, "खतरा टल गया है।"

नहीं।" कल्याणसिंह बोला, "वह फिर आ सकता है। उसका कुछ भरोसा नहीं। हम लोग अभी चले जाएंगे।"

सेठ जेठामल ने भी फिर अनुरोध नहीं किया। वे लोग हवेली के नीचे एक तहखाने में खड़े थे। उस तहखाने से एक सुरंग ऊपर जंगल को जाती थी और जंगल के एक गिरे हुए मकान के खंडहरों में निकलती थी। सुरंग से बाहर निकलकर डाकुओं ने फिर लकड़ी के तख्ते और पत्थर आदि सूराख के ऊपर रख दिए और उनके ऊपर मिट्टी आदि डाल दी। सेठ जेठामल कल्याणसिंह से विदा होकर उसी सुरंग के रास्ते से वापस चला गया था। कल्याणसिंह ने पुतलीबाई और दूसरे साथियों से सलाह की।

पुतलीबाई बोली, "हम लोग जिस रास्ते से आए हैं उस रास्ते से तो जा नहीं सकते।"

हमीरा बोला, "बल्कि हवेली के नीचे से सारे बीहड़ में से किसी रास्ते पर नहीं जा सकते। मनमोहनसिंह ने नाकाबन्दी कर रखी होगी। वह बहुत चालाक पुलिस अफसर है।"

कल्याणसिंह बोला, "अब हमारे लिए एक ही रास्ता है। इस पहाड़ी के ऊपर चढ़कर दूसरी तरफ निकल जाएं और फिर एक लम्बा चक्कर काटकर…"

हमीरा उसकी बात काटकर बोला, "मगर दूसरी तरफ तो लोहारी का इलाका है।"

कल्याणसिंह ने हाथ फैलाए, कंधे उचकाए और कहने लगा, "अब किसीका भी इलाका हो। हमारे लिए और कोई रास्ता नहीं है।"

जुगना कहने लगा, "हम लोग तीस आदमी हैं और हथियारों से लैस हैं। लोहारी हमारा क्या बिगाड़ सकता है?"

"खैर, वक्त पड़ने पर देखा जाएगा।" कल्याणसिंह बोला। और फिर हमीरा की ओर मुड़कर पूछने लगा, "घोड़े कहां हैं?"

"वे तो नीचे बीहड़ में बंधे हैं, दो मिल की दूरी पर।"

"उधर जाना अब बेकार है। ठाकुर मनमोहनसिंह को खबर हो जाएगी।" कल्याणसिंह बोला, "अब हमें हर हाल में लोहारी के इलाके से गुजरना होगा। चलो। कदम बढ़ाओ। चार स्काउट आगे चलें, चार पीछे रहें।" जब काफिला रवाना होकर ऊपर जंगल में नजरों से गायब हो गया तो एक चट्टान के पीछे से मनमोहनसिंह निकला। उसके साथ इंस्पेक्टर इरशाद हुसैन खां था। दोनों ने एक-दूसरे को गहरी नजर से देखा।

घण्टे-भर की चढ़ाई के बाद वे लोग पहाड़ी चोटी के दूसरी ओर जाकर कुछ ऊंची-ऊंची चट्टानों के पीछे बैठकर सुस्ताने लगे। पुतली ने नीचे निगाह डालके देखा तो उसे एक बहुत तंग-सी घाटी नजर आई। जहां वह बैठी थी वहां से घाटी के अन्दर कई ऐसी सिलवटें थीं जो उसकी नजर से ओझल थीं। फिर भी इतना अनुमान कर सकती थी कि जहां वह बैठी थी वहां से जो जंगल की ढलान शुरू होती थी, ढलान खत्म होने के बाद उसके आगे शायद कई सौ फुट गहरी खाड़ी थी, क्योंकि नीचे जाकर ढलवान एक दम खत्म हो जाती थी। बीच में शून्यता थी। दूसरी ओर का पहाड़ इस ओर के पहाड़ से बहत करीब था। और जंगल उसपर भी फैला हुआ था। पूर्वी, उत्तरी और दक्षिणी घाटियां एक जगह आकर मिल गई थीं। हां पश्चिमी दिशा में नजर दौड़ाने से बीहड़ खुलने लगता था और दूर तक टीले और झाडियां नजर आ रही थीं, जिनमें बल खाती घूमती पानी की एक नदी पश्चिमी क्षितिज के किनारे तक जाती दिखाई देती थी।

यह बोरोही नदी है। उसके पार दक्षिणी घाटी में कहीं लोहारी का अड्डा है। कल्याणसिंह सोचते हुए बोला, "अगर हम नदी पार न करें और अभी घाटी पर पश्चिम की ओर चलते रहें, तो आठ-दस कोस की दूरी तय करने के बाद हम फिर पलटकर उत्तर की ओर मुड़कर वापस जा सकते हैं और पुलिस की हद से दूर रहकर किसी दूसरी घाटी में, जो अपने इलाके में शामिल है, शरण ले सकते हैं।"

"मेरे विचार में पटोली का रास्ता ठीक होगा।" हमीरा बोला।

"अगर तुम्हें रास्ता ठीक से मालूम है तो तुम स्काउटों के साथ आगे-आगे चलो।"

नीचे जानेवाली घाटी वे बड़ी तेजी से तय करते गए। एकाएक रास्ता तंग होता गया और पेड़ छिदरे होते गए। फिर एक मोड़ काटकर जो वे आगे बढ़े तो एकाएक उन्हें तीन-चार खेत नजर आए। यहां ढलवान फैलकर एक छोटे-से मैदान का रूप धारण कर गई थी। खेतों में फूंस के तीन झोंपडे थे, तीनों जल रहे थे। आग के शोले ऊंचे होते जा रहे थे। जहां वे खड़े थे वहां से करीब नागफनी की गाड़ियों की एक लम्बी शृंखला मैदान के दक्षिणी कोने तक चलती जाती थी। दक्षिणी कोने पर जगह-जगह बीहड़ों की पंक्तियां थीं। मगर उनके बीच में से पुतलीबाई देख सकती थी कि यह मैदान दक्षिणी किनारे पर एकदम रुककर गहरी खाई में गिर जाता है, शायद कई सौ फुट नीचे। गहरी खाई में नदी बहती होगी, पुतली ने अनुमान लगाया। खेतों में कोई फसल न थी। कहीं-

कही झाड़ियां उगी थीं। कहीं किनारों पर झाड़-झंखाड़ खड़े थे। नागफनी की झाड़ियों की पंक्ति जलते हुए घरों तक चली गई थी। खेतों में चार घोड़े हिनहिना रहे थे।

नागफनी की झाड़ियों के पीछे छुपके कल्याणसिंह और उसके साथियों ने दूर-दूर तक देखा। मगर उन्हें कोई नजर न आया। फिर भी वे साव-धानी से काम लेते हुए नागफनी की पंक्ति की ओट में चलते हुए जब नीचे खेतों के करीब पहुंचे तो उन्हें घर के बाहर ऊंची-नीची झाड़ियों की ओट में चार आदमी गिरे हुए नजर आए। कल्याणसिंह और पुतली और दूसरे डाकू भागकर उनके पास पहुंचे तो देखा कि चारों की पीठ पर गोलियों के निशान हैं और उनके चेहरे घास में छिपे हुए हैं। वर्दी पुलिस की पहने हुए हैं।

कल्याणसिंह ने पहले आदमी को छुआ। उसने कोई हिल-डुल न की। उसे पलट दिया था। वह मुर्दा था। दूसरा भी मुर्दा था। तीसरा भी मुर्दा था। चौथे को पलटा तो वह तड़पकर कराह रहा था। ऐसे ही थोड़ी देर में उसने आंखें खोलीं।

कल्याणसिंह ने जल्दी से पूछा, "क्या हुआ?"

"लोहारी···" घायल आदमी ने धीरे से कहा।

'तुम पुलिस···?"

"हां।"

"उसका पीछा कर रहे थे?"

"हां।"

"किधर से?"

"मुरैना। से।

"मुरैना से?" पुतलीबाई ने पूछा।

"हां। वह मुरैना से तुम्हारी बहन तारा को उठा लाया है। तुम्हारी मां ने पुलीस में रिपोर्ट की···"

"तारा?" पुतली दुःख और क्रोध से चीखी। जल्दी से कल्याणसिंह ने उनके मुंह पर हाथ रख दिया।

"वह किधर गया है?" कल्याणसिंह ने पूछा।

"पश्चिम की ओर।" बड़ी मुश्किल से उस आदमी के होंठों से निकला। फिर उसके मुंह से खून बह निकला।

मरते-मरते उस आदमी के मुंह से निकला, "पानी।"

पुतली ने आगे बढ़कर उसके मुंह में पानी टपकाना चाहा, मगर एकाएक घायल आदमी के मुंह से खून की उलटो आई और उसकी गर्दन

एक ओर को ढुलक गई। पुतली पीछे हट गई। कल्याणसिंह ने घायल आदमी की गर्दन को सीधा किया। मगर वह मर चुका था।

कल्याणसिंह ने कहा, "अब हमें लौट जाना चाहिए, किसी दूसरे रास्ते से। लोहारी से मुठभेड़ हो गई तो आमने-सामने लड़ाई होगी और दोनों तरफ से बहुत-से आदमी मारे जाएंगे।"

पुतली ने क्रोध से भड़ककर कहा, "फिर मेरी बहन का क्या होगा?"

"उसे फिर किसी दिन छुड़ा लेंगे।" कल्याणसिंह सरल भाव से बोला, "अचानक लोहारी के अड्डे पर निशाक्रमण करेंगे। मगर इस समय अच्छाई इसी में है कि लौट जाएं।"

पुतली ने पिस्तौल कमर की पेटी से निकाला और बोली, "तुम लौट जाओ। मैं अकेली ही आगे जाऊंगी और लोहारी का मुकाबला करूंगी।"

अब कल्याणसिंह के लिए कोई रास्ता न था सिवाय इसके कि पुतली का साथ दे। पूरा गैंग नागफनी की झाड़ियों और दूसरे पेड़ों की आड़ लेता हुआ पश्चिम की ढलान की ओर बढ़ गया।

आगे जाने से पहले उन्होंने पेड़ों की ओट से नीचे की ओर देखा। नीचे जाने का केवल एक ही रास्ता था और वह पश्चिमी ढलान से होकर जाता था। जहां वे खड़े थे वहां से पूर्वी पहाड़ी तक सीधी चट्टानों की खाई थी। और इसी खाई में नदी तेजी से बह रही थी। पश्चिमी ढलान से आगे आकर बीहड़ खुल जाता था और नदी धीमी होकर बहती थी। इस नदी के किनारे बहुत से टीलों पर लोहारी और उसके गैंग के आदमी, जो मुरैना से मार्च करते हुए आ रहे थे, बैठकर सुस्ता रहे थे। अब उन्हें कोई खतरा न था, क्योंकि पुलिस की जो टुकड़ी उनका पीछा कर रही थी उसे उन्होंने मार दिया था। सौभाग्य यह था कि ढलान नदी तक जाती थी और उसपर नदी तक घना जंगल फैला हुआ था, फिर नीचे जाकर नदी के किनारे मैदानी तल्ले थे और ऊंचे-नीचे टीले और दूर दक्षिण में बीहड़ खुला नजर आता था।

कल्याणसिंह ने कहा, "हम ढलान तक नीचे नदी के किनारे तक बहुत खामोशी से सफर करेंगे, ताकि लोहारी के गैंग को शंका न हो सके। फिर ढलान के आखिरी किनारे तक पहुंच जाने से वे लोग हमारी राइफलों की सीमा में आ जाएंगे। हम लोग उनसे ज्यादा ऊंचाई पर होंगे और पेड़ों की आड़ से हमला करेंगे। वे लोग नीचे नदी के किनारे होंगे। इसलिए हमारे लिए हमला करने में आसानी रहेगी। हां, अगर वे दौड़कर नदी पार करके चले गए तो फिर मुकाबला करना मुश्किल होगा।"

पुतली कुछ नहीं बोल सकी। उसके सीने में जैसे आग भड़क रही थी और हलक सूखा जा रहा था। वह बार-बार अपनी जीभ होंठों पर फेर लेती थी और कभी-कभी गहरी आह उसके सीने से निकल जाती। छुपते-छुपाते, कभी सीधे चलते, कभी घुटनों के बल चलते वे लोग ढलान के नीचे तक पहुंच गए। अब वे पेड़ों की आखिरी पंक्ति के पीछे थे, और नदी के इस किनारे लोहारी और उसके गैंग को देख सकते थे जो विभिन्न टोलियों में बंटे हुए आसपास के टीलों के नीचे आराम कर रहे थे।

"थोड़ी देर में ये लोग उठेंगे ओर नदी पार कर जाएंगे।" कल्याण-सिंह बोला।

पुतली ने देखा, लोहारी एक टीले से टेक लगाए सुस्ता रहा था। उसके करीब तारा बैठी थी। दो डाकू उसके बायें-दायें खड़े उसकी निग-रानी कर रहे थे। पुतली के जी में आया कि वह अभी राइफल का निशाना लेकर लोहारी का घात कर दे, मगर तारा उसके इतनी पास बैठी थी कि जरा-सा निशाना चुक जाने पर लोहारी की जगह तारा की मौत हो सकती थी।

कल्याणसिंह बोला, "लोहारी का निशाना बनाना गलत है। उससे जरा दूर बैठे हुए डाकुओं की उस टुकड़ी का घात करना होगा पहले····" उसने इशारा करके बताया।

पुतली ने खुसर-फुसर में कहा, "इससे लोहारी खबरदार हो जाएगा। मुमकिन है बच जाए।"

"मजबूरी है।" कल्याणसिंह बोला, "तारा को उसने अपने इतने पास बैठा रखा है कि अब और कोई रास्ता नहीं रहा। अब आमने-सामने की लड़ाई आवश्यक है।"

कल्याणसिंह और उसके साथियों ने कल्याणसिंह के इशारे पर अपनी राइफलों पर अपने निशाने बांध लिए और फिर एकसाथ कई गोलियां चली। लोहारी के गैंग के तीन आदमी गिर गए। एक वहीं रेतीले टीले के नीचे तड़पता नजर आया। लोहारी ने एक निगाह से सामने जंगली ढलान की ओर देखा। फिर उसने दूसरे क्षण में तारा को हाथ से घसीट-कर उठाया और जल्दी से दौड़ता हुआ टीले के पीछे चला गया। कल्याण सिंह ने कहा, "अगर वे नदी पार कर गए तो दूसरे किनारे की झाड़ियों में छुपते-छुपाते दक्षिणी जंगल में चले जाएगे। फिर उन्हें घेरना नामुमकिन होगा।"

"इसलिए" पुतली जोर से चीखी 'तारा-तारा' कहकर वह पेड़ों की आखिरी पंक्ति से निकली और सीधी दौड़ती हुई नदी के टीलों की ओर

जाने लगी। उसे यों दौड़ता देखकर कल्याणसिंह और उसके साथी भी पेड़ों की आड़ से निकल आए और गोलियां बरसाते हुए टीलों की ओर दौड़ने लगे। लोहारी और उसके साथी अब टीलों के दूसरी ओर जा रहे थे और टीलों के पीछे से गोलियां बरसा रहे थे। दोनों मोर के डाकुओं का घात हो रहा था। कितनी ही गोलियां दायें-बायें से, पुतली के आगे पीछे से निकल गई, मगर वह अपने जीवन से पूर्ण निश्चिंत होकर बेखटके उस टीले पर चढ़ती, सीधी उस टीले की ओर जा रही थी जिसके पीछे लोहारी गायब हुआ था। कल्याणसिंह के आदमियों ने उसे कुछ क्षणों के लिए उस ऊंचे टीले पर खड़ा देखा। पुतली ने टीले पर खड़े होकर देखा, लोहारी तारा को लेकर नदी में कूद पड़ा है। नदी में पानी घुटने-घुटने तक था। तारा विरोध कर रही थी। एकाएक एक जगह वह ठोकर खाकर पानी में गिर गई। अब लोहारी अकेला पानी में खड़ा था। उसकी पीठ पुतली की ओर थी।

पुतली जोर से चीखी, "लोहारी।'

मगर इससे पहले कि वह अपनी राइफल से वार करे, एक क्षण की देरी में पुतली ने अपनी पिस्तौल से वार किया। गोली लोहारी के सीने में लगी। फिर दूसरी। फिर तीसरी। फिर चौथी गोली पर वह पानी में गिर गया। दोनों ओर से गोलियां चल रही थीं। लोहारी के मरने के बाद भी उसके गैंग के आदमी डटकर मुकाबला करते हुए नदी में कूदकर दूसरी ओर जाने की कोशिश कर रहे थे, जहां झाड़ियों की शरण थी।

एकाएक नदी के दूसरे किनारे से गोलियों के चलने की आवाज आने लगी। लोहारी और कल्याणसिंह दोनों के गैंग में खलबली मच गई। उधर से कौन गोलियां चला रहा था? पुतली टीले पर खड़ी हैरान हो गई। दूसरे किनारे झाडियों के पीछे छुपे मनमोहन सिंह को दूर टीले पर पुतलीबाई खड़ी नजर आई। उसने अपनी राइफल की टेलिस्कोपिक साइट ठीक की। जब पुतलीबाई राइफल की साइट में आ गई तो मनमोहनसिंह ने लबलबी पर हाथ रखा। कुछ क्षणों के लिए उसकी उंगलियां कांपीं, फिर मजबूत हो गई। अब उसकी आंखें उस दिन की तरह धुंधली न थीं, फिर उसने लबलबी दबा दी। पुतलीबाई टीले पर गिरी और लुढ़कती हुई नदी के किनारे पटखनियां खाती हुई जा गिरी। उसका आधा शरीर पानी में था, आधा बाहर। लुढ़कते-लुढ़कते उसे दो गोलियां और लगीं। एक बांह में, एक जांध में। पहली गोली सीने में लगी थी। एकाएक मनमोहनसिंह की पुलिस के आदमियों ने उस पार से डाकुओं पर हल्ला बोल दिया था।

डाकू पूर्वी ढलान की ओर दौड़ने लगे तो उधर से भी गोलियों के चलने की आवाज आई। पुलिस की एक टुकड़ी कल्याणसिंह के गैंग का कब से पीछा कर रही थी। अब दो-तीन-चार दिशाओं से गोलियां चल रही थीं। डाकू सिर पर पांव रखके, जिधर जिसके जी में आया, भागने लगे और पुलिसवाले गोलियां बरसाते हुए नदी के उस पार आते गए। थोड़ी देर में बीहड़ उजाड़ और खामोश था और लाशो से पटा हुआ था।

और पुतली अब मनमोहन की गोद में थी। उसकी बांह, जांघ और सीने से रक्त निकलकर नदी में बह रहा था।

"पुतली, पुतली!" मनमोहनसिंह के रूंधे हुए गले से निकला।

पुतली ने हवा की तरह सरसराते स्वर में पूछा, "क्या तुमने गोली चलाई थी?"

मनमोहनसिंह की आंखें आंसुओं से भरी हुई थी। वह कुछ न कह सका। मगर सिर हिलाकर "हां," में जवाब दिया।

''अच्छा है, मेरे सीने में तुम्हारी, गोली है, और मैं तुम्हारी गोद में मर रही हूं।" पुतली ने रुकते-रुकते कहा। उसकी सांस मुश्किल से चल रही थी। बड़ी मुश्किल से उसने होश एकत्र करते हुए पूछा, "तारा कहां "मेरे पीछे खड़ी है।"

सिसकती हुई तारा जरा आगे आ गई। वह सिर से पांव तक पानी में भीगी हुई थी। पुतली की निगाहें तारा के पांव से उठीं और उसके माथे पर चिपके हुए गीले बालों तक उठती गईं। फिर वे निगाहें और ऊपर उठ गई। ऊपर आकाश में दो पंछी उड़े जा रहे थे और पुतली को वह भोर याद आई, जब वह एक दिन महुए के पेड़ के नीचे मनमोहन के साथ जंगल में खड़ी थी। उसके सिर पर महुए के शर्बती फूल गिर रहे थे और पेड़ के ऊपर दो पक्षी पर फैलाए हुए उड़े चले जा रहे थे। पुतली के चेहरे पर एक मुस्कान आई। और उसकी निगाहें उन दो पंछियों पर जम गई।

"पुतली, पुतली!" मनमोहनहिंह ने भर्राई हुई आवाज में कहा और फिर उसे जोर से भींचकर अपने सीने से लगा लिया।

मगर पुतली मर चुकी थी। उन दो पंछियों को ऊपर आकाश में उड़ते देखकर उसकी आत्मा भी उनके साथ कहीं उड़ गई थी। उसकी खुली आंखों में रोशनी न थी, और उसका अकेला उदास लहू नदी के पानी में घुलता हुआ दूर बीहड़ के वीराने में चला जा रहा था।

□□